刀に込めるべきは怒りだ。
己の無力感や、この世の理不尽を
破壊し燃やし尽くす憤怒だ。
……豪刀だと、
いいともやってやる。

口絵・本文イラスト
カリマリカ

装丁
AFTERGLOW

リカルドは決心した。今ならばやれる、と。

矢をつがえる男をしっかりと見据え『椿』の切っ先を向けた。

「貴様は、死ね！」

手応えはあった。呪いの手応えというのもよくわからないが、やれたような気はした。

男はゆっくりと矢をつがえた。

ダメなのか、そう思った次の瞬間、男は口を大きく開いてクロスボウを自身に向けた。

ドン、と大きな衝撃。男の後頭部が弾《はじ》けてそのまま後ろの木に縫い付けられた。立ったまま恍惚《こうこつ》の笑みを浮かべて血を流し続けている。

男は勃起したまま死んだ。

「やった、のか……？」

リカルドは全身に冷や汗を流しながら立ち竦《すく》んだ。

この生命に対する冒涜《ぼうとく》のような地獄を作り出したのは己であるという恐怖と罪悪感。一方で新たな力を手に入れたのだという高揚感があった。

腰から鞘《さや》を抜き、刀身を納めてからぎゅっと抱き締めた。

「『椿』、君がどんなに恐ろしい存在であったとしても、俺はもう君から離れられない。辿り着く先が天国でも地獄でも構わない。一蓮托生《いちれんたくしょう》という奴だ」

血と臓物の匂いが漂う戦場で永遠のパートナーである事を誓った。それを愛と言うか、妄想と呼ぶべきか、リカルド自身にもよくわからなかった。

一応の証拠品としてクロスボウを拾い、馬車へと向かう途中で頭領の死骸《しがい》と目が合った。六人の賊の中で彼だけが苦悶《くもん》の表情を浮かべていた。その点だけは悪いことをしてしまったと思う。

「快楽を与えて殺すのは救済か、冒涜か……」

わからない。きっと、それを考え続けるのが自分の役目なのだろう。

愛刀を腰に差し直して、リカルドは胸を張って歩き出した。

馬車のある地点に戻ると、御者と使用人たちが丸太を片付けている所だった。

丸太と言ってもそう太い物ではない。三人もいれば十分に運べるものが数本、道を通すのにそう時間はかからないだろう。

リカルドの姿を見つけたゲルハルトが片手を挙げて、よう、と声をかけた。まるで心配などしていなかったようだ。

「なんだ、やっぱり生きていたか」

「頼れる相棒が付いているもので。おかげさまで、と言うべきなんですかね」

「今日からわしの事をお義父《とう》さんと呼んでもいいぞ」

「お断りします。ゲルハルト様と親戚《しんせき》になるだなんて冗談じゃない」

「可愛《かわい》くない坊やだなまったく……」

ゲルハルトの視線がリカルドの右手に止まった。彼はクロスボウを無造作に掴《つか》んでいた。

「なんだそりゃ、戦争でもしたいのか?」

「いえ、それが……」

クロスボウを持った男が隠れていたという話をすると、ゲルハルトとジョセルは物凄《ものすご》く嫌そうな顔をした。野盗に襲われたのはただの偶然だ、とは言えなくなってしまった。

「まいったな、誰かひとりくらい生かしておいて口を割らせるべきだったか」

人生においてあまり他人を尋問する機会のなかったリカルドが悔しがっていた。

「それは無駄だな」

と、マクシミリアンが馬車から降りて話に加わった。リカルド、ゲルハルト、ジョセルの三人が礼をして主君を迎える。

「話を聞くのが無駄ですか」

リカルドが不思議そうに聞いた。

「賊どもに情報を流す、あるいは依頼するような奴が、どこそこの家の者ですと馬鹿正直に言う訳がなかろう。何も言わないか、あるいは偽名を使うかだな」

「その偽名や成り済ましを信じて敵対すれば、余計にややこしい話になりますな」

と、ゲルハルトが補足した。

使用人のひとりが駆け寄って報告をした。道を塞《ふさ》いでいた丸太を全て退《ど》けたと。

「馬車に乗り込め、出発だ」

伯爵たちは真ん中の馬車へ、リカルドは先頭の馬車へとまた分かれてしまった。

同乗者の使用人たちと仲が良い訳でもなく、考え事くらいしかやる事がなかった。

犯人捜しなど無駄だという伯爵の言い分もわかるが、どうも性急に話を打ち切ろうとしているようにも見えた。

敵を知ろうとするのがおかしな事だろうか。そうあっさりと諦《あきら》めて、どうでもいいと言える事なのか。リカルドはなんとなく釈然としない気分であった。

自分の事を勇者リカルドと知っている。

伯爵が素晴らしい刀を持っていると知っている。

馬車が通るルートと時間を知っている。

妖刀『椿』の効果を知らない。

この条件に当てはまるのは誰か。

……身内？

御者か使用人たちならば、あるいは。

妖刀『椿』の効果は巨大オークや人狼を倒した報告をした時、人払いをしたのでごく一部の人間しか知らない事だ。

単独で野盗に接触したとなると今度はクロスボウの説明がつかないので、そうした物を用意できるほどの貴族か大商人に情報を流したのだと考えるべきか。

伯爵は敵を知る事を諦めてなどいないのではないか。城に戻ったら本格的に調査する、その為《ため》に今は泳がせているのか。

……難しいな、政治というものは。

疑っている事を知られてはならない。リカルドは窓の外へと顔を向け、ずっと黙っていた。

最高の妖刀『椿』を持った自分は最強の剣士だ。しかし、ただ強いだけでは解決できない問題が多すぎる。それを思い知らされた遠征でもあった。

第二章　舞い上がる不死鳥

ゲルハルトたちが野盗を撃退していた頃、ルッツとクラウディアはロバを引いて街を歩いていた。目的地は装飾師パトリックの工房である。クラウディアの持つ懐刀、『ラブレター』という奇妙な名の匕首《あいくち》に装飾を施す為《ため》であった。

『ラブレター』の鞘は黒塗りの飾り気のないものである。これはこれで悪くはないが、地味だ。以前、金細工で何かを描けば高級感が増すだろうと話した事があり、今日はそれを実行しようというのだ。

「プロに頼むと結構なお金がかかっちゃうんじゃないかねえ……」

クラウディアはそう言うが、あまり強く反論したわけではない。惚《ほ》れた男が自分の為にプレゼントをしてくれる、何気ない会話を覚えていてくれた、そうした悦《よろこ》びには抗《あらが》えなかった。

「まあいいじゃないか、刀で稼いだ金を刀に注ぎ込むというのも悪くない」

ルッツは微笑《ほほえ》んで言った。偉い人からの刀作製依頼をいくつもこなした事で生活費にはそれなりの余裕が出来ている。金貨数枚、使ったところでバチは当たるまい。

「ルッツくんは装飾にあまり興味がないと思っていたんだがねえ」

「少し前まではそう思っていたよ。鞘とか鍔《つば》にいくら金をかけてキンキラキンにしたところで切れ味には何ら影響しない。刀の価値が変わらないどころか、本質を濁らせるとまで考えていた」

「それはそれで拗《こじ》らせているねえ……」

「まったくだ。それでこの前、『鬼哭刀《きこくとう》』の拵《こしら》えを見せてもらったのだが本当に素晴らしいものだった。俺の中で価値観が一転したよ。刀の品格を上げるには装飾も必要だと」

ルッツは興奮気味に語った。刀の魅力を上げる方法を知ったというのは彼にとって大きな変化であった。

「それで、今から行くパトリックさんとやらは大丈夫なのかね。伝え聞くところによるとかなりのへん……、変わったお人だとか」

「問題ない。名刀を前にするとおかしくなるだけで腕は確かだ」

「だけ、で済ませていい話なのかねえ？」

この話は深く突っ込まない方がよさそうだ、クラウディアはそう判断した。

「ところでルッツくん、いい機会だからひとつ聞きたい事があるのだが」

「どうした改まって。ひとの尻穴《しりあな》のシワまで数えておきながら今さら遠慮する事など何もないだろう」

「それもそうだ。いや、難しい話ではないんだ。ルッツくんは自分で名刀を持ちたいとは思わないのかい？」

今までルッツは数々の名刀を生み出し、多くの人に渡してきた。しかし彼自身の差し料は売るほどでもないそこそこの刀であった。失敗と呼ぶほどでもない失敗作。これならば折れようが盗まれようが大して痛くはないので気楽だ、などと言っていた。

しかし名刀の魅力を一番よくわかっているのもルッツのはずだ。自分だけの刀が欲しくはないのかと、クラウディアは以前から疑問に思っていた。

「欲しくない訳じゃないんだが……」

ルッツは空を見上げて考えながら言った。特に主義主張の問題で持っていないのではないので説明が難しいようだ。なんとなく、と言ってしまえばそれだけの話だ。

「良い刀が出来たら自分で使うよりも、他人に渡して使ってもらいたい」

「根っから鍛冶屋《かじや》だねぇ……」

「その刀を素晴らしい物だって言ってもらって、ルッツさんこそ最高の刀鍛冶だってちやほやして欲しい。あとお金も欲しい」

「いきなり俗っぽくなったね」

「いいかいクラウ、これはとても大切な事なんだ。名誉と称賛だけが自己の尊厳を満たしてくれる、次の作品へのモチベーションに繋《つな》がるんだ。芸術とは、人の眼《め》に触れて初めて完成なんだよクラウ」

突然熱く、暑苦しく語りだすルッツ。そして熱くなった事を恥じ入るように落ち着き、声量を落とした。

「……まあ、そんな訳で俺だけの名刀っていうのは優先順位が下がるんだ。いつかは欲しい、だが具体的な期日とかは考えていない」

「それ、積極的に動かないと一生やらないパターンじゃないかい?」

「違いない」

そんな事を話しているうちにパトリックに聞いていた場所へと辿《たど》り着《つ》いた。ルッツの小屋と比べること自体が無意味で虚《むな》しくなるような立派な建物であった。親方、職人、見習いを合わせて数十人が生活しているので当然と言えば当然である。

ロバを繋いで頑丈なドアをノックすると、中から弟子らしき男が顔を出した。

「刀鍛冶のルッツと申します。パトリックさんはご在宅でしょうか？」

弟子は少しだけ考え込み、何かを思い出したように顔を上げた。

「ああ、親方から聞いております。ルッツ様、ゲルハルト様が訪ねて来られたらマスかきの最中でも構わずお通しせよと」

面会は最優先だという意味なのだろうが他に言い方はなかったのだろうか。

本当に大丈夫なんだろうなと、クラウディアからの視線が痛い。

案内をされて親方の部屋へ行くと、ゲルハルトの工房で会った中年男が満みの笑みで出迎えてくれた。

「ようこそ、ようこそルッツさん！　あの鬼哭刀ちゃんの作り手が訪ねてくださるとは嬉《うれ》しい限り、今日というこの日を工房の祝日にします！」

何かと表現が大袈裟《おおげさ》であった。本当にこの男ならばやりかねないが。

「こちらこそ、鬼哭刀の鞘が忘れられず押し掛けてしまいました」

「んっふ」

職人に対する最大の賛辞は、作品への賛辞である。一流の刀鍛冶から彫刻を誉《ほ》められ、気持ち悪い含み笑いを漏らすパトリックであった。

「本日はパトリックさんに短刀の鞘の装飾をお願いしたく参りました」

ちらと視線を送ると、後ろに控えていたクラウディアが進み出た。

「初めまして。ルッツの妻、クラウディアと申します」

と言って深々と一礼した。

懐から黒塗りの匕首を取り出してテーブルに置くと、パトリックの眼が妖《あや》しく光り出した。

「ほほう、ほほう……。これはルッツさんが打った刀ですか？」

「その通りです」

「刀鍛冶が妻を想《おも》って刀を打つ。いやあ、まさしく愛ですなあ！　愛がまぶしい！」

「そこまで大袈裟な話では……」

ルッツは返答に困った、この男のテンションに付いていけない。クラウディアが欲しいと言ったから作った、ルッツにとってはただそれだけの話である。

「愛に花を添えたくて、このパトリックを選んでくださったと！　そういう事なのですね⁉」

そういう事なのだろうか。ルッツはもう否定する気力もなく曖昧《あいまい》な笑顔で頷《うなず》くしか出来なかった。

パトリックが鞘《さや》を掴んで刀身を抜くと、その鋭さ、美しさに魅入られてしまった。闇夜の猫のように目を丸く、そして爛々《らんらん》と輝かせていた。

ごくり、と喉《のど》を鳴らして言った。

「これで刺されたら、死にますね！」

興奮しすぎて語彙《ごい》力がモンキーであった。心臓をひと突きするのに丁度いい長さをしている、そういう話をしたかったのだが頭が付いていかなかったようだ。

「それでそれで、この可愛《かわい》い子ちゃんの名前は⁉」

「な、名前……ッ？」

ルッツはまたしても返答に詰まった。名前がない訳ではない、知らない訳でもない。名前の由来を聞かれても説明が難しいのだ。

狼狽《うろた》えるルッツを横目に、クラウディアは薄く笑って進み出た。

「この刀の名は『ラブレター』と申します」

「『ラブレター』、『ラブレター』ちゃんか。これまた奇妙な名前ですなあ」

パトリックは道具入れから木槌《きづち》を取り出して、柄のストッパーである目釘《めくぎ》を外そうとした。ここは装飾師の工房であり、細かい作業をする為の道具はいくらでもあった。

「パトリックさん、装飾をするのに柄《つか》を外すのですか⁉」

ルッツが目を見開き、そんなルッツをパトリックは不思議そうに眺めていた。

「そりゃあそうでしょう。くっついたまま作業すると刀身に負担がかかりますし、固定もしづらい訳でして」

むしろ外さない理由がなかった。

少し考えればわかるような話をルッツは見逃していた。本当に他人の仕事に興味を向けて来なかったのだと反省していた。そして今、無関心のツケを払わされる事になるのだ。

「大丈夫ですよ、目釘の外し方はゲルハルトさんに教わっていますから。鬼哭刀ちゃんの装飾をしたのも私ですし。実績がありますよ、実績が」

違う、そうではない、壊してしまうのではないかと心配している訳ではないのだ。

手早く、それでいて丁寧に外された目釘と柄。愛の言葉は再び人目に晒《さら》された。

『DEAR　YOU』

以前、これを見たゲルハルトは大笑いしていた。今回もそうなるかと思いきや、パトリックは茎《なかご》を見たまま固まっていた。

「尊い……」

「……はい？」

「もうダメ、辛《つら》い、しんどい。この場で爆発しそう。人間辞めて花になりたい」

「パトリックさん？」

「普段口数が少ないであろう男が、妻を守ってくれる懐刀に込めた愛の言葉。ああ、なんてこった、間に挟まる隙間が無いじゃないか。私は私がこの世に生まれた意味を悟った。このラブレターちゃんを綺麗《きれい》に着飾るためだったんだ……」

パトリックは早口でまくし立てている。突っ込みどころ満載だが、今のパトリックとまともに会話が成り立つのだろうか。

ルッツはおしゃべりではないが、クラウディアとの会話が少ない訳ではない。以前評したように仕事仲間と友人と恋人を全部一緒にしたような関係である。話題は通常の三倍だ。話題が尽きれば肉体言語に切り替えればいい。

ラブレターの装飾の為に生まれてきた、そんな馬鹿な話があるものか。多分、パトリックは鬼哭刀の時も似たような事を言っていたのではなかろうか。

疲れる。この男と付き合うのは酷《ひど》く疲れる。腕が良いから大丈夫だなどと言ったのはどこのどいつだ。

その後、クラウディアが好みの絵柄を伝え、金額の交渉をしてから工房を後にした。見送りに出

た弟子が、『ありがとうございました』でもなく『お気をつけてお帰りください』でもなく、

「お疲れ様でした」

と言ったのがなんとなく印象に残った。


一週間後、ルッツとクラウディアは再びパトリックの工房を訪れた。装飾で預けていた匕首、ラブレターを受け取る為である。

「さあどうぞ、どうぞご覧下さい。これが一段と綺麗になったラブレターちゃんです！」

パトリックはそう言って黒塗りに金細工が施された匕首をテーブルに置いた。

目の下にくまが出来ている、身体《からだ》がふらついている。どうやら徹夜明けのようだ。ルッツにもよく覚えがあり、まるで鏡でも見ているような気分だった。

もっともパトリックの場合、装飾は五日で終わり後は匕首を眺めたり振ったりで徹夜しただけなので同情の必要はないが。

「これは凄《すご》い……」

クラウディアは匕首を手にして感嘆の声を漏らした。

黒塗りの鞘の中で二羽の不死鳥がダイナミックに舞っている。ルッツやゲルハルトが揃《そろ》って、あいつは変態だと評しながらも敬意を払っている理由がよくわかった。

商人の癖でつい値段を付けてしまったが、すぐに頭から追い払った。これは一生、私の刀だ。

ひとつ不思議な事がある。絵画にせよ彫刻にせよ、不死鳥をモチーフにする時は一羽だけを描くのがセオリーだ。

不死鳥は派手である、とにかく派手である。言ってしまえば火だるまになりながら平然と空を舞う七面鳥だ。不死鳥を中央に置き炎のエフェクトを多めにする、それが基本だ。

何故《なぜ》かラブレターには二羽の不死鳥がいる。鞘に一羽、柄側に一羽。そもそも伝説という観点からして不死鳥は二羽存在するものなのだろうか。

クラウディアが伝えた希望は不死鳥なんか良いですねと、それだけだった。エフェクトは控えめで二羽いても決して煩《うるさ》くはない、綺麗に納まっているので不満はない。

何故二羽なのかと気になって聞いたところ、パトリックは簡単な事だとばかりにあっさり言った。

「ひとりぼっちじゃ寂しいでしょう」

この匕首《あいくち》のテーマは愛だ。少なくともパトリックはそう確信していた。ならば不死鳥だって二羽で仲良くしても良いではないか。伝承の正しさなんてクソ食らえだ。

これにはクラウディアも、なるほどと頷いた。そういった解釈はクラウディアの好みでもある。

「鞘から抜くと離れちゃうけど、納めると二羽はまたちゅっちゅするんです。ほら、ちゅっちゅ」

彼はきっと優しい男なのだろう。ただ、言い方が物凄く気持ち悪いだけで。

「大変素晴らしい装飾をありがとうございます。また、これからも夫の事をよろしくお願いします」

と言ってクラウディアは深々と頭を下げ、代金の金貨五枚を支払った。装飾費としては破格だが惜しいとは思わなかった。この匕首にはそれだけの価値がある。

パトリックもクラウディアという聡明《そうめい》で美しい女性の事を気に入っていた。芸術の理解者という点でも最高だ。とは言え、別に惚《ほ》れたとかの話ではない。

彼に芽生えた欲求は、ルッツとクラウディアが仲良くしているのを遠くから眺めていたいだけだ。

今日も推しが尊い、飯が美味《うま》い。

工房からの帰り道。クラウディアは匕首を様々な角度から眺め、にやにやと笑いながら歩いていた。

「なあルッツくん、やはり君も名刀を持つべきじゃないかね」

「何故そう思うんだ？」

以前終わった話だ。それをもう一度ということは何か心境の変化があったのだろうか。そして変わったとすればその原因は間違いなく新たな匕首だろう。

「名刀を持っていれば心に自信と余裕が生まれるからさ。何か辛いことや苦しいことがあっても、『でも私は名刀を持っているし……』と、すぐに自信を取り戻すことが出来る」

「そういうものか」

「そういうものさ」

何をつまらない事を、と一蹴《いっしゅう》する気にはならなかった。

ルッツの生活は昔と比べて大きく変わってしまった。これからはさらに大きな波に飲まれるように変わっていくだろう。望む、望まないに拘《かか》わらず臨まねばならないのだ。何か心の拠《よ》り所があってもいいかもしれない。

「……そうだな。伯爵絡みの面倒事が終わったら、俺自身の刀を考えてみようか」

「はっはっは、そうだろう。私は名刀持ちの先輩だからね、何でも聞いてくれたまえよ」

クラウディアは笑いながらルッツの背をばんばんと叩《たた》いた。

……ああ、そうだ。俺が守りたいのはこんな日常だ。

何があっても大切な人を守り抜ける刀。願う理想の刀がルッツの頭の中で少しずつ形作られていった。

「追っていた使用人が自害した」

伯爵領の城内、会議室にてマクシミリアン・ツァンダー伯爵は苦々しく呟《つぶや》いた。

円卓を囲むのは主人の他に相談役ゲルハルト、高位騎士ジョセル。そして政治的ごたごたとはなんら関係のない、ある意味で一般人の勇者リカルドであった。

リカルド自身、何故自分がこんな所に居なければならないのかわからない。伯爵から名指しで呼ばれてしまったので拒否する事も出来なかった。

「使用人の中で急に金回りが良くなった者を内偵させていたのだが、今朝自宅で首を吊《つ》った状態で発見された」

「自害とは、妙ですな……」

ゲルハルトが唸《うな》るように言った。

自殺は教会の教えで禁じられている。この時代、死後に天国へ行けるかどうかというのは人々の大きな関心事であった。よほど追い詰められてでもいなければ人は自殺などしない。死後の望みがあるだけ、殺された方がマシなのである。

「罪の重さに耐えかねて自ら天国への道を閉ざしてお詫《わ》びした。……訳ではないでしょうね」

ジョセルが自分でもまるで信じていないような口ぶりで言った。

「十中八九、始末されたな」

「ともかくこれで……」

ギシ、と音を立ててマクシミリアンが背を椅子に預けた。

「一件落着だな」

「え？」

リカルドの口からつい間の抜けた声が出てしまった。黒幕への手がかりが潰《つい》えてしまったのである。一件落着どころか迷宮入りだ。

リカルドの疑問もわかると、ゲルハルトが補足した。

「リカルドよ、もし裏で糸を引いているのが公爵様のような雲の上の大貴族であったらどうする」

「どうって、向こうから仕掛けてきたのだから敵対する事になりますが……」

「ツァンダー伯爵家に単独で大貴族と戦える力などない」

ハッキリと言い切ったゲルハルトに、マクシミリアンは苦笑を浮かべていた。

咎《とが》めるつもりはない、事実だ。伯爵家を下に見るような事を言わねばならないからこそマクシミリアンから説明は出来ず、ゲルハルトが率先して言っているのだ。

「知らない方がいいのだ。知ってしまえばどうしても意識してしまう、態度に出る。本格的な敵対関係になりかねない。さらに言えばエルデンバーガー侯爵に誰に襲われたのだと聞かれて、名を出してしまえば否応《いやおう》なく政争に巻き込まれる。知らない、というのが一番良いのだ」

エルデンバーガー侯爵が黒幕ではないかとも考えたが、それはすぐに打ち消した。蛮族の国と交渉を控えた今、献上品となる名刀を作れる伯爵家を一番守りたいのが侯爵だ。

職人たちの伯爵への忠誠度がわからないので伯爵を殺して職人たちを強引にスカウトするという

のも現実的ではない。もしもそこまで悪辣《あくらつ》な事を考えていたとしても、やるならば和平交渉の後だ。

実際、ゲルハルトは伯爵に恩義と友情を感じているので靡《なび》くことはないだろう。

ルッツは義理や人情といったものを重んじる傾向がある。金だけで取り込むのは難しそうだ。

ナチュラルボーン不審者、パトリックは名刀の集まる所にいたがる。ゲルハルトとルッツが動かない限り、彼も移籍に応じることはあるまい。

やはり三職人は伯爵領に留《とど》め、欲しい物があれば伯爵に頼むというのが侯爵の正解だ。

侯爵黒幕説はない。マクシミリアンはそう確信していた。

「しかし、奴《やつ》らがまた襲って来たらそれなりの対応をしなければなりませんが」

リカルドにはまだ不安があった。

「それもないだろう。道中で襲うのと、敵地に潜り込んで襲うのでは難易度がまるで違う。強行する奴がいたらよほどの暇人か阿呆《あほう》だ」

ゲルハルトはつまらなそうに言った。完全に、もう終わった事を話すような口調である。

「どうしても閣下を害して鬼哭刀、あるいは侯爵の宝剣を奪いたいのであれば野盗を唆すような回りくどい真似《まね》をせず、信頼できる手の者を差し向けただろうよ」

伯爵と侯爵が佩刀《はいとう》を交換していたという事を敵が知っていたのかどうか、それがわからない。

配下の騎士たちを使えばどうしても証拠が残るし金もかかる。万が一、撃退されたり伯爵を取り逃がすなどすれば事件が明るみに出てしまう。

他者の領地に軍隊を入れて宝刀欲しさに伯爵を襲ったなどと知られれば、どれだけの大貴族と言えど揉《も》み消す事は出来ないだろう。

絶対に皆殺しにするという覚悟はなかった、その為に野盗を動かした。成功すればラッキー、くらいの感覚だったのか。

「これ以上は考えるだけ無駄だ。忘れてしまえ」

無駄。多くの人が死んだ、多くの人をリカルド自身が殺した。使用人のひとりが裏切り、そして用済みになると始末された。それを無駄の一語で済まされてしまった。

……命の価値とは何だろうか。襲われた事にも、野盗の命を奪った事にも、何の意味もなかったのか。

気が付けば会議は終わり、夕日の差し込む会議室にリカルドはひとり残されていた。

妖刀『椿《つばき》』は敵に自害を強いる刀だ。それはつまり死後の救済すら否定するという事ではないだろうか。最期に快楽を与えてやるから慈悲深いなどと、酷い思い違いだった。

やはり椿は恐ろしい刀だ。そうと知ってなお、手放そうという気がまったく起きない自分は悪魔の剣士か。

……わからない。俺はこれからどうなってしまうのか。

皮肉な事にリカルドは非情な殺戮《さつりく》兵器を手にした事で、命の価値について考える時間が増えていった。

第三章　円卓会議

王都、円卓の間。

中央に座るのは国王、ラートバルト・ヴァルシャイト。その他十二人の大貴族たちが集まり会議を進めていた。

国王は会議が始まってから殆《ほとん》ど口を開かなかった。白いものが混じり始めたアゴ髭《ひげ》を撫《な》でながら周囲を見回している。

国王が発言すればどうしてもそれに追従するのが正しい事とされてしまう。それでは会議を開く意味がない。皆の意見が出尽くした所で最終的な意志決定を下す、それが彼のやり方であった。

十二貴族の中にはマクシミリアンと刀を交換したベオウルフ・エルデンバーガー侯爵の姿もあった。彼も国王と同じくあまり発言をせずに成り行きを見守っていた。

この日の議題は蛮族との和平交渉についてだ。交渉役の伯爵が立ち上がり、今にも倒れそうな血の気の引いた顔で報告をしていた。

「奴《やつ》らが用意した贈答品、『覇王の瞳《ひとみ》』と呼ばれる宝石ですが、これは握りこぶし程の大きさのピンクダイヤモンドでした」

円卓の間に広がるざわめきと動揺。ピンクダイヤモンドというだけでも希少価値が高いのに、大きさまでが規格外だ。まさに世にふたつとない至宝である。

「馬鹿な、大袈裟《おおげさ》に言っているだけではないのか?」

そんな声も上がるが、交渉役を信用していないと言っているようなものである。伯爵は少し苛立《いらだ》ったように答えた。

「私がこの眼《め》で確かめました、間違いなく本物です」

そんな貴重品に釣り合う物など用意出来るはずがない。和平交渉は失敗し、王国が負けて恥をかいたという結果だけが周辺国に伝わるのだ。

「そうだ、地下宝物庫には五文字の魔術付与が施された宝剣が存在するとか。それならば……」

貴族がすがるように言うが、国王は静かに首を横に振った。

「そんなもの、とっくに売り払って金に替えておる」

皆は落胆したが文句も言えなかった。王国の財政は逼迫《ひっぱく》している。そして、負担をかけ続けてきたのが蛮族との果てしない小競り合いだ。

戦いが続いたから宝を売った。

戦いを止めるために宝が必要だ。

どうしようもない矛盾であるが、今さらそんな事を言い出しても仕方がない。

「あの、向こうの使者の話には続きがありまして……」

伯爵は先程よりもずっと言い辛《づら》そうな顔をしていた。まるで彼が敵であるかのように、批難の視線が集まった。

「なんだ、さっさと言え。これまで以上に不愉快な話があると言うのか」

「使者が言うには、王国にも素晴らしい宝があるはずです。両国友好の証《あかし》として、第三王女リステイル様を我が王の第五夫人として迎え入れたい、と……」

円卓の間にまたしても動揺が広がるが、今度は人それぞれ反応が違った。

蛮族風情が何を無礼なと怒りを露《あらわ》にする者。

政略結婚は王族の務めだと、消極的に賛同する者。

それで和平が成立して、宝が手に入るなら安いものだと考える者。王家といえど他人の家の娘がどうなろうが知ったことではなかった。

反対、中立、賛成をベオウルフは各自の態度と顔色から判断した。賛成がやや多いか、このまま何も言わなければ決定してしまうだろう。

ちらと国王を横目で見ると、彼の顔は強張《こわば》っていた。それでもまだ何も言わない。娘可愛《かわい》さに王国全土を危険に晒《さら》すなどあってはならない事だと、彼はそう考えていた。

……陛下、こいつはひとつ貸しですぜ。

主君に眼で合図をしてから、ベオウルフはわざとらしく咳払《せきばら》いをして見せた。

「この話、蛮族どもの罠《わな》ですな」

「罠、と言いますと……？」

エルデンバーガー侯爵家は十二貴族の中でも存在感があり、無視することは出来なかった。

「王女様を差し出す事は、人質を出すも同然だという事です」

「それは悪意ある解釈というものです。婚姻によって両国の関係が深まるのも確かでしょう」

ベオウルフは反論してきた貴族の顔と名前を覚えた。王国の弱体化で得でもするのか、交友関係を洗い出さねばなるまい。

「リスティル様は十三歳。対して奴らの王はいくつでしたかな?」

交渉役の伯爵に眼を向けると、彼は慌てながらもしっかりと答えた。

「は、カサンドロス王は今年で七十になるとか」

主要人物のプロフィールは頭に入っているらしい。優秀だ、こんな任務を押し付けられた挙げ句に皆から批難の視線を浴びせられるのは運が悪かったとしか言い様がない。

「まともな結婚生活が送れるわけはないでしょう。親子ほどの差とはよく聞く言葉ですが、今回は親子を通り越して祖父と孫、あるいは先祖みたいなものですよ」

ふたりが真剣に愛し合い、次世代の王を王女《リスティル》が産むなどあり得ない話だ。さすがに無理があるので反論する者はいなかった。

「しかも第五夫人と来たもんだ。もうね、生理の上がった先輩方に苛《いじ》められるのが眼に見えていますよ。この中で女性関係で苦労した事のない幸運な人はいないでしょう? 我々は同志です」

こんな時だが軽く笑い声が上がった。場の雰囲気を掴《つか》んだベオウルフはさらにつづける。

「もしもリスティル様が蛮族どもに奴隷扱いでもされれば、王国としては抗議せねばなりません。奴らはそれを内政干渉だと突っぱねるでしょう。当然、そんな事で引き下がるわけにもいかず……、と繰り返して遂には武力抗争に発展する。つまり奴らはいつでも戦争を再開できるという事になります」

「しかし、そんな悪辣な真似をすると決まった訳では……」

「決まってからでは遅いのです。外交とは礼を尽くしつつ、心の底で相手を軽蔑《けいべつ》していなければなりません。奴らは邪教を信じる蛮族です、信頼など出来ません。常に最悪のケースを想定するべきなのです！」

ベオウルフの熱弁に中立であった者たちが王女の輿入《こしい》れ、さらに言ってしまえば身売りに疑問を持つようになった。

これで多数決で押し切られるような事もなくなったが、結局のところ話が振り出しに戻っただけである。

「蛮族への贈答品はどうしますか……？」

誰かが呟《つぶや》いた。誰もが解決策など持たず周囲を見渡して何か言ってくれるのを待っていた。

このままではまた王女を差し出そうという話に戻りかねない。

やがてベオウルフに視線が集まった。お前が話を引《ひ》っ掻《か》き回したのだから、お前が何とかしろ。

卑屈な眼がそう語っていた。

……すまんな、マクシミリアン卿《きょう》。あれを使わせてもらうぞ。

ベオウルフがテーブルの上のハンドベルを鳴らすと、事前に打ち合わせていたのか従者が刀を携えて入って来た。

「皆さん、ここに五文字の魔術付与がされた剣があります」

「何と、それは宝物庫にあったという宝剣ですか⁉」

「いえ、まったくの別物です。私が独自に手に入れました」

ベオウルフは話しながら円卓をぐるりと見回す。顔色を変えた者はいない。だがベオウルフは確信していた、この中にマクシミリアンの馬車襲撃を命じた者がいると。

彼らは伊達《だて》に大貴族と呼ばれている訳ではないのだ、そうそう簡単に態度に出すはずもなかった。

あるいは悪い事をしたなどと毛ほども思っていないのかもしれない。

ベオウルフは立ち上がり、鬼哭刀《きこくとう》を恭しく国王へ差し出した。国王が刀を抜くと、その刀身の美しさに誰もが魅了《チャーム》された。

「おお、なんと素晴らしい……」

「エルデンバーガー侯、いくらで売ってくださいますか⁉」

贈答品の話をしているというのに、欲しがる慌てん坊まで出て来た。

国王はしばし刀身を眺めた後で鞘《さや》に納めて言った。

「素晴らしい、余はこれほどの宝剣を見たのは初めてだ。しかし……」

と、表情に暗い影を落とした。

「こぶし大のピンクダイヤモンドに釣り合うと思うか？」

「わかりません、相手の目利き次第かと。納得してもらえなければ、この剣のように素晴らしい物を蛮族の王の好みに合わせて作ります、といった方向で話を納めたいと考えております」

「剣の作者は生きておるのですか？　どこの、誰ですか⁉」

先程、刀を売ってくれと言い出した男がまたしても興奮し出した。空気は読めないようだがこういう男は嫌いではない。ベオウルフは明るい声で答えた。

「ははは、申し訳ありませんがこいつは私の飯のタネです。そう簡単に職人を教える訳にはいきませんよ」

ベオウルフは笑いながら断ったが、実際は職人に刺客を向けられたり攫《さら》われたりといった事を警戒していた。ベオウルフ自身も具体的に職人が何処《どこ》の誰とは知らないが、マクシミリアンとの繋《つな》がりを教えることもないだろう。

パン、と手を叩《たた》く音が大きく響く。国王が結論を下す時の合図だ。円卓の間は静まり皆が王へと眼を向けた。

「以後、蛮族との交渉はエルデンバーガー侯に任せる。宝物庫の出入りも許そう、必要な物があれば何でも持って行くといい」

「はっ、お任せください！」

頭を上げた瞬間、国王と眼が合った。それは厳格な王ではなく、慈愛と哀《かな》しみに満ちた父親の眼であった。

……娘を生《い》け贄《にえ》にはしたくない。救ってやって欲しい。

そう言っているように思えたのは気のせいだろうか。

「ベオウルフ・エルデンバーガー、必ずや陛下のご期待に答えてみせます」

国王を安心させたくて、力強く宣言した。

……勘違いでも何でもいい。私がそう感じた。

男が行動を起こす理由としては十分だ。


国境際に王国軍が陣地を築いていた。

僅《わず》か五キロ先に蛮族と呼ばれる、連合国軍が駐屯している。

今すぐドンパチ始まったりはしないが決して油断は出来ない、そんな距離だ。お互い緊張でロクに眠れもしないだろう。

王国兵は三千ほど、さらに馬が数百頭。蛮族に備えるという理由でこんな所に張り付けて、金と食糧を垂れ流しているのだ。

……馬鹿な話だ。止められるものなら今すぐ止めたいというのが本音だろう。戦う兵も、金を出す貴族も。

駐屯地を見回るベオウルフ・エルデンバーガー侯爵は不快感で眉《まゆ》をひそめていた。

和平が結ばれれば軍を完全撤退とはいかずとも、見張りと最低限の戦力を残し数百名くらいに減らすことが出来る。そうして浮いた金で何が出来るだろうか。

道路整備、農地改革、新たな城塞《じょうさい》都市の建設。実に素晴らしい。少なくとも不眠症の兵を量産するよりはよほどマシな使い方だ。

「ベオウルフ卿、そろそろお時間です」

案内と引き継ぎのために連れてきた伯爵が言った。この日、国境を訪れたのは蛮族の使者と和平の話を詰める為《ため》である。

「ひとつ聞きたいのだが、蛮族の王は七十過ぎたジジイだったな」

「はい」

「勃《た》つのか?」

「……はい?」

あまりにも明け透けな言い方に、伯爵は引き気味であった。

「そんな嫌そうな顔をするな。こいつは政治だ、外交だ。嫁いだ姫さまが子を産めるかどうかは重要だろう?」

「……王は、裸の女を左右に侍《はべ》らせて寝るのがお好みのようです。それで若いエキスを吸い取れるとか」

「いい趣味してるな、まったく」

ベオウルフは吐き捨てるように言った。

王族の女性の仕事は他家に嫁ぐことである。とはいえ、最初から不幸になるとわかった婚姻を取り結ぶなどしたくはなかった。

十三歳の少女の青春を潰《つぶ》す権利が何処の誰にあるというのだ。義務、役目、王家、そんな建前はどうでもいい。嫌なものは嫌だ。

「さて、行こうか」

ベオウルフたちは厩舎《きゅうしゃ》へ向かい、それぞれの馬に飛び乗った。

大貴族である自分が護衛に騎士数名を付けただけで敵味方が対峙《たいじ》する戦場のど真ん中を走っている。何か罠でも仕掛けられたらひとたまりもないだろう。

そういえば、同行する伯爵どのは昔はもっとふくよかではなかったか。和平交渉が始まってから二十キロくらい痩《や》せたようだ。

……私もそうなる前に話をまとめたいところだな。

仮設テントが見えてきた。馬が繋がれているところから、どうやら向こうの使者は既に到着しているようだ。

あまり待たせては悪印象だ。ベオウルフは手綱を握り締め馬を急がせた。戦場で鍛えたその馬術に、伯爵も騎士たちも付いていくのが精一杯であった。

テントの中でベオウルフたちを出迎えたのは二十代後半の精悍《せいかん》な男であった。薄く焼けた肌、無駄なく引き締まった体つき。かなり武芸を修めていると一目でわかった。ついでに言えばルックスもイケメンだ。

ベオウルフは特に理由はないがこいつをブン殴りたくなっていた。

「第二王子、アルサメスです」

伯爵が背後から囁《ささや》いて教えてくれた。

「そうか、殴っちゃダメなのか」

「王子じゃなくてもダメです」

王国側はベオウルフと伯爵、連合国側はアルサメス王子と秘書官。そしてテントの中にはもう一人、他国の貴族らしき男がいた。

「ああ、私の事はお気になさらず。不細工な置物とでも思ってください」

眠そうな顔をした貴族が言った。誰だろうかと考えながらベオウルフは失礼にならない程度に見届け人を観察した。顔に見覚えはないが、その服装から帝国貴族ではないかと推測された。

……面倒な奴を寄越《よこ》しやがって。

アルサメスが見届け人として呼んだようだ。ここで闇討ちをしたり、宝を持ち逃げするような卑《ひ》怯《きょう》な振る舞いをすれば、たちまち大陸中に広まるという事か。なんとも厄介な置物である。

「では、お互いの贈答品を確認しましょう」

アルサメスが爽《さわ》やかな笑みを浮かべて言った。女ならばときめくかもしれないが、男が見ても苛《いら》立《だ》つだけだ。それともこいつはわざとやっているのだろうか。

もう相手が何をしても気に入らないベオウルフであった。

「ぬっ……」

テーブルに置かれた宝石、『覇王の瞳《ひとみ》』を見てベオウルフは思わず唸《うな》った。こぶし大のピンクダイヤモンド、伯爵の言葉に嘘《うそ》も誇張もなかったのだ。

なんと美しく巨大な宝石であろうか。まさに至宝と呼ぶに相応《ふさわ》しい。それだけに疑問が浮かび上がって来た。

……若い添い寝役が欲しいだけで手放すような代物か？

それは絶対にない。この贈り物外交というフィールドで奴らは一枚も二枚も上手だ。この宝石以上の成果を期待しての婚姻なのだろう。

姫様の立場を徹底的に利用し、しゃぶり尽くすつもりだ。あるいは何らかの手段で宝石を取り戻す事まで視野に入れているかもしれない。

やはり姫様を渡すべきではない。決意を新たにするベオウルフであった。

「我々はこのような物を用意させていただきました」

ベオウルフが『鬼哭刀』を差し出すとアルサメスは少し意外そうな顔をしていた。事前に宝石を見せてやったというのに、それに匹敵するような物を用意出来たのかと。

「ここで抜いても？」

「どうぞ、ご存分に」

鬼哭刀を抜いたアルサメスの眼が驚愕《きょうがく》に見開かれた。

このような形の剣は見たことがない。細く、軽く鋭く美しかった。

さらに気になるのが刻まれた古代文字が五字。これはよほど剣の出来が良く、そして超一流の付《ふ》呪術師《じゆじゆつし》が手掛けなければ出来ない奇跡の逸品だ。

「この刀の名は『鬼哭刀』と言います」

「カタナ、キコクトー……。そうですか、この形の剣をカタナと呼ぶのですか」

欲しい、アルサメスの眼が玩具《おもちゃ》を見つめる少年のように輝いていた。

もうひと押しでいけるかと、ベオウルフはさらに言った。

「この刀の真価は振ってこそわかります。鬼が哭《な》く刀、ご堪能ください」

「ならば外に出ましょうか」

アルサメス、ベオウルフ、その他の者たちもぞろぞろとテントの外に出た。

両陣営の護衛たちが何事かと集まって来て、成り行きを見守っていた。

人々の輪の中心に立ったアルサメスが刀を抜き、大きく振りかぶった。

体幹のブレがない、綺麗《きれい》な構えだ。どうやら顔がいいだけで筋肉は見かけ倒し、などという事はないようだ。なんとなく面白くないベオウルフであった。

振り下ろし、風が鳴いた。

「なんだ、これは……？」

アルサメスは刀と己の手を見比べながら呟いた。

風切り音と呼ぶにはあまりにも美しすぎる精霊の歌声。素振りではない、空を斬ったという不思議な手応え。これが名刀という物かとアルサメスは感動にうち震えていた。

アルサメスは湧き上がる興奮を抑え、ベオウルフたちを誘ってまたテントに戻った。

残された騎士たちは顔を見合わせるが、何があったのかさっぱりわからなかった。敵方にも聞いてみるが、やはり首を傾《かし》げるしかなかった。

「このキコクトー、大変素晴らしいカタナです。しかし……」

戻るなりそう言い出したアルサメスの口調はどこか寂しげでもあった。

「覇王の瞳には一段劣る、そうは思いませんか」

役目とはいえ、こんなにも素晴らしい刀を下に見るような事を言わねばならない。それが彼には悲しかった。

芸術に点数を付ける事は出来ない。それでもなんとなく感じる圧やオーラのようなものがある。また、それを感じられぬようでは大事な場面での目利きなど出来はしない。

ベオウルフも総合力では鬼哭刀が少しだけ負けていると感じていた。見届け人もいる中で、これで釣り合っていると押し切ることも難しい。

しかし、ここまでは想定内だ。

「ならばこうしましょう。正式な調印式の日までに、貴方《あなた》が望む形の刀を作ります。我々が抱える職人の腕は今お見せした通りです」

「ふぅむ……」

アルサメスは悩んだ。品質が鬼哭刀と同等かそれ以上という条件付きではあるが、専用の刀を作ってもらえるという付加価値があれば覇王の瞳と釣り合うかもしれない。

王女を手に入れる事が出来ないのは残念だが、アルサメスは刀の魅力にも取りつかれ抗《あらが》い難かった。

「では、我が王に相応しいカタナを作っていただきたい。キコクトーは素敵なカタナでしたが、少々軽すぎました」

ベオウルフは黙って頷《うなず》いた。あの刀は貧弱伯爵の為に作られたものだ、軽すぎるという不満はベオウルフも感じていた。

王の身長は天を突く程に高く、筋骨隆々との事だ。鬼哭刀とはまったく逆のコンセプトで、一撃で何もかも砕くような豪刀が欲しいと注文された。

「私たちの国では、王は太陽の化身と考えています」

アルサメスの言葉に、ベオウルフは心中で舌打ちした。

……野蛮人め。人は神にはなれぬのだ。

宗教観が違いすぎる。やはり彼らを理解するのも仲良くなるのも難しそうだ。

「そんな王に相応しい属性を付与して欲しいのです。天、つまりは光属性を。キコクトーより劣ってはならないので当然五文字で。可能ですか？」

「お任せください。我が職人たちに命じて、世界最高の逸品をお渡ししましょう」

したくもない握手を交わし、次は調印式でお会いしましょうと言って別れた。

ここでベオウルフはひとつのミスを犯した。

火、風、水、土の四大元素に比べて光属性の付与は恐ろしく繊細で難しいのである。作製難易度は鬼哭刀よりもさらに跳ね上がった。実現可能かどうかも疑わしい。

大貴族であるベオウルフに、職人の細かい事情まで知っておけというのは無茶な話であった。

これはアルサメスの仕掛けた最後の罠《わな》だった。最高の刀が手に入ればそれで良し。出来なければ王国の名誉を蹂躙《じゅうりん》した上で王女を手に入れる。

テントの中でアルサメスはほくそ笑んでいた。いつか全てを奪ってやる。あの刀も含めて、全てだ。

数日後、ベオウルフ・エルデンバーガー侯爵はツァンダー伯爵領を訪れていた。

爵位が下の相手は通常、自分の所に呼び出すものだが今はそんな事を言っている場合ではない。

「こいつを返そう。贈答品にする事はなかったが見せ刀として十分に役に立った。初めて見た奴はどいつもこいつも眼を丸くしていたのはちょっと笑えたな」

ベオウルフは『鬼哭刀』を差し出し、マクシミリアンはそれをしっかりと受け取った。

帰って来てくれた。やはり鬼哭刀は自分の刀なのだとマクシミリアンは少し感動していた。

「なんだよ涙ぐんで、大袈裟《おおげさ》な奴だな」

「嬉《うれ》しいのです、愛刀との絆《きずな》が繋《つな》がったことが」

鬼哭刀を渡して和平会談終了とはいかなかった。申し訳ないがマクシミリアンにとってはありがたい事である。

「それでは、こちらをお返しします」

マクシミリアンはエルデンバーガー家の宝剣を差し出した。武器愛好家の集いで交換していたものだ。

「確かに受け取った。こいつを失《な》くすと天国《あのよ》で先祖に怒られるからな」

ふたりは笑い合い、本来の持ち主の手に戻った差し料を抜いて刀身に魅入っていた。やはり自分の刀が一番だ。

「その剣に付呪を施したいとは思いませんか。うちのゲルハルトは良い仕事をしますよ」

マクシミリアンの誘いにベオウルフは心動かされたようだが、思案の後に首を横に振った。

「止《や》めておこう。こいつはエルデンバーガー家の象徴だ、私の代で勝手にいじるのも気が引ける。それよりも私自身の新しい刀が欲しいな」

「刀に興味が湧きましたか」

「鬼哭刀に惚《ほ》れた、と言いたい所だが実はもう何十年も前に素晴らしい刀と出会った事がある」

ベオウルフは宝剣を納めて、昔を懐かしむように語り始めた。

「私は二十歳そこそこ、若かったな。父も当主として健在であった。ひとりの鍛冶屋《かじや》が珍しい剣を献上したいと言って来たのだ。一目で気に入った父は中庭で皆と共に見たいと言い出して、ちょっとしたお披露目会になった訳だ。父と、私と兄と、側近数名がいたな」

「それが刀であったと？」

「そうだ。鍛冶屋の男は目の前で何でも斬って見せた。石でも、兜《かぶと》でも鎧《よろい》でも、スパスパと真っ二つだ。まるで魔法でも見ているような気分だった」

そこまで言ってからベオウルフの声に暗さが混じる。刀が今、ベオウルフの手元にない。何かがあったのだろうとマクシミリアンは黙って続きを待った。

「彼をエルデンバーガー家のお抱え鍛冶師にしようという話まで出た所で、兄が余計な事を言い出した。自分も斬ってみたい、と」

「兄上様は剣が達者でしたので？」

「さあな、腰を振る方は得意だったようだ。そんな奴が刀を寄越せと言い出したのだ。鍛冶屋も何かを察したのかな、酷《ひど》く青ざめた顔をしていた。だが侯爵家の嫡男、跡取り様に向かってお前には無理だとは言えなかったのだろう。観念して刀を渡したよ。何も起こらないでくれと祈るようにな」

ベオウルフは吐き捨てるように言った。愚かな人間の軽率な振る舞いによって芸術が失われる、それが何とも腹立たしい。もう何十年も前の話だが思い出す度に怒りが沸いてきた。

「お察しの通り、酒の入ったへっぴり腰の兄が鎧に叩《たた》き付けた刀は見事に折れた。兄は顔を真っ赤にして怒り、暴れ出したよ。こいつはペテン師だ、こんなもので石も鎧も斬れはしないと」

「それは、なんとも……」

あまりの話にマクシミリアンは咄嗟《とっさ》に言葉が出て来なかった。

「鍛冶屋の肩は震えていた。貴族の怒りを買った恐怖じゃない、悔しさで身を震わせていたのだろうな。違う、そうじゃないと言いたかっただろう。だが身分の差が反論を許さなかった」

「その鍛冶屋はどうなったのですか……？」

「兄は処刑しろと喚《わめ》いていたのだがな、結局は侯爵領からの追放処分で収まった。侯爵家で騒ぎを起こした罪に対して驚くほど軽い処分だったが、俺はそれでも納得いかず夜になると父に直談判《じかだんぱん》したよ。あれは兄が悪い、あの男を手放すべきではないと」

いつの間にかマクシミリアンは身を乗り出すようにして聞いていた。

「父は言った。あの刀は確かに鋭い、だが傲慢《ごうまん》であると」

「傲慢、ですか」

「意味がわからないよな、俺もそうだった。父は続けた。あの刀で垂直に刃《やいば》を立てれば斬れぬ物はあるまい。だが実戦で常に正しく刃を入れるなど出来るはずもない。あれは使う者の事を考えず、ただ己の腕を見せびらかす為に作られた刀だ。武門の家系に見せかけだけの刀は相応しくない、とまで言われたな」

「手厳しいですね。それを鍛冶屋に指摘してやれば次はもっと良い物を作ってくれたのではないですか」

「もう一度くらいチャンスをやっても良かったとは思うんだがな、兄が騒ぎ立てたのが問題だったのだろう。それからもう一回、何て言えるはずもなかった」

逃した魚は大きい、とはまさにこの事だ。あの鍛冶屋を召し抱えていればエルデンバーガー侯爵領の鍛冶産業はどう変わっていたのだろうかと思わずにはいられない。

「それから数年で父は病で亡くなり、後を継いだ兄もすぐに娼館の階段で足を滑らせ首の骨を折って死んでしまった。世の中、何が起こるかわからないものだなあ……」

ベオウルフの声は感情の籠《こも》らない淡々としたものだった。偶然、偶然だ。酒癖も女癖も悪い兄がこんな死に様を迎えるのはある意味で当然だった。

娼館をすぐに壊したのは構造上に問題があるからだ。店主を処刑せずに穏便に追放としたのは、大袈裟に騒ぎ立てて兄の醜聞を広めたくなかったからだ。

そういう事だ。

ベオウルフは無表情でマクシミリアンの顔を覗《のぞ》き込んでいた。

マクシミリアンの背に冷や汗が流れる。

……この話、真相がどうであれ突っ込む事に意味は無い。

「悲しみを乗り越え、ベオウルフ卿《きょう》は領地を見事に発展させたのですね。天国のお兄様もさぞお喜びでしょう」

少しわざとらしかったか。そう思ったがベオウルフは薄く笑っただけで何も言わなかった。

……どうやら、試されていたらしい。お前は私の敵か味方かと。

ベオウルフはまたいつもの明るい調子を取り戻して手をひらひらと振った。

「鬼哭刀は良い刀だな。鋭さを重視しているが、決して実用性を疎《おろそ》かにもしていない。もっと薄くしようと思えばいくらでも出来たはずだが、切れ味と強度でギリギリのバランスを取っている。あの男が今も刀を打ち続けていたならば、きっとこうしただろうな」

何故《なぜ》こうも鬼哭刀に拘《こだわ》るのか、自分でも持て余していた感情に答えが出たような気がした。

あの日無惨に折れてしまった刀が新たな姿で帰って来たように思えたのだ。心の奥底にこびりついた後悔や罪悪感が、鬼哭刀の前ではスッと消えた。

「……うむ。やはり欲しいな、私だけの刀が。切れ味を重視し刀身を長くした、あの日の刀の改良型のような物を」

「和平交渉が終わったら、ゲルハルトたちに命じて作らせましょう。きっとベオウルフ卿に相応しい刀が出来ますよ」

「そうだな、交渉が終わったら……」

まだまだ問題は山積みだが、明るい未来を思い描くのも大切な事だ。頼れる同志もいる、きっと大丈夫だ。

同時刻、城内の付呪工房にて怒りに震える老人がいた。

「ふざけんな馬鹿野郎ぉぉぉぉ！」

ゲルハルトは吠《ほ》えた。工房の窓がビリビリと震えるほどの大音声だ。侯爵から伯爵を通して贈答用の刀のリクエストを聞かされたばかりである。その内容があまりにも酷かった。

「光属性だと、いいともやってやる。最高の刀と大粒の宝石を大量に用意して、それで三文字が限界だがなぁぁぁぁ！」

奇声を発するゲルハルトをルッツとパトリックは複雑な心境で眺めていた。彼らも打ち合わせの為に呼ばれていたのだ。

「パトリックさん、光属性の三文字ってどれくらいの強さだかわかりますか？」

と、ルッツが聞いた。彼は刀作製に関しては超一流だが、付呪術など他の業種の仕事には疎かった。幅広い知識という点では先輩方に一歩劣る。

「ゾンビに斬りつけて、傷口の再生が遅くなるくらいですかねえ……」

パトリックは首を振りながら言った。正確ではないにしろ、大きく間違ってもいなそうだ。

「何と言うか微妙ですね。傷口からゾンビの身体《からだ》が崩壊とかしないんですか」

「それこそ五文字の世界じゃないですか。残念ながら私は五文字の光属性を刻んだ武器なんて見た事も聞いた事もありませんが」

ルッツとパトリックは唸《うな》ったまま動けなかった。どうも今回の依頼は現実離れしすぎている。

「以前三人で集まった時、最高の刀を作りたいと語り合いましたね。ある意味でそれが叶《かな》ったとも考えられませんか？」

パトリックの言葉にルッツは首を捻《ひね》りながら考え込んだ。言った、確かに言った。よく覚えている。しかし物事には限度というものがある。

「ここまでやりたいとは言っていないんだよなあ……」

ため息と共に天を仰ぐルッツ。

神は祈りに応えてくれた。ただ、丁度良くとはいかないらしい。

第四章　黄金の鳥籠《とりかご》

刀を研ぐ音が止《や》んだ。

水気を拭《ふ》き取り、出来上がりを確かめる。刀身に映ったルッツの顔は明るいものではなかった。

「ルッツくん、出来たかい？」

クラウディアが様子を見に来た。ルッツの顔を見て、また失敗だったのかと気付く。もうこれで三本目だ。

「悪くはないんだが……」

ルッツは首を捻りながら答えた。

「魂に響かないと言うかな。豪刀を作れと言われました、はい作りました、以上。……みたいな、事務的な仕上がりとでも言えばいいのかなあ」

クラウディアは置かれた刀をルッツの肩越しに覗き込んだ。肉厚の刀身は一撃で何でも砕けそうだ、刃紋もしっかりと浮かび上がっている。

良い刀だ、きっと高く売れるだろう。ただ、それだけだ。

「うん、確かに刀を見ても、『おお、なんて素晴らしいんだ！』じゃなくて、『へえ、凄《すご》いですね』みたいな、他人事《ひとごと》というか冷めた感想しか出て来ないねえ」

「そうなんだよなあ。刀の形をした鉄の塊にしか見えん。心、魂、情熱、あるいは情欲。そういう物がまったく乗っていない」

ルッツは肩を落として大きくため息を吐《つ》いた。絶対に成功させねばならない大事な仕事だ、しかしいまいちやる気が出ない。

「今さら言っても仕方ないけどさ、乗り気じゃなかったんだよこの仕事。刀を使ってもらえるわけじゃなくて、最初から政治利用目的だ。付き合っていられないって」

「そういえばルッツくんは誰かに使ってもらいたくて刀を打っているのだったね。より正確に言えば刀を使った相手から、さすがルッツさん世界一、素敵、抱いてと、ちやほやされたいんだろう？」

「否定はしない。だがもう少しこう、手心というものをだな」

「いいじゃないか、欲望丸出しのルッツくんが私は好きだよ。承認欲求とは人が前に進む為《ため》の原動力だ。とても大事だよ、拗《こじ》らせない限りはね」

「褒めているやら、いないやら……」

「ふふん。愛だよ、愛」

相変わらずの物言いであるが、ルッツは少し気が楽になったような気もした。

「ルッツくんはテーマがあった方がやりやすいタイプかい？」

「そうかもしれないなあ。『鬼哭刀《きこくとう》』や『ナイトキラー』なんかはテーマが先にあった。『椿《つばき》』は特に何か考えていた訳ではないが、逆に言えばお貴族サマのご都合のような雑音もなかった」

「ならば話は早い。先にテーマを決めてから打てばいいのさ」

「それならあるだろう。刃は肉厚で長身の豪刀だって」

「それはテーマじゃない、ただの決められた形だよ。大切なのはその刀で誰をブッ殺したいかだ」

クラウディアはいきなり物騒な事を言い出した。

「別に驚く事じゃないさ、刀は人を斬る為にある。ルッツパパが言っていたのだろう、刀は所詮《しょせん》人斬り包丁で……」

「卑屈にならず、斜に構える事もなく、事実として自然体で受け入れろ。だな」

「そう、それだねえ。ナイトキラーは屋内で騎士をブッ殺す為に、ラブレターは賊に襲われた時に心臓を刺す為に、鬼哭刀は貴人が奇襲を一撃だけ防ぐ為にある。ルッツくんは馬鹿デカい刀で何を壊したい？」

ただ言われるままに打っていた。だからつまらない刀しか出来なかったのだ。何を斬る為の刀か、それが定まらなければ魂が込められるはずもなかった。

「ありがとう、クラウ。まだハッキリとは見えないけど、考える方向性が決まったよ」

「私が聞きたいのはそんなありきたりの言葉じゃないねえ」

「愛しているよ」

「んっふふ」

クラウディアが満足げに笑い、ルッツも釣られるように笑い出した。

さて、何を斬る為の刀にするのかと考えるとひとつ問題があった。これは敵国の王に献上する刀である。ならば斬る対象は王国の兵や貴族という事になるのだろうか？

……さすがにそれは、どうなんだろうなあ。

太陽の化身を自称する王が豪刀を持つ、そんな王に必要な力とは何だろうか。わからない、いまいちイメージが湧かなかった。

「ルッツどの、おられるか。ご在宅か⁉」

ドンドンと激しく無遠慮なノックの音がした。あの声はゲルハルトの弟子で高位騎士のジョセルだ。

忠義と信仰と騎士道をミキサーにかけてぶち撒《ま》けたようなクレイジーナイトである。正直、少し苦手な相手であった。騎士嫌いのクラウディアはなおさらである。

居留守でも使おうかとクラウディアと話していると、

「おい、中に居るのだろう。開けてくれ、伯爵がお呼びだ！」

先手を打たれて言われてしまった。

居留守がバレている、そして伯爵からのお呼び出しだ。どうやら今回も付き合わない訳にはいかないらしい。

何故、中にいると気付かれたのだろうと考えていると、ロバちゃんの間延びした鳴き声が聞こえた。そうだ、彼がいた。遠出する時はいつも連れている。

ルッツは面倒くさそうに立ち上がり、内側の閂《かんぬき》を外してドアを開けた。

「どうもジョセルさん。すいませんね、色々と立て込んでいまして」

「事情は理解している。出来れば作業に集中して欲しいのだが、今回ばかりは一緒に来てもらおう。伯爵の呼び出しと言っても依頼者は他にいて……」

と、ここで言葉を区切った。勿体《もったい》ぶっているのではなく、ジョセル自身も困惑しているようだ。

「第三王女、リスティル様が職人たちに会いたいと」

「ええ……」

意味がわからない。

王族が身分としては下の下である職人に会いたいとはどういう事か。

ゲルハルトやパトリックと違い、ルッツは城塞《じょうさい》都市の外に住んでいる。そして同業者組合《ギルド》にも参加していない。戸籍の上でルッツは住所不定無職の不審者だ。

王族に呼ばれるのは名誉と思うよりも先に、面倒であった。

「第三プリンセスと言うとあれだね、ド変態王の全裸幼女抱き枕にされかけたお人だねえ。もっとも、まだ過去形ではなく刀の作製が上手《うま》くいかなければ改めてそうなるのだろうけど」

クラウディアの適当かつ簡潔な説明に、ジョセルは不快げに眉《まゆ》をひそめた。

「クラウディアさん、相手は王女様だぞ。もう少し言葉を選びたまえ」

「おっと、これは失礼」

「それと蛮族どもがリスティル様を求めたという話をどこで聞いた。一般公開などしてはいないぞ」

「そんな事、街でちょいと噂《うわさ》を集めればすぐにわかりますよ。十二貴族の中によほど口の軽いお人がいるようで」

交渉の内容を城壁外に住む商人が知っている。情報統制がまるで出来ていない、規律の弛《ゆる》みにジョセルはますます顔をしかめた。

「ジョセルさん、俺は城内の礼儀作法なんかまるで知りませんよ。無礼があってはいけませんし、辞退させてもらえませんかね」

ルッツの顔に、面倒だから行きたくないと書いてあるようなものだった。王女からの依頼である、ジョセルもはいそうですかと引き下がる訳にはいかなかった。

「一挙手一投足にまで気を使えとは言わん、期待もしていない。語尾に、です、ます、あります、と付けるだけでいい。間違っても『へえ、あんたが王女様か、偉いんだってな』みたいな言い方はするなよ」

「する訳ないじゃないですか、そんな非常識な事」

ルッツは呆《あき》れたように笑うが、対するジョセルは拳《こぶし》を強く握って叫んだ。

「いるんだよ、そういう事をする奴《やつ》が！　ああまったく、世界は広いなあ！」

「……いるんですか」

「私は護衛として、伯爵が冒険者に会う所に同席した事が何度もあるが、そういった無礼な態度が自由だの格好良いだのと勘違いする馬鹿がたまにいるのだ！」

当然、そんな連中は伯爵家お抱えの冒険者になる事は出来なかった。礼儀作法を知らずとも、こうした場で礼を尽くそうと考えもしない者など論外である。まともな状況判断が出来ませんと言っているようなものだ。

「いいかルッツどの、覚えておけ。馬鹿は常に予想の斜め上を行く！　常識という鎖でケダモノは飼い慣らせんのだ！」

「あ、はい」

ジョセルも色々と苦労をしているようである。

元々断れるような話でもなく、ジョセルの顔を立ててやってもいいかという気になって城へ行く事にした。

ただし、クラウディアも連れていくという事を条件にして。

「こうした席に妻を同行させるのはおかしな事じゃないでしょう？」

「まあ、そうだが……」

ジョセルは気乗りしない様子で言った。

何かにつけてからかわれたり、あしらわれたりでジョセルの方からもクラウディアに苦手意識があるようだ。

そうした心の動きに気付いたクラウディアは、

「私と夫は一心同体、是非とも付いて行きたいものですねえ、ハハハ」

などと意地悪く笑っていた。

そういう所だぞ、と心の中でツッコミを入れるルッツであった。


ジョセルに連れられて謁見の間に入ると、本来は伯爵の席である中央に小さな女の子が座っていた。

艶《つや》のある黒髪が腰まで伸びた、綺麗《きれい》なドレスを纏《まと》った愛らしい少女だ。月並みだが、お人形のようなという表現がピッタリ当てはまる。

彼女こそ、この国の第三王女リスティル・ヴァルシャイトである。

リスティルの斜め後ろに護衛らしき騎士が立っていた。身長二メートルはあろうかという大男だ。岩壁の擬人化、とでも言えばいいのだろうか。

伯爵は脇に控えている。ゲルハルトとパトリックも呼ばれたようで、何とも居心地の悪そうに座っていた。

ルッツとクラウディアは王女とも伯爵とも面識がない。ジョセルが後ろから小声であちらに控えるのが誰それだと教えてくれた。

伯爵はそうと知らなければただの人の良い中年男に見える。『へえ、偉いんですね』と口走ってしまった迂闊《うかつ》な冒険者たちの気持ちもわからぬではなかった。

「刀鍛冶《かたなかじ》ルッツとその妻クラウディア。王女殿下のお召しにより参上しました」

そう言ったのはルッツではなく、隣のジョセルだった。ルッツの身分で王女と直接話すことは許されない。故に、目の前に居るというのに高位騎士を介してしか話すことが出来なかった。

……こういうのが面倒で嫌なんだ。

ルッツは短気ではないが、意味のない行為を強要される事が何より不快であった。もう早速帰りたくなってきた。

そんなルッツの心情を読んだか、護衛の騎士が侮蔑《ぶべつ》の視線を向ける。所詮は下賤《げせん》の者だと。

ゲルハルトとその関係者がどこか緩い雰囲気だったので最近は忘れかけていたが、これが貴族の本質というものだ。父を陥れた選民意識そのものだ。

「鍛冶師ルッツ、よく来てくれました」

小鳥が囀《さえず》るような可愛《かわい》らしい声でリスティルは言った。

「ルッツ、刀作製の進捗《しんちょく》はどうなっていますか」

どうやらそれを聞きたくて呼んだらしい。自分が身売りされるかどうかの瀬戸際だ、気にならないはずがないだろう。それで遠く離れた伯爵領まで来るのはなかなかの行動力である。

景気の良い事を言って安心させたい所だが、誤魔化しても仕方がない。ルッツはまたジョセルに苛立《いらだ》ちを抑えながら小声で話しかけた。

「……おい、私にそんな事を言えというのか」

「役目なんだから仕方ないでしょう」

こそこそと話す男ふたりに腹を立てたのか、リスティルはバンと強く机を叩《たた》いた。手が小さいのであまり迫力は出なかったが。

「ここは非公式の場です、直答を許します！」

やはり偉い人もこんなやり方は面倒だと思っているのだなと、少しだけ親近感が湧くルッツたちであった。

護衛の騎士が王女を見ている。それは、先ほどルッツに向けたのと同じ視線であった。敬意はない、感情もない、ごく当たり前のように相手を見下す視線だ。

そこでようやくわかった。奴は王女の護衛ではない、監視役だ。

いざとなれば王女を隣国に引き渡す、その為にはどこかに逃げられては困るのだ。これは後から知った話だが、彼は王ではなく十二貴族から派遣された騎士であった。

「進捗は、芳しくありません」

「え……？」

苦い物でも吐き出すようにルッツは言った。

少女の顔に広がる失望、そして絶望。刀作製の依頼を出してから一ヶ月も経っている。ひょっとしたら魔術付与まで終わっているのではないかと淡い期待を抱いていたのだが、それどころか刀作成の時点で頓挫《とんざ》しているというのだ。

「引き続き、お願いします……」

リスティルは震える声でそう言うのが精一杯であった。芸術とは八つ当たりすれば出来上がるようなものではない。不安でも、苦しくてもただ待つしか出来ないのだ。

和平の為の生け贄《いにえ》にされる。監視がずっと張り付いている。残酷な運命を回避する希望は出来るかどうかもわからない名刀のみ。少女の小さな両肩に、どれほどの重圧がかかっているのだろうか。

……俺が彼女の為にしてやれることは何もないのか。

ルッツの胸が無力感と罪悪感でキリキリと痛む。

そして痛みの中で見えて来たものがあった。わかった。刀に込めるべきは怒りだ。己の無力感や、この世の理不尽を破壊し燃やし尽くす憤怒だ。

「王女殿下ッ！」

「は、はい！」

突然叫び出すルッツに、リスティルの身体《からだ》が驚きで飛び上がった。

「ありがとうございます、殿下のおかげで刀のイメージが固まりました！」

クラウ行こう、と肩を叩いてルッツは謁見の間を飛び出してしまった。

後に残された者たちは全員、呆気《あっけ》に取られていた。

この場の最上位者であるリスティルは、話は終わりだとも下がってよいとも言っていない。ルッツのやった事はある意味で逃亡である。

「では、私もこれにて……」

皆が正気を取り戻す前に脱出してしまおうと踵《きびす》を返すクラウディアであったが、ドアに手をかけた所で振り返った。これだけは言っておかねばなるまいと。

「リスティル様！」

「は、はい！」

リスティルはまたしても小さな身体をビクリと震わせた。何かと叫ばれる日である。

「世界中の全ての女の子に、恋をする権利があります」

「……え？」

「身分とか使命とかそういうのは関係なしに、求める権利があるのです！」

この女が何を言っているのか、何を言いたいのかがわからない。王族に向かって自由恋愛の権利などと、彼女はおかしいのではないか。

リスティルは戸惑っていたが、クラウディアの表情は真剣であり、優しくもあり、本当に自分を気にかけてくれているのだとわかった。

クラウディアも深い意味があって言った訳ではない。少しでもリスティルを元気づけたかっただけだ。

彼女はかつての自分と同じだ。檻《おり》に入れられて売られるのを待っている。檻が鉄で出来ているか黄金で出来ているかの違いだ。

同じ境遇に置かれた女に、幸せになって欲しかった。

誰も彼もが勝手なことをする状況に苛立ったか、護衛の騎士が叫んだ。

「おい女！　貴様に口を開く許可は与えていない、勝手にしゃべるな！」

何が彼の逆鱗《げきりん》に触れたのか、恐らく蛮族の王に嫁がなくてもよいという意味の事を言ったからか。

相手の怒りのポイントを見定めた事で、クラウディアはかえって冷静になった。

薄っぺらい笑顔を張り付けて、ペコペコと頭を下げる。

「申し訳ありません。宮廷のマナーなど何も知らぬ田舎者でして、どうかお許しを。オホホ……」

などと言って、形の良い尻《しり》を向けてドアの隙間にするりと入り、さっさと出て行ってしまった。

「このアマ……ッ！」

騎士が剣の鞘《さや》を掴《つか》んで追いかけようとするが、リスティルがそれを制止した。

「およしなさい。ここは非公式の場です、無礼によって裁かれる事はありません。それは事前に話していたはずですよ」

「しかし殿下、あのような真似《まね》を許してしまえば殿下のご威光に傷が付きます」

違う、彼女はリスティルに諦《あきら》めるなと言ってくれたのだ。勝手な発言が無礼である事、咎《とが》められる危険がある事も承知の上で。

これこそが忠義ではないか、優しさではないか。誰もがリスティルを腫《は》れ物《もの》扱いする中で、まっすぐにぶつかって来たのは彼女が初めてだ。

「捨て置きなさい。あなたの役目は私の護衛のはずですよ。持ち場を離れぬよう」

「……報告はさせていただきます」

「ご自由に」

騎士とリスティルは目を合わせようともしなかった。

すっかり場が白けてしまい、そろそろお開きかと誰もが思っていた時、

「ゲルハルト老」

と、リスティルが声をかけた。

自分に話を振られるとは思っておらず慌てたゲルハルトだが、さすがに彼は気持ちの建て直しも早かった。

「はい、殿下」

「王家の婚姻道具に過ぎない身に、色恋の自由などあると思いますか？」

どう答えたものかとしばし悩んだ。いや、答えなど最初から決まっている。最高の名刀を作り出し王女を差し出す事なく和平を締結させるのが自分たちの役目だ。

ゲルハルトは胸を張って言った。

「その為に、我らがいます」

リスティルは頷《うなず》き、さらに聞いた。

「ルッツという男は名刀を作り出すことが出来るでしょうか」

「あの男が何かを思い付いて走り去った、それは芸術が生まれる兆しであります。これも全ては殿下をお救いする刀を作る為。ルッツの無礼をお許しくださいますよう、私からもお願いします」

「信頼しているのですね、彼を」

ゲルハルトは力強く頷いた。

いくつもの名刀を作ってもらった。友の魂を救ってもらった事もある。あの男は何かやるだろう、それは信頼を超えた確信であった。

リスティルも覚悟を決めたようで、背筋を伸ばし皆に宣言した。

「わかりました。後二ヶ月の間、信じて待ちましょう。余計な手出しはいたしませぬ。ツァンダー伯爵家が誇る三職人に、この身を預けます」

そう言ってリスティルはにっこりと笑った。

それは王族の権威などを外した、少女らしい明るい笑顔であった。


ルッツとクラウディアが家に戻ると既に日が落ちかけていた。

しかし、そんな事はお構いなしにルッツは言った。

「俺はこれから刀の作製に入る」

クラウディアは目を丸くして驚き、呆《あき》れていた。

彼は徹夜で、失敗作とはいえ一本の刀を仕上げたばかりである。そのまま城へと連行され、ようやく戻って来たところである。それでまた刀を作ろうというのは無茶にも程がある。

「ルッツくん、せめて夕食を食べてぐっすり寝て、それからにしたまえよ」

「多分クラウの言うとおりなんだろうな。休んだ方が効率が良い。しかし、しかしだ、俺の中で燃え盛る情熱を冷ましたくはないのだ。今この時を逃すと傑作は出来ないような気がする」

「むう……」

「心配をかけてすまない。これが終わったら三日間くらいぶっ続けで寝る事にするよ」

そう言ってルッツは鍛冶場に走り閉じ籠《こも》ってしまった。

「まったく、困った男だねえ」

クラウディアがため息を吐《つ》きながらロバちゃんに話しかけて喉《のど》を撫《な》でてやった。ロバちゃんも呆れて何も言えぬようである。

深夜の鍛冶場《かじば》に鎚《つち》音が響く。強く、激しく、リズム良く。苛立ちを叩きつけるようだが、決して雑にはならなかった。

何もかもが気にくわなかった。

平和の為だと御大層な事を言うが、結局は馬鹿が勝手に始めた戦争の尻拭《しりぬぐ》いを十三歳の女の子に押し付けているだけではないか。

立場や身分で人を見下し、それを当然と考える騎士も、貴族も気に入らない。

そして、王女に不安を与えてしまった己の不甲斐《ふがい》なさが何より気に食わない。

……豪刀だと、いいともやってやる。この世の理不尽を、何もかもをぶっ壊せるような刀を！

鋼を叩く力はますます強くなる。集中力が高まり、飛び散る火花ひとつひとつがハッキリと見えた。

叩き、折り返し、熱してまた叩く。

良い刀が出来上がるという予感があった。だがそれでは足りない、最高最強の刀でなければ。

不純物を弾き飛ばし、鋼が何万層にも折り重なる。

ようやく鎚音が止んだのは昼過ぎであった。

刀を置くとルッツの視界がぐらりと揺れた。

「お、おぉ……？」

そのまま回転して倒れ込み、気が付けば煤《すす》だらけの天井を見上げていた。いっそ大の字に手足を伸ばしたかったが、鍛冶場が狭くてそれは出来なかった。

「いやあ、絞り尽くしたなあ……」

気力、体力、その全てを注ぎ込んだ。指一本動かすのも億劫《おっくう》なほど疲れ果てていたが、ルッツの心にはやりきった満足感があった。

影がルッツを覆った。クラウディアが上からルッツの顔を覗《のぞ》き込んでいた。心配半分、呆れ半分といった表情である。

「ルッツくん、刀の出来はどうだい？」

「女の子の涙を拭う程度の事は出来るんじゃないかな」

「素晴らしいね。世の中、それが一番難しいのさ」

とにかくベッドで寝かせようとクラウディアはルッツを起こして肩を貸した。

ルッツは疲れてはいるが、口だけは動く。

「広いベッドで王様気分が味わえたんじゃないか？」

「寂しいものだね、王様というのは」

ルッツの身体をベッドに放り出すと、彼はそのまま寝息を立て始めた。

「本当に困った男だねえ……」

クラウディアは眠くもないのにベッドに潜り込み、ルッツの隣に寝転んだ。

汗臭く、埃《ほこり》まみれで、髪はぼさぼさで無精髭《ぶしょうひげ》まで生えている。そんな男の顔をクラウディアは飽きずにじっと眺めていた。

三日というのは大袈裟《おおげさ》だったが、ルッツは丸一日眠り続けた。

「……おはようちゃん」

まだ寝ぼけるルッツをクラウディアは強引に居間へと連れ出し、温めたスープとビールを差し出した。

「あんまり食欲ないんだけどさ……」

などとぼやいていたが、いざ一口食べるとそのまま猛烈な勢いで食べ始め、結局は五杯も平らげてしまった。

もう一度寝て、起きて、川へ行って水浴びをする。秋も深まり冬の気配が漂って少々肌寒い。

帰ってまた食事をして、仲良しの儀式をして、洗った鍛冶装束に身を包むとようやく気力と体力が完全に戻った。

「さあて、仕上げと行くかい」

ここからは繊細な作業だ、衝動をぶつけるだけでは良い物は出来ない。

通す温度に差を出すため、練った土を刀身に置く。炉に入れて強く熱し、十分に熱が行き渡った所で水に浸《つ》けて一気に冷やす。

曲刀とまでは言わずとも、かなり強く反りが出た。何から何まで鬼哭刀とは正反対だ。

焼き入れが終わり、ひび割れなどがないことを確認してから仕上げの研ぎに入った。濡《ぬ》れた荒砥《あらと》の上で前後に滑らせる。長い、そして重い。腕にかなりの負担がかかるが、それをルッツは辛《つら》いとは思わなかった。

疲れを感じない。まるで刀から力が流れ込んで来るようであった。

目の細かい砥石《といし》に変えてまた擦《こす》る。砥石を何度も何度も変えて、ようやく研ぎ終えた。

本格的な柄《つか》や鞘はパトリックに押し付けるとして、ルッツは白木の鞘を刀に取り付けた。

これでようやく、自分の仕事は終わった。

安堵《あんど》の吐息を漏らしながら刀を確かめる。刀身の長さは通常の三割増し、重さは三倍だ。まともに振れるかどうかも怪しいものだ。

……馬鹿が使う刀だな。

と、身も蓋《ふた》もない感想を抱いてルッツは外に出た。

無風で空気が生暖かい。夕陽《ゆうひ》に横顔を照らしながらルッツは刀を鞘から抜いて、大きく振りかぶった。

重い、だがそれだけに力強さを感じる。これならば相手が騎士だろうが王様だろうが、目の前にいれば頭をカチ割れるに違いない。

「ふんッ！」

今まで抱えていた怒りや苛立《いらだ》ちを全て吹き飛ばすような強烈な一閃《いっせん》であった。踏ん張った足が少しだけ土にめり込んでいる。

刀は振り切ってしまうと自分の足を斬ってしまう恐れがあるし、動きにも無駄が出る。振って、ピタリと止める必要があるのだ。

ルッツはへその少し上あたりで手を止めた。豪刀の衝撃を受け止めた両腕に鋭い痛みが走る。

これはよほど特殊な訓練を受けたものでなければ使いこなせない。リカルド、ジョセルあたりでも無理だろう。ゲルハルトならばギリギリいけるだろうか。

むしろあの爺様《じい》はムキになって使いこなそうとするような気がする。

自分には無理だ、そう結論付けたはずなのに何故かもう一度振りかぶっていた。

……いや、本当に何をしているんだ俺は？

わからない、わからないが、刀を握る手から力が全身に流れ込んで、もう一度くらい行けそうな気がした。

先ほどよりもさらに鋭い一撃。ズシン、と地響きの音が聞こえてくるかのようであった。両腕に痛みが走るが、力も更に湧いてくる。

もう一度、もう一度だけ。何か取りつかれたようにルッツは刀を振り上げた。

異変を察知したクラウディアが外に出ると、そこに明らかに身の丈に合わない刀を一心不乱に振り続けるルッツの姿があった。

「おい、ルッツくんッ！」

クラウディアの叫びにルッツの動きがピタリと止まった。何事だろうかとルッツは間の抜けた顔で振り向く。

「何だ、いきなり叫びだして……？」

次の瞬間、ルッツの両腕に激痛が走った。

「ぐぅあ！」

ここで刀を取り落とさなかったのは職人の意地であったか。痛みに耐え、震える手で刀を鞘に納めてから地面に置いた。

クラウディアがすぐに駆け寄って来た。

「汲《く》み置《お》きの水がまだある、それで冷やそう」

「ああ、頼む」

「自分で歩けるかい、また肩を貸そうか？」

「足はまともだ。腕に触られる方がちょいときついな」

それならば、とクラウディアは刀を持つことにした。

「うわ、おもッ！　君はこんな物を振っていたのか⁉」

「なんか、出来そうな気がしちゃって」

「両腕がブッ壊れて鍛冶屋生命が断たれていたかもしれないのに、ずいぶんと反応が軽いねえ！」

「……椿を作った時と似ている」

「ああ……、アレか」

ふたりは椿に名も付いていない時に、その美しさに魅了《チャーム》され自傷しようとした事がある。覚えがあるだけにルッツを強く責める訳にもいかなくなった。

刀を持つと力が溢《あふ》れて来るが、その力が何処《どこ》から来ているかと言うと自分自身である。勝手に限界への扉を開く、なんとも厄介な代物であった。

「それで、そんな物を贈答品にして大丈夫なのかい」

クラウディアは濡らした布巾《ふきん》をルッツに渡しながら聞いた。

「魅了の魔法を付与する訳でもなし、椿ほど酷《ひど》いことにはならないだろう。太陽の刀なんだから魅力が凄《すご》いのも仕方がない。それを望んだのは向こうだからな」

「それもそうだねえ。後は装飾と付与呪術のお二方に任せようか」

よし、とふたりは頷きあった。後はもう知らない。

腕の痛みも引いてきた。この分ならば数日後には元通りだろう。

ルッツは安堵し、笑みを浮かべて薄汚れた天井を見上げた。

「いい仕事が出来た、俺はそれで満足だ」


「リスティルちゃん、いいですよね」

「……は？」

ここはパトリックの装飾工房である。

三職人直列作業の弊害と言うべきか、パトリックはルッツから刀を受け取らねば何も出来ず、ゲルハルトはパトリックから装飾を終えた刀を受け取らねば何も出来ないのである。ある程度の準備などは出来るが、それも終えてしまうとやはり手持《ても》ち無沙汰《ぶさた》であった。

かと言って今回の仕事は国の行く末に関わるものであり、暇だから他の仕事を取ろうという訳にはいかなかった。

同じく暇を持て余しているであろう仲間の様子を見に来たのだが、ゲルハルトは早速帰りたくなっていた。

「小さい女の子が精一杯背伸びしている姿は良いですねえ。心に咲いた一輪のバラが、愛で水浸しですよ。これね、大切なのは背伸びっていうワード。生意気なガキがいきがっているのとは全然違うんです。必死に背伸びしている可愛い可愛い女の子からでしか摂取出来ない栄養素ってあると思うんですよ。それが高貴なご身分だっていうから美味《おい》しさ二倍のぺろりんちょですわ」

パトリックは恍惚《こうこつ》の表情で身を捩《よじ》りながら言った。

この中年男の言っている事が、わかるようでやはりさっぱりわからない。

「あのな、今さらの話だが相手は王女殿下だぞ。誰が聞いているかもわからん、言葉を慎め」

「まあまあ、ゲルハルトさんだって思いませんでしたか。あの娘《こ》を孫にして、よしよしなでなでしてお小遣いをあげたいって」

「わからぬ、とは言わぬが……」

「でしょう⁉」

何を興奮しているのか、パトリックはテーブルを乗り越えてぐいっと顔を近づけて来た。

「ええい、落ち着け。わしもリスティル様にお幸せになってもらいたいというのは同意する。その点だけはな」

「そうですよね、我々が関わった以上はハッピーエンドを迎えてもらわなくては。泣き顔を堪能するのはあくまで途中の話で」

こいつを国家反逆罪で突き出した方がよいのではないかと、真剣に悩むゲルハルトであった。

「パトリック、いい加減に本題に入らせろ。鞘《さや》に施す彫刻の図柄は決まったのか」

「それはもちろん。太陽に向かって飛ぶ竜をモチーフにしようと考えております。後はルッツさんの刀を見てから調整ですね」

「……仕事が早いな」

「ぶっちゃけた話、武器装飾なんてものは竜、虎、獅子《しし》、不死鳥あたりをローテーションで使っていればネタには困りませんから」

「磔《はりつけ》のメシアなんかは頼まれたりはせんのか」

「メシアのお姿を人殺しの道具に描くってのはどうなんですかね。教会の機嫌を損ねたら私が磔になりかねませんよ、誰も救われませんがね。十字架でギリギリセーフ、アウト寄りのセーフって所じゃないですか」

「そのうち、司教が儀式用の剣を頼んで来たりな」

「うわ、面倒臭い……」

教会がらみの仕事はあまりやりたくなかった。口煩《くちうるさ》い上に金払いが悪く、場合によってはお布施やご奉仕扱いで無料にされかねない。

トントン、とドアが控えめにノックされた。

「親方、刀鍛冶《かたなかじ》のルッツ様がお見えです」

弟子の声であった。

おや、と顔を見合わせるゲルハルトとパトリック。このタイミングでルッツが来る用件はひとつしかないだろう。パトリックは弾んだ声で答えた。

「いいとも、入っていただけ！」

ドアが開き、お久しぶりですと言いながら頭を下げたルッツの手には、案の定立派な刀が握られていた。

「わお、ルッツさん。私の恋人を連れて来てくださったのですね！」

「……どちらかと言えば、こいつは男の子ですよ」

「些細《ささい》な問題です！」

パトリックはチーズを見つけたネズミのような素早さでルッツに駆け寄り刀を受け取った。予想外の重さに驚きはしたが、なんとか落とすことだけは避けられた。

「ゲルハルトさんも来ていたのですね」

「暇でな」

「俺もこれからしばらくは暇ですよ」

刀は出来上がったが、和平会談が終わるまでは何が起きるかわからないので待機している必要がある。何か仕事をするにしても、いつでも中断出来る簡単なものでなくてはならない。

刀の作製などもっての他だ。

「仕事を終えて暇なのと、仕事を控えて暇なのとでは違うだろう」

「確かに、こっちはもう気楽です」

と、ふたりは苦笑を浮かべた。

パトリックは苦戦しながらもなんとか刀身を鞘から抜いたようだ。

「こりゃあ太い、ご立派だ！　戦場で偉丈夫がこんなものを振り回しているのを見たら兵士がみんな惚《ほ》れちゃって、その晩テントがえらいことになりますねえ！」

「人類皆兄弟、ですね」

笑う馬鹿ふたり、呆《あき》れるゲルハルト。ひとしきり笑った後でルッツは表情を引き締めて言った。

「この刀で素振りなどはしない方がよろしいかと」

ルッツは試しに振ってみた時の事を語った。

明らかに重すぎる刀を限界を超えて振り続けてしまった。気分が高揚し、何でも出来るような気がしていた。クラウディアに声をかけられなければどうなっていたかもわからない。

「本当は三日前に仕上がっていたのですが、腕の痛みが引くまで休んでいました。今も本調子とは言いがたい状態です」

恐ろしい話であるが、この場に怖がる者などいなかった。パトリックは目を輝かせ、ゲルハルトは興味深げに顎《あご》を撫《な》でながら唸《うな》っている。

「付呪《ふじゅ》を施す前の『椿』に似ておるな」

「自傷にせよ戦いにせよ、持ち手に何かを強要するという点では確かにそうですね」

どちらも呪いなどはかかっていない。つまりは刀の美しさ、力強さがあまりにも素晴らしいが為に持ち手が錯覚をしてしまうのだ。

斬られてしまいたい。力がどんどん湧いてくる。そんなものは全て勘違いである。

人の精神にまで影響を与える芸術品。出来については申し分ない。

……つまり、失敗したらそれは刀のせいではなく、わしのせいだと言うことだな。

刀を褒め称《たた》えると同時に、不安と重圧を感じるゲルハルトであった。

「これは刀に合わせて図案も大きく変更せねばなりませんね。太陽はより強く輝かせ、ドラゴンも今よりずっと筋肉質、マッチョドラゴンに！　テーマは力こそパワーって事で！」

パトリックは夢中になって刀を様々な角度から見ていた。やがて落ち着いて、真剣な表情を取り戻す。

「……お二方、申し訳ありませんが今日はもうお帰りください。これから作業に入りますので」

帰れと言われて少しムッとするゲルハルトであったが、すぐに考え直した。職人が創作意欲を燃やしているならばその場に留《とど》まる方が無礼であろう。

先日のルッツのように王女会談途中の逃亡に比べれば、忙しいから帰れと言われる事などなんでもない。

良い物を作り上げる、それだけが職人の礼儀だ。

「期待している」

それだけ言ってゲルハルトは立ち上がり、ルッツもパトリックに向けてペコリと頭を下げてから後に続いた。

ドアに手をかけた所でゲルハルトは振り返り、

「パトリック、刀は振るなよ」

と、念を押した。

この中で名刀に精神を操られる恐ろしさを知らないのはパトリックだけである。ある意味、彼だけが最初から正気ではないとも言えるが。

「やだなあ、ゲルハルトさん。この刀の恐ろしさは十分に理解しました。不用意に振ったりはしません」

「絶対だぞ。絶対に振るなよ」

「もちろんです」

「お主の弟子たちにも、しかと申し付けておくからな」

「ゲルハルトさん、くどいですよ」

「む、そうだな。すまん」

まだ納得はしていないが、そこまで言われてしまえば帰らない訳にはいかなかった。ここは他人の家である。

パトリックはそれからわずか一週間で鞘、柄、鍔《つば》、その他金具等々を仕上げて見せた。刀の柄は糸で巻いて作るのだが、そのやり方は事前にルッツから教わっている。その際、たった一日でマスターしてしまいルッツが凹《へこ》んでしまうというオマケ付きで。

特に鞘の彫刻は素晴らしく、細長い鞘の中に燃え盛る太陽と、それを手に入れようと企《たくら》む凶悪なドラゴンが表現されていた。鞘の中にひとつの世界があるかのようだ。

後に装飾師パトリックの名を天下に轟《とどろ》かせる逸品であった。

そして今、パトリックは中庭で弟子数人に取り押さえられていた。右手にはしっかりと刀が握られている。

肩の脱臼《だっきゅう》程度で済んだようである。


儀式台に配置された名刀と大粒の宝石。

それらを前にしてゲルハルトは腕を組みじっと眺めていた。儀式の準備は全て整っている。しかし、動けなかった。

付呪術を成功させるイメージが全く湧かないのである。

出来ない、だがやらねばならない。こんな焦燥感を抱いたのは妖刀『椿』を作った時以来だ。

あの時はインスピレーションを刺激する武器があればなんとかなるとわかっていた。今は更に状況が酷い。何をどうすれば古代文字を五字も彫った光属性の刀が出来るのか、何が必要なのかもまるでわからないのだ。

刀に不満はあるか、彫刻に不備はあるか。そんなものはない。彼らは最高の仕事をしてくれた。伯爵領内の有力商人たちに命じて純度が高く大きめの宝石を探させているが、どれだけ集めても満足のいくものは見つからなかった。

試しに銘切りたがねや小槌《こづち》を変えてみたが、これはまったくの無意味であった。使い慣れた道具が一番だ。

どうする、どうすればいい。それとも最初から無理な話だったのか。時間だけが無為に過ぎて、苛立《いらだ》ちが募る。

成功の見込みはないが、一か八かでやってみようか。そんな破滅願望がチラつくようになった。

古代文字はただ彫れば良いというものではない。そこに魔力を満たさねばならないのだ。光属性の付与ともなると、必要な魔力量も桁違《けたちが》いである。

やはりもっと大きな宝石が必要なのか。しかし、今用意した以上の物など存在するのか。

考えは堂々巡りであった。

「お師様、ひとつよろしいでしょうか」

後ろからジョセルが遠慮がちに言った。

「……何だ」

出口が見えずに悩んでいるような時に話しかけられたくはなかった。不機嫌さを抑えようとして、抑えきれぬ声でゲルハルトは聞いた。

自分から言い出しておいてジョセルは躊躇《ちゅうちょ》している。人に話しかけておいて黙るなと、ゲルハルトの殺気さえ込められた鋭い瞳《ひとみ》に睨《にら》まれてようやく口を開いた。

「大きな宝石にひとつ、心当たりがあります」

「……お主が？」

こいつは何を言っているんだ、というのが正直な感想であった。ゲルハルトが伯爵の名を借りて商人たちに命じ、宝石を集めても満足のいくものが手に入らないのだ。

それを高位とはいえただの騎士が、準男爵よりも下の士爵という、貴族と平民の中間に位置するような男が大きな宝石を用意出来るというのか。

悪趣味な冗談としか思えなかった。付呪が終わるまではこいつを遠ざけておくべきかと考えていると、ひとつ疑問が浮かび上がった。

ジョセルは用意出来ると言ったのではない、心当たりがあると言ったのだ。

「聞こうか、その宝石の名は？」

「……覇王の瞳、と」

馬鹿なことを言っている自覚がある、そんな声でジョセルは答えた。

それは調印式で蛮族の国から王国へと贈られる品ではないか。その返礼品となる刀に覇王の瞳を使えとは常識はずれにも程がある。

一方でゲルハルトは覇王の瞳を使った場合の付呪を脳内でシミュレートしていた。

儀式台の中央に巨大なピンクダイヤモンドを置いて核とする。今までに集めた大粒の宝石を周囲に配置し、刀に魔力を流す。媒体となる水銀の量の調節を誤らなければ、あるいは。

……いけるんじゃないか？

光属性の付与という膨大な魔力の奔流にも、覇王の瞳とルッツの豪刀ならば耐えてくれるだろう。

……あれ、やっぱりいけるんじゃないか？

ゲルハルトの眼《め》に危険な光が宿りジョセルは不安になってきた。自分で言い出しておいてなんだが、この人は本気なのかと。

「……やるか」

ゲルハルトが静かに呟《つぶや》き、ジョセルはぶるりと身を震わせた。

下手をすれば国際問題である。伯爵家の騎士に過ぎない己の身など簡単に潰《つぶ》されてしまうだろう。ふたり目の子供も生まれたばかりだというのに、それだけは絶対に避けたい。

しかし、他に方法があったたか。何も思い付かないからこそ、つい口にしてしまったのではないか。黙っていれば少なくともジョセル個人に対する被害は最小限で済んだはずだが、伯爵と師への忠義がそれを許さなかった。

こうなれば全力でゲルハルトのサポートをするしかない。

「ジョセルよ、名刀の関係者たちに声をかけてきてくれ。明日の昼にでも工房に集まって欲しいとな」

「関係者、とは？」

「馬鹿夫婦と、変態とドスケベ勇者。ついでにわしとお主だな」

だから誰ですか、などとは聞かなかった。申し訳ないがひとりひとりの名と顔がハッキリと思い浮かぶ。

こうなったら使い走りでも何でもやってやろうではないかと立ち上がったジョセルに、ゲルハルトが再び声をかけた。

「ああ、それとなジョセル」

「はい」

「ありがとう、おかげで希望が見えてきた」

何度も面倒事に巻き込まれているが、こういう所が離れられぬ理由だ。

……ずるいお人だ。

そう呟いて、ジョセルは工房を後にした。


翌日、ゲルハルトが指定した人物は全て工房に集まってくれた。さすがに六人も居ると少し窮屈だ。全員が集まった事を確認し、ゲルハルトは工房をぐるりと見回してから説明を始めた。

光属性、五文字の刀を作るためには覇王の瞳が必要である事。そのためには調印式に同行して、その場で作業をする必要がある事。伯爵を説得し、伯爵から侯爵を説得してもらい、侯爵から国王陛下を説得してもらわねばならない事。

流れを説明し終えた後、ゲルハルトに集まる視線はやはり、『何を言っているんだこいつは』であった。

「誰かに反対されたらどうなさるので？」

と、パトリックが首を捻《ひね》った。

「その時はこう言うさ。刀は出来ません、どうぞ他の贈り物を用意してください、とな」

ゲルハルトは半ば投げやりに言った。

「そもそも、エルデンバーガー侯爵のアホタレが安請け合いしたのが原因ではないか。率先して協力してもらわんとなあ」

話しているうちに怒りの矛先が侯爵へと向けられた。そうだ、全部あいつが悪い。

「刀で外交をしようというのであれば、武具作製に詳しい者を助手として連れていくべきだったのだ。中途半端に知識があるから根拠のない自信で会談に乗り込み、敵の第二王子とかいう若造に手玉に取られる。蛮族だ何だと蔑《さげす》みながら知恵比べで負けていれば世話はないな！」

ヒートアップするゲルハルトをジョセルが慌てて止めに入った。

「お師様、大貴族への批判と取られかねない発言はどうか、この辺で……」

「取られかねないとは何だ。そうとも、わしは批判をしておる」

「王女殿下を差し出さずに済んだのはあの方の功績です」

「むう……」

そう言われてしまえば反論も出来ぬゲルハルトであった。

「私からもひとつ、よろしいですか」

そう言って手を挙げたのはクラウディアだ。珍しく口調に苛立ちが感じられた。

「成功確率がどれほどかは知りませんが、失敗した場合は王女様を差し出すおつもりで？」

「そのような事はせぬ。王女殿下には幸せになって欲しいという情と、殿下を賭《か》けの賞品のように扱えば後から恨みを買うであろうという保身。このふたつの理由からやりたくはない。なればこそ、皆を本日ここに集めたのだ」

皆はまだ事情が飲み込めなかった。

「万が一、刀の作製に失敗した場合は皆の名刀を差し出してもらう。『鬼哭刀』を筆頭に、『椿』、

『一鉄《いってつ》』、『ナイトキラー』、『ラブレター』をずらりと並べてそれで先方に納得してもらおうかい」

ざわ、と工房内に動揺が走る。特に今まで和平交渉の事など何も知らなかったリカルドなどは完全にとばっちりであった。

「贈り物はひとつずつではないのですか？」

と、ルッツが聞いた。

「一応そういう事になってはいるが、絶対のルールではあるまい。要は相手が納得すればいいのだ。これだけの名刀を見せられて、いりませんと言える者などおるまいよ」

パトリックも頷《うなず》いて同意して見せた。

「鬼哭刀ちゃんを見せた時点で第二王子サマは好き好きオーラを放っていたという話ですからな。刀剣ハーレムを目の前に並べられたらコレクター魂もビンビン昇天間違いなしでしょう」

「お、おう……」

相変わらず妙な表現であり、頷きづらかった。

「なるほどなるほど、リスティル様を救いたければお前らも覚悟を示せと仰る。よろしい、私もその時は愛刀を差し出そうじゃないですか」

クラウディアが口角を吊《つ》り上《あ》げて言った。不安であり、どこか楽しんでいるようでもあった。

「いいのか、クラウ」

ルッツが聞くとクラウディアは小さく頷いた。

「仕方ないさ。それとラブレターが連合国に渡ったら、愛の言葉が大陸中に知れ渡る事になるねえ」

「……ゲルハルトさんの成功を祈るとしよう」

これでクラウディアも説得出来た。彼女は話せばわかる相手だ、ゲルハルトはそれほど心配はしていなかった。

ジョセルも素直に出してくれるだろう。伯爵もこの期に及んで否とは言うまい。問題はリカルドだ。

彼は緊張した面持ちで『椿』の柄を指先で撫《な》で回していた。俺は嫌だぞ、と全身で表している。下手に追い詰めればこの場で刀を抜きかねない。

そこへ助け船を出したのはルッツであった。

「『椿』は除外しませんか」

リカルドの顔がパッと明るくなった。さすが我が友ルッツだ言ってやれ、と。

ゲルハルトが怪訝《けげん》な顔をする。

「何故だ？」

「数ある魔剣の中でも『椿』だけが特殊、異質に過ぎます。和平の調印式で向こうの王様が首を掻《か》き斬ったら全面戦争待ったなしですよ」

「もういっそ、そうなった方が後腐れがなくていいんじゃないか？」

とんでもない事を言い出すゲルハルト。そこへジョセルが必死に割り込んで来た。

「ダメです、絶対にダメです。お師様、面倒臭くなると投げ出したくなる悪癖を今だけは抑えてください ッ！」

「おいおい、酷い言われようだな……。なあ？」

笑って周囲を見渡すが、誰も助け船は出してくれなかった。

説得の第一段階は無事に終わったが、人望とは何かと考えさせられる一日であった。

第五章　王者の剣

ゲルハルトは伯爵の説得に向かった。

「本気か？」

と、言われてしまった。

ゲルハルトと伯爵は侯爵の説得に向かった。

「正気か？」

と、怪訝な顔をされてしまった。

伯爵と侯爵は国王の説得に向かった。

「疲れているのか？」

と、心配されてしまった。

覇王の瞳《ひとみ》を受け取ったその場で付呪の触媒にすると聞けば、そんな反応にもなるだろう。ゲルハルトが縛り首にならなかっただけでも温情である。

なんやかんやで王も納得してくれた。失敗しても第三王女リスティルを差し出すのではなく、ツァンダー伯爵領内にある名刀を並べて献上すれば良いというのが決め手になったようだ。自分の懐が痛まない、なんと素晴らしい事なのだろう。

こうして後は調印式の日を待つだけなのだが、ベオウルフ・エルデンバーガー侯爵にひとつ面倒な仕事が発生した。

　この話を事前に連合国の第二王子アルサメスに伝えておく事だ。当日になっていきなり、

「ジャーン！　この場で『覇王の瞳』を使わせていただきます！」

などと発表するのも面白そうではあるが、相手が怒って調印式を中止した場合、誰の責任になるかと言えば間違いなくベオウルフだろう。恐らく帝国の見届け人も居るであろう中で言い逃れは出来ない。

　故に、事前に許可を得ておく必要がある。報連相などというスローガンはこの時代にはないが、仕事の要点はいつの世も変わらぬものだ。

　……サプライズの相談に行く、か。矛盾しているやらいないやら。

　国境際のテントにアルサメスを呼び出し説明をするとやはり彼も、

「何を言っているんだこいつは」

と、端整な顔を歪《ゆが》ませていた。

　……うん、まあ、そう思うよな。

　ベオウルフにもアルサメスの気持ちはよくわかった。それは数日前の自分と同じ反応だからだ。それはそれとして外交の場では常に強気でなければならない。当たり前だろう、という態度でベオウルフは胸を張って話を続けた。

「何を驚くことがありますか。光属性の付与には他と比べ物にならないくらい大きな魔力が必要です。それはアルサメス様が一番よくご存じでは？」

　アルサメスは言葉に詰まった。その様子を見てベオウルフは、

……やはりこいつは、光属性五文字の刀なんて出来るはずがないとわかっていやがったな。

と、確信した。

しかし、それで騙《だま》されたと騒ぐ訳にはいかなかった。アルサメスは欲しいものを提示しただけで、安請け合いをしたのはベオウルフの方である。騒げば無知をさらけ出すだけだ。

逆に今回の申し出をアルサメスは断るわけにはいかなかった。

「覇王の瞳を使ってはいけないなら、強力な光属性を付与する方法を教えていただけますか？」

などと聞かれれば答えようがない。ケチは付けるがやり方はわからない、そんな物言いを先程から冷たい視線を向けてくる見届け人が認めるとは思えなかった。

「……いいでしょう。当日、その場で魔術付与するというのも面白い」

「はい、両国の平和を願う席での余興になれば、と」

平和とは程遠い闘争心むき出しの顔で頷き合った。

ふたりは同時に思っていた。俺はこいつが嫌いだ、と。

「それで、もし失敗したらどのように保証してくださいますか。覇王の瞳の砕け損ですよね？」

「刀を出しましょう。先日お見せした『鬼哭刀《きこくとう》』に加えて、同じ刀匠の作品を三本。どれも我が国の宝と言える逸品です」

「よほど王女様を嫁がせたくないようですな。平和を願うならば婚姻こそ不可欠では？」

「我が王がリスティル様を溺愛《できあい》しておりましてね。目に入れても痛くない、という奴《やつ》でしょうか」

「ふぅん……」

アルサメスはつまらなそうに鼻を鳴らした。

「刀四本で覇王の瞳に釣り合うかどうか、実際に見てみなければわかりません」

「価値という点ではむしろこちらの持ち出し、大損ですよ。それに、もしも魔法付与に失敗したらの話ですからなあ」

鬼哭刀一本でも心が揺らいでいたくせに今さら何を、とベオウルフは強気であった。四本並べれば欲しいと言わせる自信がある。

「しかし……」

なおも言い募ろうとするアルサメスであったが、パンと手を叩《たた》く音に遮られてしまった。見届け人の男が手を合わせたまま、眠そうな顔でふたりを見ていた。

「もうこの辺でいいでしょう。芸術品に点数が付けられる訳でもなし、細かいすりあわせは当日にやるしかないんじゃあないですかね」

アルサメスが呼んだ見届け人であるが、彼の立場は中立である。納得した訳ではないがアルサメスも引き下がらざるを得なかった。

ベオウルフもここが引き際と見定めた。隣国の面子《メンツ》を潰《つぶ》して良い事などひとつもない。

「では、次は調印式でお会いしましょう。……前も似たような事を言いましたが」

「さすがにもうお呼び立てすることはありませんよ。ご安心を」

アルサメスとベオウルフは強張《こわば》った笑みを浮かべて、ほぼ同時にテントを出た。

ベオウルフは歩きながら思案する。

……案外、あの男が一番手強《てごわ》いのかもしれないな。

特徴と言えるほどの特徴がない見届け人の顔が、少し離れただけでもう思い出せなくなっていた。

調印式当日。三千の駐屯兵に加えて二千が警備兵として投入された。相手国も似たようなものであり、計一万の兵が国境際に集まっていることになる。

「いやあ、屋台の準備でもしておくべきだったねえ」

クラウディアが笑いながら言った。戦争が起きた経緯はどうあれ、彼女の目には無駄な出費としか映っていなかった。

兵たちは敵も味方も大軍を揃《そろ》えて緊張している一方で、もうすぐ家に帰れるかもしれないと心が弛《たる》んでいた。もしもこんな状況で戦えと言われても、ぐちゃぐちゃの泥仕合にしかならないだろう。

「何を不謹慎な事を。神聖な和平会談の場だぞ」

ジョセルが苦い顔をした。

教会の口車に乗せられてドンパチ始めた挙げ句に梯子《はしご》を外された馬鹿どもの尻拭《しりぬぐ》いだろう、と反論してやりたかったのだが、さすがに軍のど真ん中では自重するクラウディアであった。

ジョセルの案内でルッツ、クラウディア、パトリックが特設テントに入った。そこには付呪《ふじゅ》の儀式台と各種道具が用意され、ゲルハルトが不敵な笑みを浮かべている。準備万端、といったところか。

これほどの大舞台でニヤリと笑えるのはゲルハルトなればこそだ。ルッツは自分なら出来るだろうかと考えた。結論、無理だ。逃げ出すか、緊張で下痢腹を抱えて転げ回っているだろう。

「そういえば勇者くんはいないんですね」

と、パトリックが辺りを見回した。

「奴ならば伯爵の護衛に行っておるよ」

「あいつに守られるの逆に怖くないですかね」

ルッツが苦笑を浮かべて言った。私は無差別精神破壊兵器を持っています、なんて男を側《そば》に置いて冷静でいられる自信はない。

皆が適当に腰掛け、そわそわとしながら覇王の瞳の到着を待っている。当事者であるゲルハルトが一番落ち着いているくらいだ。

無論、上手《うま》く出来るかという不安はある。失敗したらどうなるのかという恐怖もある。しかし今、彼の胸中を占めるのは生涯最高傑作が出来るかもしれないという興奮であった。

生涯最高、何だか最近は新しい仕事をする度に同じ事を言っているような気がする。いや、職人とはそれで良いのかもしれない。完璧《かんぺき》など通過点に過ぎないのだ。

常に良い物を。良い物が出来たら更に良い物を。そうやって技術を追い求めて行くのだ。あなたの最高傑作は何ですかと聞かれたら、次に作る作品だと答えられる人生、なんと素晴らしい事か。

……止まるわけにはいかない、そうだろうボルビス。

友の職人は一時期保身に走り停滞していた。そして最期は新たな技術を求め、前のめりに倒れた。少しだけ彼を羨《うらや》ましいとも思う。

感慨に耽《ふけ》りながら友の遺品である刀に触れようとするが、腰に伸ばされた手が空を切った。

……そうだ、刀はエルデンバーガー侯爵に預けていたのだった。

その動きを見ていたパトリックが不思議そうな顔をしている。仕方なくやり場のなくなった手を上げて、痒《かゆ》くもない頭を掻いた。

……これはきっと、ボルビスがわしにあまり緊張するなと言ってくれたのだ。きっとそうだ、そうに違いない、そういう事にしておこう。

とりあえず、緊張が少しだけ解れた事だけは確かであった。


この日の為《ため》に作られた巨大な大理石のテーブル。それを囲む五人の男たち。

国王ラートバルト・ヴァルシャイト。

ベオウルフ・エルデンバーガー侯爵。

連合国の王、カサンドロス。

第二王子、アルサメス。

そして帝国から迎えた中立の見届け人。

少し離れて数千人の兵たちが円形に広がって調印式の行方を固唾《かたず》を飲《の》んで見守っていた。

カサンドロスはルッツが作った豪刀をじっくりと眺めていた。顔中に刻まれた深い皺《しわ》は確かに彼が老人であることを示していたのだが、張りのある肌と、はち切れんばかりの筋肉はとても七十過ぎには見えなかった。

女たちと添い寝をして、その若さを吸い取っているという噂《うわさ》も信憑性《しんぴょうせい》が出てきた。馬鹿げた話だが異様に発達した逆三角形の体格を見れば常識など吹き飛びそうだ。

通常の三倍もの重さの刀を軽々と持ち、じっと見入っていた。刃紋は美しく、重さも長さも申し分なし。柄《つか》もよく手に馴染《なじ》む。

試し斬りでもしたい所だが、さすがに和平の席で王国兵の捕虜を斬るわけにもいかなかった。残念である。

この刀が自分の物になるのかと思えば自然と口角が吊り上《あ》がるカサンドロスであった。今のままでも十分に素晴らしいのに、ここから更に魔術付与を施そうというのだ。しかも、大陸の至宝と呼ばれる巨大ダイヤモンド、覇王の瞳を使って。

なるほど、実に面白い。王国の猿どもに渡すのが惜しかった宝石が、急にただの材料としか見えなくなった。

「よかろう、やってくれ」

カサンドロスは刀を置き、懐からピンクダイヤモンドを取り出して無造作にテーブルへと放り投げた。大理石の一部が欠けて宝石が転げ落ちそうになる。

王国の騎士が慌ててそれを受け取り、魔術付与の為の特設テントへと向かった。

連合国の兵も検分役として付いて行く。覇王の瞳を使ったと言いながら、別の宝石で代用されたのではたまらない。

ふたりの背を見送った後でカサンドロスは窮屈な椅子に座り直した。

「さて、刀が出来上がるまでに調印式を済ませてしまおうか」

「こちらがメインですよ、カサンドロス王」

国王ラートバルトは苦笑を浮かべた。カサンドロスを面白い奴だと言うべきか、いい加減な奴だと言うべきか、まだ判断が難しい。今までの態度全てが演技だという可能性もある。

見届け人が差し出した六枚の羊皮紙。和平の条件が王国語で書かれた物が三枚、連合国語で書かれた物が三枚。それら全てに両国王が署名し、見届け人を合わせて三カ国で分けあった。

……こんなものか。

カサンドロスの胸中は戦争を終わらせた安堵感《あんどかん》よりも虚《むな》しさが勝った。

十年も血を流し続け、金を垂れ流し続けた戦争が、紙切れに署名するだけで終わってしまった。

お互いに、相手が攻めてくるからという理由で兵を駐屯させ続けた。

お互いに、何の成果もなしに終われないという理由で止《や》めることが出来なかった。

覇王の瞳《ひとみ》を送り付けることで相手に圧力をかけ、王女という人質を取るか、僅《わず》かな土地の割譲を迫るかしたかった。だが相手が覇王の瞳を魔術付与の触媒に使うなどと言い出して話がこんがらがってしまったのだ。

相手が贈ると言った物を拒めない。それが贈り物外交の厄介な所だ。

王国側に無理難題を押し付け優位に立った息子は外交の天才などともて囃《はや》されていたが、今では余計な事をしてくれた奴としか思えなくなっていた。相手を追い詰めすぎるのも危険なようだ。

宝石を贈った、その宝石を使った刀を受け取る。結局は刀と魔術付与の技術分、こちらが借りを作るということになる。

……後は刀の出来次第だな。

これが和平の証《あかし》ですねと受け取って終わりなのか、改めて返礼品を用意せねばならないのか、刀を見るまでわからない。

いっその事、魔術付与に失敗して事前に見せられた四本の刀剣を恩着せがましく受け取ってやるのが一番楽に思えてきた。

いや、しかし、あの素晴らしい刀に最高の宝石で魔術付与をしたらどうなるのかは見たい。それが自分の物になるのだから最高だ。

多少の外交的不利など許容してもいい。

これは決してカサンドロスの欲だけで言っている訳ではない。王族の権威、その象徴となる物が手に入るのはかなり利益が大きいのだ。

連合国は小豪族の集まりだ。頭領の数は大小合わせて数百はいるだろう。

……要するに、余が王であると馬鹿どもにも一目でわかる証が必要なのだ。

そういう物が欲しいと思いながらも見つからず、ずるずると引き延ばしてしまった。覇王の瞳と呼ばれるピンクダイヤモンドは貴重品であるが、王の象徴、力の証と呼ぶには少し弱かった。宝石は美しいが戦士の証ではない。

あの刀ならば、あるいは。

調印式は無事に終わった。大テントへ席を移して宴会をしようという話になったが、カサンドロスの意識は刀に向けられたままであった。


ゲルハルトの簡易工房にて、三職人とクラウディアとジョセル、そして検分役の騎士ふたりまでも一緒になって覇王の瞳を覗《のぞ》き込んでいた。

「でかい……、うん、でかい」

「宝石もここまで来ると神秘的だな……」

「見ているだけで頭がくらくらする」

「まるで巨大な乳輪だ」

「パトリックさんちょっと黙ってて」

誰もがその場を動けなかった。刀以外の名物、至宝と呼ばれる物を見たのは初めてだ。

視線が集中する宝石に、ひょいと手が伸びて持っていかれてしまった。手を追うとそこには呆《あき》れた様子のゲルハルトがいた。

「役目を忘れるな、これから宝石は魔術付与に使わせてもらうぞ」

と言って、さっさと儀式台に向かって行った。

「ゲルハルトさん、本当にそれを砕いてしまうのですか？」

今になってパトリックはそんな事を言う。

「最初からその為に来たのだろう？」

「いや、しかしですね。傷ひとつない美しい宝石を魔術付与に使うなど、無垢《むく》な少女にいけない遊びを教えるような、そんなそんな。ああ、いけませんいけません」

「興奮するだろう？」

「……まあ、そうですね」

ううむ、と唸《うな》りながらパトリックは邪魔にならぬようテントの端に寄った。今の話のどこに納得できる要素があったのかはわからないが。

彼に倣いルッツたちも端に、それでいて作業がよく見える場所に座った。

さあ始めよう、という時に王国の騎士がゲルハルトを指差して叫んだ。

「おい職人、失敗は許さぬぞ。わかっているとは思うが国家の威信がかかっているのだ。宝石を壊して成果もなしでは貴様ごときが死んでも償えぬのだからな！」

その横柄な物言いに、ジョセルが怒って大股《おおまた》で近づいた。

「貴様、騎士にもなって身分の差もわからぬらしいな。我が師、ゲルハルト様はツァンダー伯爵領預かり、準男爵相当だ。舐《な》めた口きいているんじゃあないぞ！」

「相当、ということは正式な身分ではあるまい。伯爵領から出れば無効のハリボテ爵位だろう。私は国王陛下の側近として忠告をしてやったまでだ。礼儀知らずの田舎騎士は引っ込んでろ！」

「王の使い走りだろうが。近衛《このえ》騎士なら護衛で場を離れられないはずだよなあ？」

ふたりの醜い言い争いは更に加熱する。

馬鹿だなあと思いながら見ていると、ルッツの側に連合国の騎士が寄って話しかけてきた。

「嫌だねえ、王国の騎士はいつもくだらん事でマウントの取り合いしてさ」

「虎の威を借る狐《きつね》同士が口喧嘩《くちげんか》していますね。うちの親分の方が毛並みが良いぞ、って」

ルッツの言い方が気に入ったか、騎士は大きく口を開けて笑い出した。

「あっはは、いいねえ。俺はあんたの事が好きになったよ。あ、俺はグエンって言うんだ、よろしくな」

「俺はツァンダー伯爵領の刀鍛冶《かたなかじ》ルッツです。お見知りおきを」

ぺこりと頭を下げるルッツに、グエンと名乗った騎士は好意的な視線を向けていた。敵国の人間だから無条件で憎む、というタイプではなさそうだ。

「うちの大将が舐めるように見ていたあの刀、あんたが作ったんだって？」

「それがデカくて太い刀の事であれば、そうです」

「この騒ぎが終わったら連合国に来ないか？　仕える先は王か大豪族か、とにかく特別な席を用意する」

グエンは急に真面目な声で言い、ルッツは静かに首を横に振った。

「……申し訳ありませんが、今はまだそういうのは考えていません」

刀単体ならばそれでもいいが、全体の仕上げとなるとゲルハルトやパトリックの協力は必要不可欠だ。伯爵領の三職人、などと呼ばれるようになった今の関係が少し気に入っていた。

「フラレちまったか。ま、初日からしつこくされても困るだろ。また日を改めてな」

と、グエンはおどけて言いながら離れ、今度はパトリックに話しかけに行った。片っ端からスカウトするつもりのようだ。

「なあ、ルッツくん」

今度はクラウディアが真剣な表情で口を開いた。

「和平会談が終わったら、君は本格的に身の振り方を考えた方がいい」

「……そこまで深刻か」

「今日を境に君の名は知れ渡る、利用価値のある男としてね。色々な所から誘いが来るだろう、あるいは拉致《らち》されるかもしれない、殺されるかもしれない。望む望まざるを問わず、誰かお偉いさんの庇護《ひご》を受けなければ生きていけないんだ」

クラウディアが振り向いた。その真っ直《す》ぐな眼差《まなざ》しは本当にルッツを心配しているようであった。

こんな時だが、綺麗《きれい》な瞳だなどと考えてしまうルッツであった。

「本命はツァンダー伯爵かな。あるいは侯爵でも、王に売り込んだっていい。王女様は味方を欲しがっているかもしれない。そっちの兄ちゃんの誘いに乗ってもいい」

「むむむ……」

「ま、そんな深く考える事はない。以前も言ったが選択など全て些事《どうでもいいこと》だ。どの道を選んだって私がついて行くのだからね、同じだよ」

「そうだな」

愛し、愛されているという自信に満ちたクラウディアの言葉にはいつも救われている。感謝もしている。帰ってからゆっくり考えようと決めたルッツであった。

そうこうしているうちに騎士たちの争いも決着がついたようだ。

王国の騎士はゲルハルトのパンチで顎《あご》を揺さぶられて気絶した。ジョセルも頭にげんこつを食らったようだ。激しい訓練で痛みに慣れているはずのジョセルが頭を抱えてのたうち回っていた。

「見たけりゃ隅っこで大人しくしておれ！」

と、怒鳴り付けた。

弟子に勉強の機会を与えるため、出ていけとまでは言わないあたりがゲルハルトらしい。

「さて、と……」

ゲルハルトは覇王の瞳を儀式台の中央に置いた。

水銀を流した儀式台がぼんやりと光りだし、宝石からドクドクと心臓の鼓動のような音が聞こえた。

刀に命を与える作業が始まった。テントの中はしんと静まり、鼓動と古代文字を刻む音だけが響き渡る。

運ばれてくる酒と食事をただ黙々と消化するだけの、なんとも盛り上がりに欠ける宴会であった。

十年以上も憎しみ合い、殺し合った仲である。停戦したからといって、いきなり肩を組んで僕らは仲良し、とはいかなかった。

それでも社交辞令として、

「これからは協力していきましょう」

「頼もしい味方が出来ました」

くらいの言葉を並べていればいいものだが、連合国の王カサンドロスはどこか上の空であり、上手く会話が続かなかった。

第二王子アルサメスはなんとか盛り上げようと国王ラートバルトに話しかけるが生返事しかされなかった。それどころか迷惑そうな顔までされたので、早々に諦《あきら》める事にした。

お友達とまではいかずとも、それなりに話が出来る相手としてコネクションを作っておきたかったのだが、空気の読めない奴という烙印《らくいん》を押されては逆効果だ。

大金をかけた誰も楽しんでいない宴会。楽隊の演奏に挟まれるのは合いの手ではなくため息ばかり。さっさと帰りたい。その一点においてのみ、彼らの心はひとつであった。

大型テントの出入り口、分厚い布を両手で開いて連合国の騎士、グエンが入って来てふたりの王の前で跪《ひざまず》いた。

「陛下、刀が完成しました」

「成功したか⁉」

今までの不機嫌さは何だったのかと思えるくらいに、カサンドロスの顔がパッと明るくなった。

ラートバルトにしてみれば複雑な気分であった。お前と話すのはつまらないが、刀の事ならば大歓迎だと言われたようなものである。

たとえは悪いが、目の前で浮気をされればこんな気分になるのだろうか。

「それで、どんな刀だ？」

「申し訳ありません、陛下。私の頭では極上と言う他に言葉が見つかりませぬ」

グエンは冗談めかし、それでいて誇らしげに言った。主君に朗報を届けるのは騎士にとって大きな名誉である。

「よいよい。お前ほどの男、詩人に転職されては困る」

「三職人を通してよろしゅうございますか？」

「うむ、すぐに通せ。余の刀を持たせてな」

グエンは素早く、それでいて埃《ほこり》ひとつ立てずにテントを出た。

「カサンドロス王、あの職人どもは我が国の家臣ですぞ」

と、ベオウルフが諌《いさ》めた。勝手に指図をするなと言ったのだ。細かいようだが、ここで言わねば次もやって良いという事になってしまう。そのうち兵や騎士たちにもあれこれ言うようになるかもしれない。

「おお、済まぬな。ラートバルト王の側近は忠義の者でいらっしゃる」

毛ほども反省などしていない物言いだが、形だけでも謝罪したのだ。ならばそれ以上、ベオウルフから言える事は何もない。

出入り口に控えていたのか、職人たちはすぐにやって来た。刀を両手で掲げたゲルハルトを先頭に、左右をルッツとパトリックが固めている。

ゲルハルトが跪き、ふたりもそれに倣った。王様の前でどう振る舞えば良いのかなどわからない。もう完全にゲルハルト任せにしようと決めたルッツとパトリックであった。

「和平の証として、陛下に献上いたします」

ゲルハルトが言い、グエンが中継に入り刀を受け取ってからカサンドロスに渡した。

カサンドロスは興味津々といった表情で刀を少しだけ抜いた。淡く、暖かい光が漏れた。刀身が輝くという表現はよくあるが、これは光を反射しているのではなく、自ら光を放ち輝いているのだ。もう我慢ならなかった。カサンドロスは美女の前でパンツを脱ぐような心境で、下品なたとえだがそれくらいの期待と興奮を抱いて刀を引き抜いた。

薄暗いテントの中に光が満ちた。分厚い刀身が透き通るような美しさを放っている。ただ美しいだけではない、光っているだけでもない、持っているだけで全身に力が漲《みなぎ》るようであった。

刀に魅了《チャーム》されたカサンドロスとは対照的に、アルサメスは不機嫌な顔をしていた。当日になって魔術付与をするなどという茶番に付き合わされた挙げ句に成功し、父王はその刀に心奪われているのだ。

不快だ、不快の極みであった。自分の外交能力が目の前で全否定されたような気分だ。失敗してくれれば王国を嗤《わら》い、土産に名刀を四本も持ち帰る事が出来たというのに。それを父王が理解せず無邪気に喜んでいる事が不快でならなかった。

「これは本当に五文字の光属性なのだろうな。文字数だけ増やして魔力が満ちていないのでは、ただの紛《まが》い物だぞ」

　つい、そんな事を言ってしまった。

　自分たちの必死の仕事を否定されたようでゲルハルトも少しムキになったようだ。ゲルハルトは急に立ち上がり、胸元をガバッと開いて鍛え上げられた大胸筋を晒《さら》しながら叫んだ。

「お気に召さぬとあらば、この場で我々を試し斬りに使っていただいても結構！　世にふたつとない宝刀の切れ味、とくとご覧あれ！」

　老職人の迫力に貴族たちは気圧《けお》されてしまった。

　後ろに控える職人ふたりは、

　……勝手に巻き込むな。

　と、ゲルハルトに恨めしげな眼《め》を向けていた。

　混乱と沈黙の中、最初に動いたのはカサンドロスであった。

「もう止《よ》せアルサメス。芸術の前で人は謙虚でなくてはならぬ」

「はっ……」

　王が刀を芸術と認めてしまったのだ、ならばこれ以上騒ぎ立てる事は出来なかった。アルサメスの両肩に敗北感がのしかかる。しかも父によって止《とど》めを刺されたのだ。

「この刀を振ってみたい。少し中座してもよろしいだろうか？」

「ならば私もご一緒しましょう」

　カサンドロス王が聞き、ラートバルト王が頷《うなず》いた。

　皆が期待と好奇心を胸にテントを出て行くなか、アルサメスだけが屈辱で端整な顔を歪《ゆが》ませてい

た。

王が剣舞を披露するという事で兵と貴族たちが集まり遠巻きに見ていた。持ち場を離れられぬ兵を除いて、約半数の五千人が王を注視している。

カサンドロスは気負う事なく、ゆっくりと刀を抜いて上段に構えた。

「むん！」

鋭い振り下ろしであった。遅れて光が軌跡を描き、ぼんやりと薄くなり消えて行く。斬り上げる、水平に薙《な》ぐ。次々と流れるように技を繰り出し、その度に光の線が引かれ幻想的な光景を作り出した。

「まずいな……」

ゲルハルトが苦々しく呟《つぶや》く。この状況で何を言い出すのかと、ルッツが咎《とが》めるような視線を向けた。

「戦ったらわしが負けるかもしれん」

「……俺たち皆で作った刀で強くなってくれたなら、それはそれで良いじゃないですか」

「複雑な心境よなあ。付呪術師としては喜んでもらえて嬉《うれ》しいが、元冒険者としてはギリギリわしより弱いくらいでいて欲しかった」

面倒臭い爺《じい》さんだ。

ルッツはゲルハルトの呟きを聞かなかった事にして、剣舞へと視線を戻した。

剣舞が終わり、カサンドロスは心地よい疲れを感じながら刀を鞘《さや》に戻した。素晴らしいという言葉ではとても表現出来ない、天と地と己がひとつになったような感覚を味わっていた。

刀の中で確かに覇王の瞳《ひとみ》は息づいている。否、あの宝石はこの日の為に存在していたのだ。名刀と組み合わさって生まれ変わる為に。

輝石が生み出した奇跡の軌跡。力と光の融合、これぞ王者の剣だ。欲して止まなかった権威の証明だ。

拍手は起きなかった。それはこの場に相応《ふさわ》しいとは思えなかった。

代わりに先頭にいた騎士のひとりが跪いた。それを見て連合国の騎士が、兵たちが一斉に跪き、改めてカサンドロスを王と認めて忠誠を誓った。

雰囲気に流されたのか、それとも本当にカサンドロスの中に真の王者の気配を感じたのか、王国兵の中にも一緒になって跪いてしまう者たちまでいた。

あの刀は持つ者に力と自信を与える。その堂々たる姿は見る者全てを魅了した。

神話の一節として刻まれそうな奇跡の光景であった。

興奮する兵たち。不安視する王国の貴族たち。良い物が出来たと無邪気に喜ぶ三馬鹿たち。

様々な思惑が絡み合う中でクラウディアだけが冷静に、視線をひとりの騎士へと向けていた。

最初に膝《ひざ》を折った男は、連合国から向けられたあのグエンという検分役だ。

素晴らしい刀と王の出会いに、皆の胸から感動が湧き上がったのは確かだろう。だが、その感動をどこに向けるか、どう表現するかは誘導されていなかったか。

「おお、怖い怖い……」

クラウディアは他人事《ひとごと》のように呟いた。

この件を誰かに話すつもりはない。ルッツを守る為にはどうすればいい。カサンドロス王に近づけるか、遠ざけるべきか、彼女の関心はそこにしかなかった。

国王陛下万歳、カサンドロス王万歳。

雷鳴のように轟《とどろ》く歓声を背に、カサンドロスは大型テントに戻った。後に続くラートバルト王たちが従者のようにしか見えなかった。

それほど刀のお披露目会は衝撃的な結果であった。

持ち手の力を搾り取る呪いの刀は、光の属性を与えられた事で王者としての力を分け与え見る者を魅了する効果を得た。

人を魅了するという意味では妖刀『椿《つばき》』にも近い効果だ。椿ほどの強制力はないが、効果範囲は段違いに広い。

王の権威や戦争にさほど興味のない職人連中や、敵意を抱いていた王国の貴族たちには効かなかったが、自国の兵と王国兵の中でも感化されやすい者たちはすっかり魅了されていた。

所有者に少しだけカリスマ性を持たせる刀。個人が持てば大した意味はないが、王の手に渡れば絶大な効果を発揮した。

兵や国民の前で刀を振るう度に、王に従おう、王の役に立ちたいという気持ちが広がっていくのだ。物凄《ものすご》く大雑把で適当なイメージだが、持っているだけで支持率が三割上がる刀とでも言えばその恐ろしさが伝わるだろうか。

王国侯爵、ベオウルフ・エルデンバーガーはカサンドロスの背を忌々しく睨《にら》み付けていた。そして心中で職人たちを罵《ののし》っていた。

……あの馬鹿どもが、誰があそこまでやれと言った！

光属性で五文字という条件さえ満たしてくれれば良かったのだ。それを職人どもは無駄にやる気を出して非常識な、神器とも呼べる物を作り出した。

あんな物を渡してしまえば蛮族どもをつけあがらせるだけではないか。それを職人たちは理解できずに、良い物が出来たと手を叩《たた》いて喜んでいた。

……イェーイ、じゃないんだよ馬鹿が！

王が宝刀を掲げ兵士たちが一斉に跪《ひざまず》く。その光景は伝説となり、すぐにでも大陸中に伝わるだろう。むしろ奴らが宣伝をしない理由がない。

神話の中で王国は完全に引き立て役だ。

ベオウルフも魅了こそされなかったものの、敵国の王を少し格好いいと感じてしまった事が我ながら腹立たしい。脳内でカサンドロスと職人たちにありとあらゆる呪詛《じゅそ》の言葉を吐いて、ようやく落ち着きを取り戻した。

カサンドロスを称《たた》える声が大きいほどに、抱える爆弾も大きくなる。今はそれを楽しみに待つとしよう。ベオウルフの口元に暗い笑みが浮かんだ。

「職人たちよ、この刀の名は何というのだ？」

カサンドロスが上機嫌で聞き、ゲルハルトが前に進み出た。

「『天照《あまてらす》』と名付けました」

「あまてらす……？　妙な名だな、だが悪くない」

それは昔ルッツが父から聞いた東の国の伝説であり、うろ覚えでクラウディアに語った事がある話だ。クラウディアはその時の事を思い出して太陽神の名を付けたのだった。

連合国にも人々の心を支える宗教がある。それをわざわざ遠い海の向こうで信じられる神の名を刀に与えるのは、クラウディアの悪戯心《いたずらごころ》のようなものであった。

……お楽しみの時間はここまでだ。

そろそろ頃合いと見てベオウルフは胸を張り大きな声で言った。

「お気に召したようで何よりです。さて、返礼品は何をいただけますかな？」

贈り物外交はまだ続いている。巨大宝石、覇王の瞳は形を変えて返したので差し引きゼロだ。連合国側は刀と魔術付与の技術料を返す義務があった。

「陛下……」

アルサメスが不安げな視線を父王へ向ける。

何が起こっても対応出来るよう、荷馬車の中にはいくつもの財宝を用意してあった。美しい石像、金銀宝石をちりばめた首飾り、純銀の宝剣など。しかし、どれも釣り合うとは思えなかった。『天照』は奇跡の宝刀であるとカサンドロス自身が証明してしまったのだ。兵たちが一斉に跪いたあの光景を思えば、大した価値はないと言えるはずもなかった。それは彼自身が神話を否定することになる。

沈黙。誰もがカサンドロスの次の言葉を待っていた。

「この土地を譲ろう」

「え？」

ベオウルフの口から間の抜けた声が漏れた。そんな彼を無視してカサンドロスは影のように大人しく黙っていた帝国の見届け人に話しかけた。

「これならば文句はなかろう？」

「古来より城と宝を交換した例はいくらでもあります。後方の砦《とりで》とその周辺の土地を渡せば十分に釣り合うかと」

見届け人は相変わらずの眠そうな顔で淡々と語った。

「……と、見届け人どのも言っておられるが、いかがか？」

カサンドロスはラートバルトに聞いた。

十年以上も争っていた国境際の土地の割譲、それこそ王国が待ち望んでいた物ではないか。今までの戦いは無駄ではなかった、一定の成果があったと国内に向けて説明する事も出来る。

美味《おい》しすぎて涎《よだれ》が出そうだ。だからこそ不気味であった。カサンドロスは『天照』に領土以上の価値を見出《みいだ》したという事になる。

奴に『天照』を渡してしまっていいのか。その結果何が起こるのか。

悩むが結局は、ここで土地を受け取らないという選択肢はない。敵国の王が手を差し出したのだ、これを意味なく拒めば王国に責があるという事になる。

ラートバルトとベオウルフは目を合わせて頷いた。

「異存ありません」

その言葉を聞く前から見届け人は既に書類の作成を始めていた。名刀『天照』の譲渡、国境際の土地の割譲。約定は正式に交わされ、そして和平交渉は終わった。

真の勝者が誰なのかもわからぬままに。

連合国が撤収準備を始め、カサンドロスが馬車に乗り込もうとした所で後ろから声をかけられた。

「父上！」

第二王子アルサメスが苛立《いらだ》ちを隠さぬままに大股《おおまた》で近づいて来る。

公共の場で父と呼ぶな、感情を制御して表に出すな。常々そう教えてきたのだが、全てを忘れてしまったようだ。

「この土地を明け渡すなど本気ですか。いや、正気ですかッ⁉」

酷《ひど》い言われようだとカサンドロスは苦笑を浮かべた。その余裕の表情がアルサメスをさらに苛立たせる。

「我らは返礼品を用意できなかった、だから土地を渡した。最初からそういう戦いであろう」

あなたに素晴らしい財宝を差し上げます、返す物がないなら土地か人質をいただきます。これは文化で殴りつける戦争だったのだ。こちらから仕掛けて負けた、ならば土地の割譲も当然の事だとカサンドロスは考えていた。

「……奴らは、この戦いに勝ったと喧伝《けんでん》いたしますぞ」

「国内向けの言い訳ぐらいさせてやれ。我らは太陽を手に入れた、これ以上の勝利はあるまい」

カサンドロスは腰に差した刀の鞘を誇らしげに叩いて見せた。

「父上、この土地は十年以上に渡り戦士たちが必死に守り抜いた土地です。彼らの血が染み込んだ土なのです。戦士たちが流した血に何の価値もないと言われるか、腐った果実のように簡単に捨ててしまう事が出来るのですか⁉」

アルサメスは肩を震わせて叫んだ。泣いていたのかもしれない、それはアルサメス自身にもよくわからぬ感情の奔流だった。

「流した血に、何の価値もない」

「父上……？」

「我らには血を流させた責任があるだけだ」

アルサメスは呆然《ぼうぜん》と立ち尽くした。何の価値もない、その言葉が頭の中でぐるぐると回り続けた。

「約定により五年、王国の猿どもは我らに手出し出来ぬ。その間に国内を固めるぞ。いつまでも豪族どもに自治だ権利だと騒がせてはいられぬわ」

停戦期間内に攻撃すれば今度は見届け人となった帝国の介入を招くことになる。王がよほどの馬鹿でもない限り、そんな面倒なことはしないはずだ。

そして実際に会った印象では、ラートバルト王は英雄ではないが愚かでもない。見届け人を立ち会わせた意味を十分に理解しているはずだ。

十年もだらだらと小競り合いが続いていたのは、国内の意思統一が出来ていなかったせいでもある。国内統一、その為の王の権威だ。成し遂げれば連合国は今よりもずっと強くなる。荒れ果てた土地などいくらでもくれてやればいい。

カサンドロスはにやりと笑って馬車に乗り込んだ。

土煙を上げて去っていく馬車を、アルサメスは感情のない眼で見送った。

偉大なる父王が刀欲しさに国土を売り、戦士たちを裏切ったようにしか思えなかった。土地こそが国の礎ではないのか、そう教えてくれたのは父自身ではなかったか。

「売国奴め……ッ」

その呟《つぶや》きは誰の耳に届く事もなく、風の中に散った。

第六章　鋼の羅針盤

すっかり溜《た》まり場《ば》と化したゲルハルトの工房にて、和平交渉お疲れ様会が開かれていた。

参加者は工房の主と、ルッツ、クラウディア、パトリック。ジョセルも誘いたかったのだが彼には高位騎士としての役目がある。いつもいつも職人たちの馬鹿騒ぎに付き合わせる訳にはいかなかった。

テーブルに並べられたワイン。熱々の鶏肉《とりにく》の丸焼きとたっぷりの香辛料。普段は魚の塩漬けで十分と語っていたルッツたちでも、やはり肉は美味《うま》い。

これらの料理は伯爵から労《ねぎら》いの品として与えられた物である。

「いやあ、それにしても無事に終わって本当に良かったなあ」

「無事って言うのは何事もなかったという意味ですよ。火種がおもいっきり残っているじゃないですか。いや、むしろ皆さんがばら蒔《ま》いたと言うべきかな」

安堵《あんど》するゲルハルトにクラウディアが笑って言った。

「知らぬよ、少なくともわしらにはもう関係のない話だ。後はお偉いさん方でやってもらおう」

相変わらずの無責任さであるが、今回ばかりはルッツも同意した。もうあんな面倒事に巻き込まれるのは勘弁して欲しい。

預けていた名刀も無事にそれぞれの手に戻った、ならば言うべき事は何もない。

「『天照《あまてらす》』ちゃんは素晴らしい刀です、本当に最高でした。私もあの場で服従してしまえば良かったなあ！」

パトリックが酔いだか興奮だかわからぬ赤ら顔で言った。

「パトリックさん、そりゃあ王国民として問題発言ですよ」

ルッツが苦笑を浮かべるが、パトリックの勢いは止まらない。

「私は芸術の奴隷でいたいのです！」

「一部はパトリックさんご自身が作った物じゃないですか」

その言葉にはパトリックは眼《め》をくわっと見開いた。常識論で落ち着かせるつもりだったが、どうやら火に油を注いでしまったようだ。

「自ら生み出した物に支配される、その倒錯的な快楽が次なる作品のインスピレーションに繋《つな》がるのではないでしょうか」

「支配される快楽ですか」

「そうです。支配や服従といったものは強要されればただ不快なだけですが、自ら望んだ場合は極上の快楽となります」

パトリックの弁舌はますます滑らかとなり、ゲルハルトとクラウディアも眼を向けていた。

「あの日、跪いた兵士たちが抱いていたのは純粋な忠誠心だけではないでしょう。胸の内に興奮と快楽があったはずです。忠義なんてものは極論してしまえばマゾヒズムの極致ですよ」

神話のような光景がこの男にかかれば一瞬で地獄絵図に早変わりだ。本人は良い事を言っているつもりなので余計にタチが悪い。

「人は誰しも心の奥底に支配されたいという欲を持っています、人類は全てマゾ豚なのです」

「パトリックさん、世の中に何か恨みでもあるんですか」

パトリックの演説が終わったのを見計らい、クラウディアが小さく手を挙げた。

「そろそろお金の話をしませんか？」

「報酬が気になるかね」

「名誉なんて犬のエサにしかなりませんから」

王家の犬、騎士ならそれで喜ぶのだろうなという意味を含ませた物言いであった。相変わらずの騎士嫌いである。

「王家から和平締結の褒美としてツァンダー伯爵家に金貨五千枚が贈られた。伯爵はその内、千枚を我らで分けよと与えてくださった」

金貨千枚、城壁外に住むルッツには想像もつかぬ金額である。三職人で分けても数百枚だ。

しかし、ひとつ気になる事もあった。

「仕事を右から左に流しただけの伯爵が四千枚で、実際に動いた俺たちが千枚を山分けですか」

金額に不満はないが、軽く扱われているのではないかと思えば少々不愉快ではあった。

「ルッツくん、世の中そんなものだよ。むしろお偉いさんのピンハネにしてはまだ良心的な方さ」

納得というよりも諦《あきら》めに近い顔でクラウディアは言った。

「ルッツどの、わしからも補足させてもらうが金貨四千枚など為政者にとって大した額ではないぞ。城壁や街道の修繕を行い、付き合いのある貴族たちに贈り物でもすればすぐにすっからかんだ。決して伯爵が欲張りだとか、ひとりで贅沢《ぜいたく》をしているなどとは思ってくれるな」

「ふたりが揃《そろ》って言うのであれば……」

と、素直に引き下がるルッツであった。

そんなルッツの反応に、助かるよといった風にゲルハルトは苦笑いを浮かべた。

「じゃ、気を取り直して楽しい楽しい話をしようじゃあないか。他人の懐を気にするよりも、目の前の金貨を分配しよう、ねえ？」

クラウディアが言い出した。こういう話の司会進行は彼女に任せた方が良さそうだと男三人は頷《うなず》いた。

「私から案を出そう。きっちり三等分か、今回の主役はゲルハルトさんだったという事で四、三、三あたりでどうかな」

使った材料費などはそれぞれ違うが、金貨数百枚の前では全て誤差に過ぎない。今後の付き合いを考えれば金の分配で揉《も》める方がよほど不利益である。

「良いと思いますよ」

「後者で構わない」

パトリックとルッツは同意した。ふたりとも細かい事には拘《こだわ》らない性格であり、金貨の請求で仲間と言い争いなどしたくはなかった。

この案にゲルハルトだけが首を横に振った。

「四、四、四で分けたい」

こいつもう酔っ払ったのか、と三人の訝《いぶか》しげな視線が集まった。金貨は千枚だと言い出したのはゲルハルト自身である。

「待て、わしは正気だ。ルッツどのにな、金貨二百枚で買って欲しい物がある」

ゲルハルトは不敵な笑みを浮かべながら懐に手を入れて、テーブルにぱらぱらと小石のような物を五つ落とした。

それはよく見ると薄桃色に輝く、不揃いな宝石であった。

「ゲルハルトさん、これは……ッ」

ルッツは名を出すことを避けた。

見覚えのある輝きである。覇王の瞳《ひとみ》、その破片であった。欠片《かけら》といえども大きいものは親指の先ほどもあり、カットし直せばひと財産といった代物だ。

「魔術付与に使った宝石は粉々に砕けるはずでは？」

「本来はな。いやあ、さすがは大陸の至宝と呼ばれた宝石だ、完全には砕けずいくつか破片が残ってな。わしがその後始末をしておいたのだ。偉大なる王様たちに魔術付与の絞りカスなど渡すわけにはいかぬからなあ」

……やりやがったよ、このジジイ。

要するにこの男は和平会談の席で誰もが緊張する中、何食わぬ顔で至宝の欠片をポケットに突っ込んだのである。

「おい、そんな眼でひとを見るな。一応言っておくが、わしは魔術付与に一切手抜きなどしておらぬぞ。これ以上魔力を注ぎ込んだら刀が破裂するというギリギリを攻め込んだ、その結果として破片が残ったのだ」

「手を抜いていないという点だけは疑っていませんよ」

「だけ、というのが気になるが、まあいい。とにかくこれは偶然の産物だというのはご理解いただけたかな。検分役のふたりも何も言わなかったしな」

見張りの騎士はゲルハルトに殴られて気絶していた。もうひとりは『天照』の完成に興奮していた。これで散らかった儀式台にまで眼を配れというのは無理がある。黙認された、などと言って良いのだろうか。

……ま、いいか。別に報告する義務があるわけでもなし。

話しているうちにルッツの心境も変わり、散々振り回されたのだからこれくらいは良いだろうという方向にシフトした。

「……魔力に名前は書いていませんからね」

さっさと魔術付与に使って砕いてしまえばいい、と答えたのだった。

「では本題に戻ろう。ルッツどの、金貨二百枚で買ってくれるかね？」

「むむむ……」

悩む。欲しいか欲しくないかで言えばものすごく欲しい。だが金貨二百枚というのは高すぎる。

ルッツの人生においてそんな買い物をした事はない。

一方で金貨二百枚と言っても、本来もらえるはずだった報酬が減るというだけで懐が直接痛む訳でもない。損をしたという感覚はあまりないはずだ。

どうしたものかとクラウディアに視線を送ると、彼女はあっさりと言ってのけた。

「買っちゃいなよ」

商人としてそんな無駄遣いは許可できない、とでも言われるかと思っていたので少し意外であった。

「なんだいルッツくん、ケツの穴に指を突っ込まれたような顔をして」

「……本当に、いいのか？」

「君はこれから自分の刀を作るのだろう。あるいはまた面倒な依頼が入るかもしれない。価値ある宝石をキープしておく事は無駄ではないと思うねぇ」

一理ある。クラウディアの言葉が正しいとわかっているが、それでも金貨二百枚という数字はルッツを躊躇《ためら》わせた。

「ふふん、ルッツくん。男の子はこういうのに弱いんだろう……？」

クラウディアはルッツの背後に回り、耳元に唇を当てて艶《なまめ》かしく囁《ささや》いた。

「ひみつへいき」

「うっ……」

ルッツの肩がピクリと揺れた。

「奥の手、ジョーカー、最後の手段、こんなこともあろうかと……」

「わかった、わかったよクラウ。もう勘弁してくれ」

優しく刺激され続ける男のロマン。ルッツの財布はついに陥落した。

「ゲルハルトさん。四、四、二のプラス宝石でお願いします……」

「うむ、取引成立だな。金貨二百枚は後日届けさせる。とりあえずは、これを」

そう言って宝石を革の小袋に詰めて差し出した。

ルッツが袋を掴《つか》んだのを見届けると、ゲルハルトの目がニィッと細められた。

「これでわしらは共犯者《おともだち》よのう……」

一瞬だけ浮かび上がった表情は、署名済みの契約書を受け取った悪魔のようであった。

すぐに柔和な老人の顔に戻り、楽しいパーティはお開きとなった。


マクシミリアン・ツァンダー伯爵は上機嫌であった。

愛刀は無事に帰って来た。

国王陛下の覚えはめでたく、大貴族であるエルデンバーガー侯爵と誼《よしみ》を通じることも出来た。陸の孤島とまでは言わずとも、他家とは広く浅くといった付き合いしかしてこなかったツァンダー伯爵家にとってこれは快挙であった。

伯爵領は武具の名産地として注目され始めている。

病弱、気弱、頼りないと陰口を叩《たた》かれ続けてきたマクシミリアンだが、家臣たちの彼を見る目も変わってきた。それが何よりも嬉《うれ》しい。

……ああ、権力の蜜《みつ》とはこれほどまでに甘いのか。

当主になって良かったと初めて思えたマクシミリアンであった。

そうなれば当然の流れとして武具外交の立役者となったゲルハルトはますます重用され、呼び出される回数も増えることになった。もう、会議の場で伯爵の隣に座っているのが見慣れた光景となっていた。

ゲルハルトにしてみれば信頼してくれるのはありがたいが、正直なところ少し迷惑でもあった。

領地の発展はゲルハルトを筆頭に職人たちのおかげであるということを忘れないのが伯爵の美点

であり、その結果として家臣たちの嫉妬《しっと》心がゲルハルトに向けられている事に無頓着《むとんちゃく》なあたりが伯爵の欠点であった。

ゲルハルトは元冒険者の付呪《ふじゅ》術師《じゅつし》という変わった経歴の持ち主であり、ツァンダー伯爵家に代々仕えているわけではない。重用されすぎた新参者がどのような末路を辿《たど》るか、歴史に思いを馳《は》せれば心中穏やかではいられなかった。

この日もまたゲルハルトは謁見の間に呼び出されていた。

「エルデンバーガー侯爵から刀製作の依頼があってな……」

大貴族に頼られることがよほど嬉しかったのか、楽しげに語るマクシミリアンであった。しかし、ゲルハルトは暗い顔で首を横に振った。

「閣下、私から申し上げたき事がございます」

「な、何だ？」

二つ返事で了承してくれると思っていただけに、マクシミリアンは狼狽《うろた》えてしまった。

「閣下のお求めに応じて『鬼哭刀《きこくとう》』を作ってからうやむやになっていましたが、私は休暇中の身です。それも閣下のお許しを得た上で」

「ああ……」

そういえばそんな話もあったなと思い出した。勇者リカルドへの褒美の品を作るのを止《や》める、という意味にしか考えていなかったかもしれない。

「いや、しかしだなゲルハルト。今が一番大事な時期なのだぞ。和平会談の余熱が残る今、いわゆる武具ブームが終わる前に国王陛下や大貴族たちと関係を深めておきたいのだ」

「そんな事よりも、今すぐに決めねばならぬ事があります」

「そんな事ッ⁉」

伯爵家の未来に関わる話が一蹴《いっしゅう》されてしまった。

「ルッツの処遇についてです」

「んん？」

誰だったかとしばし考える。そうだ、腕の良い刀鍛冶《かたなかじ》がそんな名前だったか。王女が訪ねて来た時に顔は見たが、何事かを思いついて走り去ってしまったので結局は話をする事もなかった。

ゲルハルトとジョセルの取り成しもあって罰を与える事はしなかったが、それ以降思い出す事もなかったのだ。

「……で、そのルッツがどうした」

職人ひとりの話が外交に勝る重要案件とは思えず、マクシミリアンは訝しげに聞いた。

「彼は伯爵家の家臣ではありません。城壁外に住んでいるので市民ですらありません。余所《よそ》から好条件を提示されればそちらに移るかもしれない、危うい立場なのです」

「私を裏切るというのか⁉」

「裏切るも何も、家臣ではありませんから」

激昂《げきこう》するマクシミリアンに対し、ゲルハルトはどこまでも淡白な対応であった。こうなるとマクシミリアンも怒っているのが馬鹿らしくなって、冷静さを取り戻した。

ルッツが城壁外に住むモグリの鍛冶屋であることは前々から問題視していた。しかし同業者組合《ギルド》制度において親方は定員制である。定員を増やすにせよ、誰かを強引に引退させて首をすげ替えるにせよ大きな反発が予想された。

組合とは関係なく動ける伯爵家お抱えにするには誰の目にも明らかな功績が必要であった。和平交渉を成功させた今、このタイミングだからこそルッツを取り込むことが出来るのだ。

この機を逃せば国王、侯爵、あるいは連合国あたりから引き抜かれるかもしれない。第二王子アルサメスのような知恵者ならばとっくに動き出していてもおかしくはないが、和平会談の結果が気に入らなかったせいか彼の動きは鈍い。

ゲルハルトにとっては好都合である。

「伯爵家のお抱え鍛冶師にせよと、お主はそう言うのだな」

「はい、それも犬のように呼びつけるのではなく、賢人を招くつもりで。彼らの為《ため》に新しい家と工房を建てて迎え入れれば、それを恩義に感じ喜んでこの地に留《とど》まってくれるでしょう」

ゲルハルトの提案に、それまでずっと黙っていた側近たちが反発した。

「たかが職人ひとりにそこまでする必要はないでしょう。失礼ながら、ゲルハルトどのはご自分の手駒を増やしたいようにしか思えませぬぞ」

ただでさえ伯爵はゲルハルトを重用しているのだ、ここから人を増やして職人派閥など作られてはたまらない。

そうだ、いかにも、と口々に語る下級貴族たちをゲルハルトは睨《にら》み付けた。

「貴様らには危機感が足りんのだ！」

一流冒険者であった事を忘れぬ老戦士の一喝に場内は静まり返った。以前までのマクシミリアンならば失神していたかもしれないが、愛刀を握り締める事でなんとか耐えた。

「蛮族の王の前で兵が一斉に跪《ひざまず》く光景を見ていないから、のんきに椅子取りごっこをしていられる。奴《やつ》らがルッツの価値に気付いていないはずがない、今こうしている間にも奴らの手が伸びているのかもしれないのだぞ！」

「たかが鍛冶屋でしょう、代わりならいくらでも……」

「ならばその代わりとやらを連れてこい、今すぐだ！　そいつがルッツよりも腕が良ければ、わしはこの場で腹切って詫《わ》びてやるわい！」

「いや、そういうのを探すのは私の役目ではないので。ゲルハルトどのにお任せしたく……」

「ぶっ殺されてえかテメェ！」

「ひぃ！」

ゲルハルトを納得させるための職人をゲルハルトに探させる、その矛盾にすら気が付いていないのか。

やはりこいつらは反対することしか出来ない害虫だ。ろくに考えもせずに反対、反対としか言わないから自分で何を言っているのかすら理解していない。

怒り心頭のゲルハルトをジョセルを含む護衛の騎士たちがなんとか宥《なだ》めた。取り押さえたのではなく遠巻きに囲んで、

「まあまあ、落ち着いて」

と言っただけだが。

さすがに愛弟子《まなでし》から言われたのでは無視する訳にもいかず、城内に紛《まぎ》れ込んだゴリラはその怒りを収めたのだった。

「閣下」

人間性を取り戻したゲルハルトは改めてマクシミリアンと向き合った。

「どうか、ルッツを伯爵家お抱えとして迎えるお許しをいただきたい。そうすれば後は私が必ず彼を口説き落とすとお約束します」

「やれるか、ゲルハルト」

「はい、彼とは秘密を共有する仲でもありますので。脅迫出来るほどではありませんが、敵対すれば面倒だとくらいは思っているでしょう」

「秘密とは何だ？」

「ふ、ふ……。それは聞かぬ方がよろしいかと」

不気味な笑いを漏らすゲルハルトに、あまり突っ込まない方が良さそうだと判断するマクシミリアンであった。

「わかった、刀匠ルッツを伯爵家に迎え入れよう、工房も建ててやる。他に何か望むものはあるか。そうだ、あのパトリックとかいう装飾師はどうする」

「せっかくなので彼も出入りの業者からお抱えとするのがよろしいかと。工房は既にありますので、補助金を出すだけで事足りましょう」

「また金が飛んでいくなあ……」

「よいではありませんか、持っているでしょう？」

「まだ根に持っているのか」

「少しだけ」

ふたりは親しげに笑い合った。そんな様子も側近たちからすれば嫉妬の対象でしかなかった。

会議は終わり、その日の晩。ゲルハルトはマクシミリアンの私室を訪れていた。

「閣下、家臣たちとの交流の場を設けてください。私を抜いての宴会などを」

この日の会議で家臣らの不満が予想以上に溜《た》まっているのを感じた。それがゲルハルトだけに向けられているのであればともかく、伯爵の資質を疑うようになっては問題である。

……いくら奴らが無能だと言っても、領地の経営には必要な人材だ。

長年伯爵家の経営に関わり、読み書き計算が出来る者たち。代わりはいくらでもいるなどという言葉は軽々しく吐くものではない。好き嫌いはともかくとして。

「心が離れかけているか」

「はい、なればこそ吐き出させておやりなされ。提案が通る、通らぬかは別として、まず話を聞いてもらえただけでも人は安心するものでございます」

「お主の悪口大会にしかならぬぞ。私が彼らの讒言《ざんげん》を信じればなんとする」

「やむなし、かと」

三職人を遠ざけ適当な職人を新たに雇い入れ、その結果として武具の名産という地位を失っても、それらは全て伯爵の判断であり仕方のない事だ。伯爵領がどれだけ落ちぶれようが追い出された者には関わりのない事である。

ゲルハルトの意見を要約すればそういう話だ。

……怖い男だ。主にも常に決断と責任を要求してくる。

忠誠心はあるが、忠義に値しないと見ればいつでも見捨てる。こういう男をいかに使いこなせるかが問題なのだとマクシミリアンは考えていた。

それが出来ない時は、破滅する時だ。

「わかった、考えておこう」

そう答えるとゲルハルトは深々と一礼して去って行った。マクシミリアンは閉じられたドアをじっと見ながら呟《つぶや》いた。

「……やはり、手放せぬな」

ゲルハルト自身はただの付呪術師でいたいのだろうが、やはり相談役という立場から外す事は出来なかった。


「数日中にゲルハルトさんが訪ねて来るかもしれないねえ」

匕首《あいくち》の手入れをしながらクラウディアがそんな事を言い出した。

クラウディアはルッツから色々と教わり、ちょっとした手入れくらいは出来るようになっていた。柄《つか》を自在に外せていつでも茎《なかご》を確認出来るようになったのはルッツにとっては不安材料でしかないが。

それにしても妙な言い方である。数日中とか、来るかもしれないとか、とにかく曖昧《あいまい》であった。特に何か約束をしているわけでもない。

不思議そうな顔をしているルッツに、クラウディアは出来の悪い生徒に教える教師のような言い方で説明を始めた。

「今ごろゲルハルトさんは必死こいて伯爵を説得しているんじゃあないかな、刀匠ルッツを伯爵家のお抱えにするべきです、なんてね。そうしなきゃ他の家が先にスカウトしに来るかもしれない。先にペロペロとツバを付けておかないとねえ」

「そういうものか」

「ルッツくん、まさか自分の価値に気付いていない訳ではないだろうね。いきすぎた謙遜《けんそん》は嫌味と変わらないよ」

「あれだけの大舞台で刀を提出して、僕なんか全然たいしたことはありませんよと言っていたら、それはただの馬鹿だろう。俺にもそれなりの自信はある。ひょっとしたら大陸一かも、くらいには」

「意外にデカいな、自信が！」

「ただ、ぼんやりとそう思っているだけで実感みたいなのはないんだよな。王宮に呼ばれて表彰された訳でもなし」

「表彰ならされたよ」

「え？」

クラウディアが何を言っているのか理解できなかった。和平会談が終わったらゲルハルトたちと一緒にまっすぐ伯爵領へ帰ったではないか。

「ツァンダー伯爵と、エルデンバーガー侯爵が王都に呼ばれて、国王陛下直々にお褒めの言葉を賜ったそうだよ。金貨とかもその時にもらったのだろうねえ」

「……『天照』を作ったのは俺たちだぞ。俺もゲルハルトさんもパトリックさんも呼ばれていないどころか、そんな集まりがあった事すら知らなかった」

「王侯貴族にとって職人なんて道具に過ぎないのさ。褒められるべきは持ち主であって道具ではないのだろうね、ハハッ」

クラウディアは投げやりに笑い、ルッツは少しムッとした顔をしていた。

世の中はそういうものだ。そんな言葉で納得出来る範囲にも限度がある。

道具扱いされた事よりも、王宮に呼ばれなかった事よりも、伯爵たちがまるで『天照』を自分で作ったかのように振る舞っている事が気に入らなかった。

銘を潰《つぶ》して名前を書き換えられたような気分だ。

クラウディアは立ち上がり、ルッツの背後に立って頬に手を添えた。

「今さらお貴族サマの腐った精神構造にあれこれ言っても仕方ないさ。奴らを利用してやる、くらいに考えないとね」

「まあ、それはそうだが……」

「君には敵もいれば味方もいる。それだけは忘れないで欲しいね」

クラウディアはルッツの頬にキスをして、少し照れたように長い髪を掻《か》き上げながら正面の席に戻った。

ルッツは言葉を失い、意味もなく左右をキョロキョロと見回している。

「なあルッツくん。ゲルハルトさんより先に他からスカウトが来たらどうするね。侯爵とか、王様とか、あるいは連合国とか」

「話くらいは聞かねばなるまいよ。後は条件次第だな」

出来れば伯爵領に留まるのが一番良いのだろう、ゲルハルトやパトリックのような一流の職人たちとも離れがたい。しかし、優先するべきは自分とクラウディアの安全だ。

「私としては、連合国はやめておいた方が無難だと思うね」

クラウディアは表情を曇らせて言った。

「特に確証があるわけではないが、連合国にはもうひと波乱ありそうなんだよねえ。『天照』が撒《ま》いた火種が彼らを照らすのか、家に火をつけるのか、それがまったく読めないんだ」

強大な力を手に入れたがどこか熱に浮かされたような国王。土地の割譲に不満そうであった、知恵者で通っていた王子。裏で動き回る騎士。人の心ほど厄介な不確定要素はない。

「わかった、連合国はやめておこう。しかし連合国に何かあれば王国の貴族たちだって無関係ではいられないよなあ」

「楽園なんて何処《どこ》にもないねえ。いっその事、誰も知らない土地までふたりで逃げてしまおうか」

クラウディアの提案に少しだけ心動かされてしまうルッツだったが、すぐに思い直した。惚《ほ》れた女に自分のわがままだけで放浪生活のような苦労はかけられない。

旅の途中で路銀が尽きて、クラウディアに身体《からだ》を売らせて自分はその間に安酒を飲んでいる、そんな最悪の光景が頭に浮かんだ。

……冗談ではない、政争に巻き込まれて死んだ方が百倍マシだ。あの尻《しり》は俺の尻だ、他の男に撫《な》でさせる訳にはいかない。

貴族の庇護《ひご》下に入り、そこで上手《うま》く立ち回っていこう。妄想から沸き上がる嫉妬《しっと》心でルッツは己の進むべき道を決めた。

翌日、日が頭上に昇った頃に戸を叩《たた》く音がした。

「ルッツどの、おられるか」

やはりと言うべきか、ゲルハルトの声だ。

「決まりかな」

「条件次第だがねえ」

ルッツとクラウディアは頷《うなず》き合い、戸の閂《かんぬき》を外してゲルハルトを迎え入れた。

「どうもゲルハルトさん、お待ちしておりました」

「待っていた、か。ならば用件もわかっているようだな」

どこから話そうかと道中あれこれ考えていたゲルハルトは、安堵《あんど》と拍子抜けが半々といった表情を浮かべていた。

「ルッツどのをツァンダー伯爵家お抱えの鍛冶師《かじし》としてお迎えしたい」

「条件はどのように。……ああ、もうこちらも面倒な言い方は止めましょう。私たちはご覧の通り城壁外の小屋に住んでいる訳ですが、そちらから何を頂けるので？　まさかこのままって訳にはいかないでしょう」

交渉事はクラウディア任せた方が良さそうだと、ルッツは黙って見ていた。

「三階建ての工房兼自宅を建設中だ。三階は親方夫婦の部屋、二階は弟子が十人くらい寝泊まり出来るスペースがある、詰め込めばの話だがな。一階は工房と台所、井戸は徒歩三十秒。城塞《じょうさい》都市の端にある点を除けば最高の物件だ」

火を使う職人宅は火事の被害を抑える為に、都市の端に固められていた。用意された家は職人街と呼ばれる所の一角である。

「何か他に希望はあるかね？」

「一階にロバちゃんの小屋を。お客さんもロバや馬を繋《つな》げるように、そこその広さが欲しいですね。工房と台所はそんなに大きくなくても良いので」

「わかった、伝えておこう。しかし工房を狭くしても良いとは、弟子を取るつもりなどはないのか？」

「今のところ考えていませんね。ゲルハルトさんだって似たようなものでしょう」

ルッツが本当に興味なさそうに言った。

ゲルハルトも頷くしかなかった。長い間ひとりでやってきた、今は弟子がいるとは言ってもひとりだけである。

親方は弟子を育てて一人前などと言われるが、面倒なものは面倒だ。世間からの評価など、どうでもよかった。

「パトリックの奴、よくあんな面倒な事をするものだな」

三職人のうち装飾師のパトリックだけは大きな工房を持ち、多くの弟子を抱えていた。認めがたい事だが社会的にはあの変態が一番立派な人間だ。

「人付き合いが嫌いではないのでしょうね」

「人が嫌いだから職人になるのではないのか？」

「そりゃ偏見ですよゲルハルトさん」

「間違ってはいないと思うがなあ……」

真顔で呟くゲルハルトであった。

「ところで貴族お抱えの職人になると、普通の職人と何が違うんですか?」

一番肝心な所を聞いていなかった。

「基本的には今までと大して変わらぬよ、営業は続けてもいい。ただ、伯爵からの依頼が最優先になるな。他の仕事を抱えていたとしてもだ」

「それは……」

ここでクラウディアが補足した。

「ルッツくん、仕事の順番を入れ替えても不義理にはならないよ。雇用形態からして常に伯爵の仕事を先に受けているようなものだからね。どうしても気になるのであれば一般のお客さんから依頼を受ける時は、こうした理由で提供が遅くなるかもしれませんと説明しておけばいい」

「そうか。……うん、そうだな」

クラウディアの説得により、ルッツは納得し頷いた。

どうも彼は義理とか優先順位といったものを重視する傾向があるようだ。

銀貨一枚の先約の為に、金貨数百枚の仕事を棒に振る事が職人の美学だと思っているような節がある。木こりの集落で出会った時からそうだった。

ゲルハルトは、職人としては好ましいがこの気性がいつか貴族社会との不和を生み出しかねないと、一抹の不安を抱いていた。

「では改めて伯爵家お抱えの件、承知いたしました」

ルッツとクラウディアが揃《そろ》って頭を下げる。それを見てゲルハルトは思考を現実に引き戻した。

「ありがたい。これでわしも伯爵に良い報告が出来る。家は二週間くらいで完成するだろう。その時にまた訪ねさせてもらう」

「二週間って、結構早いですね」

「ま、一から作っているのではなく元からある建物を改修しているだけだからな」

そう言ってゲルハルトは工房を後にした。

城壁内に引っ越してくれれば呼びに行くのにわざわざ長い道のりを進む必要がなくなる。それが一番ありがたい。

それから二日後に侯爵からの使いが現れ、さらに五日後に名を出せぬほど高貴なお方とやらの使いが訪れたが、どちらも伯爵家お抱えになったという理由で断った。

後者は明らかに王家からであるが、知らないふりをしてやるのも優しさというものだろう。

結局、連合国から誘われる事はなかった。

そんな簡単に諦《あきら》めるような連中だったかと疑問に思うが、それ以上の事は何もわからなかった。


ルッツとクラウディア、そしてロバちゃんは城塞都市へと移り住んだ。

旧工房から移せる物は移し、炉などの移せない物は新たに造り、ようやく刀鍛冶工房としての体裁が整った。

「さあて、炉を慣らす為にも何か適当に作ってみようかい」

ルッツは新しい工房を見回しながら楽しげに言った。

光属性五文字の超魔剣『天照』の作製という大きな仕事をして以来、枯渇していた創作意欲が戻って来た、その事が何よりも嬉《うれ》しい。

創作意欲、これは本当に職人泣かせである。これがなければ動きようがないし、補充しようとして簡単に出来る物でもない。やらねばならない事が山積みなのに創作意欲が湧かないとなると、焦りながら気分転換をするという矛盾した行動を取ることになる。

やる気が出る。ああ、なんと素晴らしい事だろうか。

芸術家の中には引っ越し癖のある者が多いと聞くが、今なら少しだけ気持ちが分かる気がした。環境を変えるだけで創作意欲が湧くなら安いものだ。

引っ越しなど面倒なだけだ、鍛冶場は必要最低限のスペースがあればいいなどと言っていたが、いざ広くなればこれで良かったと思うのだから人間とは勝手なものである。

二階にいくつもある部屋は倉庫として使っている。ベッドの頑丈さも確かめた。全て問題なしである。

鉄や炭は毎月決まった数だけ伯爵家から支給される。なるほど、誰もが貴族のお抱えになりたがる訳だと納得した。足りなければその都度、買い足せばいい。

「特にテーマを決めずに、手癖で作ってみようかね。折り返しは三回くらいでいいか……」

熱した鋼を叩いて不純物を飛ばし、伸ばした鋼を折ってまた叩く。刀作りに必要な工程であり、やればやるほど純度が上がっていくのだが、単に実用性のみを考えれば三度も折り返せば十分であった。

肩肘《ひじ》を張らず、鍛冶場の使い心地を確かめるだけだから失敗してもいいや。そんな気分で打ったときに限って出来が悪くなかったりする。

一カ所を残して他の窓を全て閉め、光源を一点に絞ってルッツは刀身をじっくりと眺めた。重からず、軽からず。刃紋は激しく波打っている。鋭さも申し分ない。

『天照』や『鬼哭刀』のような超一流の刀と比べればさすがに見劣りするが、一流半くらいの評価は与えてもいいだろう。国家間の贈答品には出来ないが貴族のお土産物としては十分、そんな出来であった。

パトリックに頼むほどの物でもないので、久しぶりに自分で鞘《さや》や柄を用意した。相変わらずの黒一色である。

名前はどうするか、いっそ入れなくてもよいか。

「ただいまぁ」

と、クラウディアの間延びした声が聞こえた。

「やあやあルッツくん。寂しくて泣いたりはしていなかったかい？」

「良い子でお留守番していたよ、褒めてくれ」

などと言って笑っていると、クラウディアの視線が作業台の刀に向けられた。

「おや、完成したのかい。見てもいいかな」

「いいよ。目釘《めくぎ》もしっかり嵌《は》めたから振っても大丈夫だ」

商人としての眼が刀身を舐《な》め回す。切れ味、美しさ、その価値。頭の中で値段が出されたようだ。

「……悪くないね」

「やっぱりそういう感想になるよなあ」

「いやいや、本当に悪くないんだ。ただ、最近は非常識なまでの名刀を立て続けに見てきたから感覚が麻痺《まひ》しているだけで、良い刀だと思うよ」

「確かに、そういう所はあるかもしれないな」

特徴はないが使いやすい刀、それの何が悪いというのか。むしろ平凡かつ高品質というのが刀のあるべき姿かもしれない。

「刀を見慣れていない人が見れば、涎《よだれ》を垂らして財布を開くよ」

「そこまで言うか……」

「ルッツくん、こいつを私に預けてくれないか。金貨五……、いや、金貨八枚で売ってみせよう」

「そんな高値になるのか？」

貴族の依頼で作り、装飾も魔法付与も完璧《かんぺき》であれば値段は天井知らずだろう、そこまではわかる。しかし一般市民や商人に売り出して金貨八枚というのは少し驚きであった。

クラウディアと一緒に住む前、ゲルハルトと出会う前は刀などいくら打っても売れなかったのでルッツにはその辺の感覚がよくわからなかった。

「今は武具の注目度が上がっているからねえ。贈答品としての価値に皆が気づき始めたんだ。良い武器、それも噂《うわさ》の刀となれば、相場よりちょいと上でも喜んで買ってくれるさ」

クラウディアは一度罪人扱いされた事で家と市民権を失っており、街中で物を売るという商人としての活動が出来ないでいた。

この度、伯爵家お墨付きで街に戻り市民権を得た。しかもお抱え鍛冶師の妻という肩書き付きで。こうなれば商売の幅も一気に広がる。市場で店を出す事だって出来るのだ。

この日クラウディアが出掛けていたのも街の商工会へ挨拶《あいさつ》に行く為であった。

「そんなに需要があるのか……」

まだいまいちピンと来ないといった顔をするルッツであった。

「そりゃあもう、土産物を探す商人から、流行《はや》りの武器を持って女にモテたい冒険者までよりどりみどりさ」

「そんな理由か」

「モテたい、冒険者をやっている理由なんて大半がそれさ。リカルドさんなんかもそういうタイプじゃないかな」

「……そう考えると悪い事をしたな」

「本人が幸せならばオッケーさ！」

妖刀が見せる幻覚に恋をする、それもまた人生だとクラウディアは言う。

「じゃあクラウ、そいつは君に預けるよ。好きなように売ってくれ」

「銘は入っているのかい？　伯爵家お抱えの刀匠の逸品という付加価値があれば、さらに高く売れるけど」

「やめておこう。自信を持ってお出しできる最高の逸品、というほどでもないからな。本当に評価が難しい刀だ」

クラウディアは頷き、刀を鞘から抜き差しして見せた。やはり、悪くはない。

「ところでひとつ気になっている事があるんだが……」

と、ルッツが聞いた。

「こうして伯爵家お抱えとなって新しい生活を始めた訳だが、その肝心の伯爵に挨拶に行ってないし依頼も受けてないんだよな。何かあったらゲルハルトさんが呼びに来てくれると思うんだが」

「伯爵なら王都に行っているよ。王様と大貴族のノミ取りで忙しいらしい」

何とも酷い言い草である。間違ってもいないのでルッツは否定もしなかった。

「武具外交を本格的に進めるならゲルハルトさんも一緒に連れて行っただろうね。何かあった時、武具作製に詳しい人がいないと困る」

「それでやらかした奴がいるからな。連合国に五文字の光属性なんて物を渡す羽目になった責任は誰にあるんだろう」

安請け合いをしたエルデンバーガー侯爵か。

刀を打ったルッツか。

覇王の瞳《ひとみ》を使おうなどというアイデアを出したジョセルか。

あるいは魔術付与をやりきったゲルハルトが悪いのか。

さらに遡《さかのぼ》れば戦争を引き起こした奴が悪いのか。

「誰の責任なのかはわからない。だけど誰の責任にされるかはわかるよ」

クラウディアは笑ったままだが、瞳だけが鋭く輝いていた。

「ふたりで遠くに逃げるというのも選択肢から外さず、頭の片隅に置いておくべきかもねえ」

「……そうならないよう、努力はするつもりだ」

ルッツが何故《なぜ》暗い顔をしているのか、クラウディアにはよくわからなかった。ルッツも以前に下らない想像をしたからだとは説明しづらかった。

「いや、何でもない。要するに皆で仲良くやっていきましょうって話さ」

「ふぅん……?」

よくわからないが追求するほどの事でもなく、ルッツも気乗りしなそうなのでこの話はここで打ち切ることにした。

「こんな所で長話なんかしていないで飯にしようか。切れ端だけど肉を買ってきたんだ。そのうちルッツくんの出世祝いなんかもしたいねえ」

そう言ってクラウディアは刀を抱えたまま台所へと向かった。揺れる尻《しり》を目で追いながらルッツはぼんやりと考えていた。

……せっかくの新生活だ。悪い事ばかりじゃなくて、明るい未来も考えないとな。

気持ちを切り替えて立ち上がった。肉入りの温かいスープが待っている、今考えるべきはその事だけだ。

後日。刀は売りに出され、それを手に取った者の人生に少なからぬ影響を与える事になった。

「そうですか、刀は作れないのですか……」

目の前の商人は酷く失望した顔で言った。

……まただ、鬱陶《うっとう》しいったらありゃしない。

鍛冶屋《かじや》オリヴァーは内心の苛立《いらだ》ちを隠して、

「申し訳ありませんが、うちでは取り扱っておりませんので」

と、謝罪した。正直な所さっさと帰って欲しい。

下げたくもない頭を下げるのが仕事というものだ。積み重ねた苦労を足場に親方の地位に登り詰めたオリヴァーにはそれがよくわかっていたが、物事には限度というものがある。

商人は失礼しましたとも、また来ますとも言わずに無言で立ち去った。

手元に剣やハンマーがなくて本当に良かった。あったら確実にあいつを追いかけて丸々太った頭をカチ割っていただろう。

「何が刀だ、流行に踊らされた馬鹿どもが！」

最近はこんな事ばかりが続いている。

大店《おおだな》の主人が自ら足を運んで武具の依頼をしてくれる、そこまでは良い。誰もが口を揃《そろ》えて刀が欲しいと言うのだ。

連合国との和平が成立し、その席で刀という武具が贈られたらしい。武具ブームが来そうだという事で商人たちがあちこち駆けずり回って刀を集めているのだった。

しかし商人たちは会談の場に居たわけではなく、その大半が刀がどんな物かも知らなかった。

その為、市場では曲がりくねった剣や、装飾過多の剣が刀と称して売られ、それがまた売れてしまうのだった。まさに武具の無法地帯である。

「どいつもこいつも刀、刀と煩《うるさ》いんだよ！　両手持ちの剣が欲しけりゃあバスタードソードで良いだろうが、我が国伝統の剣がさあ！　あるでしょうが！」

オリヴァーは叫びながら壁に掛けられた剣を手に取った。ずしりと重い、最高の自信作である。強く握っているとようやく落ち着きを取り戻せた。

……やはり俺は天才だ。まだ世間に認められていないだけだ。

世間の目はいつになったらオリヴァーという天才の存在に気づくのだろうか。それが問題だ。

街一番の鍛冶師と呼ばれたボルビスが心臓発作で死んだ。オリヴァーに言わせれば研鑽《けんさん》を忘れた老人だが、最期は鎚《つち》を握ったまま工房で息絶えたと聞き、その死に様だけは素直に認めていた。感動すら覚えた。鍛冶屋の死とはそうあるべし、と。

こうなると次に伯爵家に出入りを許される鍛冶屋は自分の所だと、うきうき気分で待っていたのだが伯爵家からの使いが訪ねて来る事はなかった。

どういう事かと顔見知りの下級騎士に尋ねた所、伯爵は武具を褒美として与える事を止めたらしい。

伯爵家から兵士の武具や馬の蹄鉄《ていてつ》などの注文が街中の鍛冶屋に割り振られるが、特別な依頼をされることはなくなってしまった。

……こんなに素晴らしいのに、どうして認められないのだろう。何が足りないのだろうか。

輝く刃《やいば》を見つめながら思案していると、ノックの音がして弟子が入って来た。

「親方、お客さんです」

「テメェこの野郎！　考え事の邪魔をするな、犯すぞ！」

半ば八つ当たりであるが、弟子も慣れたもので適当に流した。

しかしですね、と弟子が伝えた名前にオリヴァーは椅子から勢いよく立ち上がった。それは先代から世話になっている大商人の名であったのだ。

他の誰に理解されなくてもいい、あの人だけがわかってくれる。この工房を贔屓《ひいき》にしてくれる。

オリヴァーは喜び勇んで応接室へと駆け出した。首筋にちりちりと嫌な予感がするが、それを無視して心の奥底にしまいこんだ。

「ロレンスさん、お待たせしました！」

勢いよく応接室へ入ると、そこには柔和な笑みを浮かべた品の良い紳士が座っていた。

「オリヴァーも元気そうで何よりだ」

「ロレンスさんの前で不景気な顔は出来ませんから」

オリヴァーの親方就任を後押ししてくれたのもロレンスであった。いわば彼は恩人である。

「それで本日は何のご用件で？」

……この人が来てくれた時、俺の人生はいつも良い方向に向かった。今回もそうだ、きっとそうだ。俺を新たなステージに迎えに来てくれたんだ。

オリヴァーはじっとロレンスの言葉を待った。期待と不安が胸のなかでぐるぐると暴れまわる。

「刀という物を探しているのだが……」

オリヴァーの頭の中が真っ白になった。

貴方《あなた》も刀が欲しいのか。恩人が伸ばした手がオリヴァーの心に差し込まれ、ぐちゃぐちゃにかき混ぜられた。

ロレンスさん、素晴らしい剣が出来ました。

ロレンスさん、貴方になら特別にお譲りしてもいい。

ロレンスさん。ロレンスさん。

用意していた言葉は全て無駄になった。滑稽《こっけい》ですらある。

それでも、誇りを汚されてもなお、オリヴァーはロレンスの期待を裏切りたくはなかった。恩人が自分を頼って来てくれた、それだけは紛れもない事実なのだから。

「いっし……、いや、一ヶ月後にまた来て下さい。必ずロレンスさんの為に刀をご用意しましょう」

ダメで元々と考えていたのか、ロレンスは驚いたような顔をした。そしてすぐに満面の笑みを浮かべて頷《うなず》いた。

「さすがだなオリヴァー。いやあ、君に相談して良かった。一ヶ月後を楽しみにしているよ！」

そう言ってロレンスはオリヴァーの手をがしりと掴《つか》んだ。

恩人に喜んでもらえてオリヴァーも嬉《うれ》しくなったが、同時に恐ろしくもあった。何も出来なければこの人を失望させる事になる。そして、今のところ当てなど全くない。

「お任せください。は、はは……」

オリヴァーの口の端から乾いた笑いが漏れる。

一週間と口走りそうになった所を一ヶ月と言い直した、それだけが希望の種であった。

それから五日後、オリヴァーは自室で頭を抱えていた。

藁《わら》にもすがる思いで市場に行って色々と聞いてみたのだが、返って来る答えは知らないか、知ったかぶりかの二種類だけだった。

焦っているところに曲がりくねった剣を刀と言って売り付けようとする不届き者がいたので、ついカッとなってそいつと殴り合いをして騎士団に捕まり、貴重な三日間を臭い飯を食べて過ごすことになった。伯爵領の職人保護政策がなければ危険な鉱山にでも送られていたかもしれないので、そこだけは幸運だった。

残る望みと言えば一週間後に同業者組合の会合がある。そこで聞いてみるしかあるまい。しかし刀という今一番ホットな情報をそう簡単に教えてもらえるだろうか。

何が必要だ、金か。

……あちこちからかき集めて金貨二十枚くらいか。いやいや、職人たちの給料をあれこれすればさらに十枚は。

などと、いけない事を考えているとドアがノックされて返事も聞かずに弟子が入ってきた。

「親方、お客さんです」

「テメェ、よほど尻穴が惜しくないようだな⁉」

考え事を中断させられて、怒りと苛立ちは真面目に働く弟子へと向けられた。このままでは本当に給料をあれこれされてしまいそうだが、弟子は慌てずに答えた。

「綺麗《きれい》な女の人ですよ。ケツを狙うならそっちにして下さい」

「いい女か。俺にプロポーズかな？」

「五十過ぎて何を色気づいているんですか。そんな訳ないでしょ」

「ヤりたい時が適齢期だ！」

「せめて、恋をした時が恋愛適齢期とでも言ってくれませんかね……」

弟子は内心でため息を吐《つ》いた。腕は良いがおかしい親方、こんな事で苦労しているのは自分くらいなものだろうと。

「で、天才鍛冶師の子種が欲しい訳じゃないなら何の用だよ」

「引っ越しの挨拶《あいさつ》だそうです」

「そんなもんお前らで対応してくれよ。適当に粗品を受け取って、どうもどうもって言ってりゃいいんだからよ」

「それがちょっと厄介というか、対応を間違えると後々面倒な事になりそうといいますか……」

「なんだよ、ヤクザの姐《あね》さんか？」

「伯爵家お抱え鍛冶師の奥方様だそうで……」

「お抱え鍛冶師なんていつ決まったんだ？」

「さあ……？」

弟子はもう話をするのも面倒だとばかりに肩をすくめて見せた。

もしも本当にお抱え鍛冶師ならば刀について何か知っているだろうか。貴族の関係者を名乗る詐欺師であれば深く関わるのは危険である。

これは救いの糸か、破滅の罠《わな》か。訳もわからぬまま応接室へ向かうオリヴァーであった。


応接室に入ると、そこに居たのは意外なほど若い女であった。

腰まで伸びた軽く波打つ髪、知性を感じさせる面立ち。豊かな胸と肉感的な尻。薄汚れた鍛冶工房にはまるで似合わぬ可憐《かれん》な花だ。

やはり伯爵家お抱えがどうのという話は嘘《うそ》なのではと疑うオリヴァーであった。

貴族に認められるほどの鍛冶師となれば相当な歳《とし》だろう。その妻にしてはあまりにも若すぎる。

あるいは権力に物を言わせて手込めにしたのか。

……おのれ、許せん！

と、オリヴァーは名も顔も知らぬ相手に怒りと嫉妬《しっと》を燃やしていた。

「ツァンダー伯爵家お抱え刀鍛冶ルッツの妻、クラウディアと申します」

女は背筋を伸ばして挨拶をした。その優雅な所作にオリヴァーはなんとなく気圧《けお》されてしまった。

……いかんな、どこかでガツンとやって主導権を取り戻したい。

ここは俺の家なんだぞと、オリヴァーは対抗心を燃やし始めた。

「引っ越しのご挨拶として、こちらをお納めください」

そう言ってクラウディアは大きな革袋からふたつのビンを取り出した。

「こっちの白いのは塩か。で、こっちの黒いのは何だ？」

「粒胡椒《こしょう》でございます」

「何ぃ⁉」

オリヴァーは礼儀など無視してその場でビンを開け匂いを嗅《か》いだ。不思議な刺激臭、確かに胡椒だ。香辛料は貴族にしか使えないという訳ではなく、少し背伸びをすれば庶民にも使えない事はなかった。とはいえ、高価であることに変わりはない。ビンにぎっしり詰まった状態で、どうぞお好きにと言われれば味わう前から涎《よだれ》も出ようというものだ。

特に普段から汗をかく事が多い職人たちは濃い味付けを好む。肉が無くとも野菜スープにだって合う。この土産物はオリヴァーの心をがっちりと掴んだ。

ふたつのビンで金貨一枚くらいはするだろうか。

……この気遣い、この財力。あれ、ひょっとしてマジでお抱え鍛冶師なのか？

信と疑の天秤《てんびん》がオリヴァーの心で激しく揺れた。

「同業者組合には参加しておりませんが、同じ鍛冶師として何かとお世話になるかもしれません。その時はよろしくお願いします」

「その事だが……」

オリヴァーは少し勿体《もったい》つけるように言った。

「挨拶ならば本人が来るべきだろう。代理人を寄越《よこ》すとはどういうつもりだ？」

そんなオリヴァーの気持ちを見透かしたかのようにクラウディアは少しでも立場を上にしたい、
薄く笑っていた。今までの態度が全て演技だったのではと思えるほどに冷たい視線を向けている。

「我が夫、ルッツは伯爵より騎士の地位を賜っております。正式な挨拶がしたいと仰るのであれば、そちらから出向くのが筋というものでしょう」

「むう……」

嫌な女だ、虎の威を借りてそのままぶん殴って来やがる。伯爵の権威に対して卑屈になっているのではなく、利用できる物は何でも利用してやろうというふてぶてしさも感じる。

礼儀正しくしていればそれなりの対応をするが、敵対するならば使える武器を全て使って叩《たた》き潰《つぶ》す、そういう女か。

同時にオリヴァーはクラウディアから冷たい眼で見られて少し興奮もしていた。歳も五十を過ぎてから己の中の新しい扉を開くとは、人生わからぬものである。

……踏まれたいと思った女は、お前が初めてだ。

オリヴァーのキラキラと光る表情から感情が読み取れなくなったクラウディアは、ここらが引き際かと判断した。

「では、他にも挨拶回りに行かねばなりませんので」

と言って腰を浮かせた。

……何か、大事なことを忘れているような気がする。

オリヴァーは忘れ物の正体を探ろうと必死に思考を巡らせた。この機会を逃せば取り返しがつかない、それくらい大事な話のような気がする。

……愛人契約の誘い？

違う、それもいいけどそうじゃない。クラウディアが本当にお抱え鍛冶師《かじし》の妻であると言うのであれば、重要な情報を持っているはずだ。

「あ……」

気が付けばクラウディアは革袋を背負い、ドアに手をかけているところであった。

「ちょっと待ってええええ！」

オリヴァーはスライディングでクラウディアの足にすがり付いた。

「ひえっ！　な、何ですか⁉」

クラウディアは思わず懐から匕首《ラブレター》を取り出し握りしめた。この位置関係ならばオリヴァーの頭でも背中でも好きなように刺す事が出来る。

しかしオリヴァーは怯《ひる》む事なく、むしろ熱っぽい瞳《ひとみ》で叫んだ。

「それ、それえ！　それは刀という物ではないか⁉」

「刀……？」

「俺は刀を探しているんだ！　何か知っていたら教えてくれえ！」

「わかった、わかりましたから足を離してください！」

「え、本当に知っているのか⁉」

「早く離せって言っているだろボケェ！」

クラウディアが左足を上げてオリヴァーの顔を蹴飛《けと》ばして、ようやく落ち着く事が出来た。

ふたりはまたテーブルを挟んで着席した。当初と違う所はオリヴァーの顔に靴跡が付いている事くらいである。

「それで改めて聞くがクラウディア……、さん。刀を知っているというのは本当か？」

「知っているも何も、和平会談で連合国に贈られた刀を打ったのがうちの旦那《だんな》ですよ」

クラウディアは面倒臭さ半分、自慢半分といった様子で言った。そのルッツくんをプロデュースしたのは私で、彼は私にベタ惚《ぼ》れなんですけどね、とでも顔に書いてあるかのようだ。

「それで、それでそれで！　刀とはどのような形をしているのだ!?」

「刀の美しさは口で伝わるようなものではありません。一振り持ってきているのでご覧になりますか？」

「あるのッ!?」

オリヴァーは激しく興奮していた。あれだけ悩んでいた問題があっさりと解決しそうなのだ。喉《のど》につかえていた物がぽろりと取れて楽になった、そんな気分だ。

……やはり俺は幸運の女神に愛されている、女神が目の前にいたら尻《しり》を差し出してもいい。

クラウディアが革袋から刀らしき物を取り出した。鞘《さや》も、柄も鍔《つば》も変わった形をしている。

「そいつを見せてくれ！」

手を伸ばすが、クラウディアにひょいと避けられてしまった。

「んん、ダメですオリヴァーさん。こいつは商品です、お触り厳禁ですよ」

信用出来ない相手に商品を渡すと、そのまま返してもらえない事がある。酷い時は返して欲しければ値下げしろなどと、刃を向けて強請《ゆす》られる。

客のそうした振る舞いに屈した事がある、逃げ出した事もある。二度とそんな屈辱を味わいたくはなかった。

こんな事を言ったら失礼かもという遠慮は結局、誰も彼もを不幸にするだけだ。

「……わかった、買ってやる。いくらだ？」

「金貨十枚といったところで」

「高いな！　こいつが本当に刀であるという保証はあるのか⁉」

出せなくはないが、気軽に出せるような金額でもない。金貨十枚稼ぐのにどれだけの武具を売らねばならないのかと考えると気が遠くなりそうだ。

本物ならば金貨を出す価値はある。しかし偽物を掴まされては当分立ち直れないだろう。ここで偽物を買わせるための回りくどい詐欺であったという可能性も捨てきれなかった。

「保証？」

クラウディアは出来の悪い冗談を聞いたような顔をしていた。

「武具の目利きをして値段を付けるのは専門家である鍛冶屋の仕事でしょう。貴方は何処の誰の保証が欲しいと仰るので。近所の同業者にでも見てもらいますか？」

少しばかり挑発的な物言いである。足を掴まれた事をまだ根に持っているようだ。

「……わかった、ならばせめて刃を見せてくれ。買って抜いたら赤錆《あかさび》だらけではシャレにならん」

「では、失礼して……」

クラウディアは立ち上がり、オリヴァーから十分に距離を取ってから刀を抜いた。危害を加えるつもりはありませんよという礼儀のつもりだったが、オリヴァーとしてはもっと近くで見たい気分であり、もどかしくもあった。

片刃で軽く反りがある。刀身は白銀に美しく輝き、波打つ模様も面白い。

一目見るなり鍛冶屋の直感が告げた、こいつは本物だ。

「買う、買わせてくれ！　しかし金貨十枚はいくらなんでも高すぎる。引っ越し祝いという事で少しまけてくれないか？」

「刀を欲しがる人は他にいくらでもおりますので」

強気な姿勢を崩さぬクラウディアであった。刀の需要がどこまで高まっているかはわからないがオリヴァーの反応を見る限り、こいつは買うという確信があった。

オリヴァーとしては想定していた予算の範囲内である。

出せる、出そうと思えば出せる。だが本当に出して良いのかと葛藤《かっとう》していた。

これは本物の刀だ、それはそれとして金貨十枚の価値はあるのか。ある程度の目利きは鍛冶屋の必須《ひっす》スキルだとしても、初めて見た武具にまで責任を持てというのは少々辛《つら》い。

保証書はない、鑑定書もない、紹介状もない。見ず知らずの怪しい女が持って来た武器だが、これを逃せば二度はない。

……どうする、どうすればいい？

後見人となってくれたロレンスさんの期待に応える事が出来る。そう考えてようやく決心がついた。

「よしわかった、出す」

オリヴァーは腹に力を込め、絞り出すような声で言った。

「おや、本当によろしいのですか。金貨十枚は大金ですよ」

「男オリヴァー、逃げも隠れもせんわ！」

バシリ、と金貨がテーブルに叩きつけられる。

ことり、と刀が丁寧に置かれる。

そして同時に手が伸びる。

「毎度ありがとうございます。これからも良いお付き合いが出来ると良いですね」

金貨を素早くしまったクラウディアは魅力的な笑みを浮かべ、長居は無用とばかりに案内も付けずにさっさと帰ってしまった。

「これが刀、か……」

応接室にひとり残されたオリヴァーは刀身を見ながらぼんやりと呟《つぶや》いた。

懐から金貨がなくなり、手元には刀がある。これが現実だという証拠が揃《そろ》っているのに、オリヴァーはまだ夢の中にいるような気分であった。


約束の時期までまだ間があるが、オリヴァーは刀を持ってロレンスの店を訪れた。

相変わらず大きくて立派な店だ。初めてこの街に来た者は伯爵の屋敷と勘違いする事が多いらしい。

……俺のボロ工房とは大違いだ。

つまらない考え方をしてしまったと、オリヴァーは反省した。こんな立派な店を持つ人が自分を応援してくれているのだ。ならばそれは喜ぶべき事だろう。

「おや、オリヴァーさん。いらっしゃい」

顔見知りの奉公人がオリヴァーの姿を見つけて元気に声をかけてきた。しつけが行き届いている為か、薄汚れたオリヴァーの格好に嫌な顔ひとつしなかった。

「よう、ロレンスさんは居るかい？」

「旦那様は奥の間におられます。午後から外出の予定がありますので、面会するなら今ですよ」

「そうか、やはり俺は運が良いな。幸運の女神が股《また》ぐら濡《ぬ》らして待ってるぜ」

「……左様ですか」

奉公人の案内を受けてロレンスの部屋を訪れると、老紳士は喜んで迎えてくれた。

「やあオリヴァー、随分と早かったじゃないか」

「ロレンスさんの為にあちこち駆けずり回りました。……と言いたい所ですが運が良かっただけで」

オリヴァーは腰に差した刀を鞘ごと引き抜いてテーブルに置いた。

ロレンスは刀を手に取って抜いた。優しい紳士の眼が、値踏みする商人の鋭い眼に変わりじっと刀身を見つめている。

「なるほど、これが刀か。断片的に聞く噂とも特徴が一致する、間違いないだろう」

ロレンスの評価にオリヴァーは内心でほっと息をついた。ほぼ間違いないだろうとは思っていたが、こうしてお墨付きをもらえればやはり安心する。

「こいつを何処で手に入れた？」

「ちと説明が難しいのですが……」

お抱え鍛冶師の妻と名乗る女が訪ねて来た事、刀について尋ねたらこれを取り出した事、頼み込んでなんとか売ってもらった事を語った。

踏まれてちょっと興奮した事などは省略した。

オリヴァーが語り終えるとロレンスは興味深げに頷《うなず》いた。

「最近、伯爵家で新たに鍛冶師と装飾師をお抱えにしたと聞いた」

「本物だったという事ですか」

「もっとも伯爵は王都へ行っているはずなので、まだ正式な目通りなどは済ませていないのではないかな。あくまで仮の立場だ」

……あのアマ、権力シールドでさんざん煽《あお》って来やがって、仮かよ。今度会ったら下の剣でひいひい泣かせてやる。

暗い復讐《ふくしゅう》心を滾《たぎ》らせるオリヴァーであった。逆にこちらが泣かされる展開になったとしても、それはそれで損はしない。

「ところでオリヴァー、刀を買うのにいくらかかった?」

「金貨十枚ほどで」

「そうか、ならばこれを受け取ってくれ」

ロレンスは背後の棚から小箱を取り出し、その中から金貨二十枚を摘《つ》まんでオリヴァーの前に差し出した。

オリヴァーの眼が欲と驚愕《きょうがく》で見開かれた。

「や、いけませんいけません。この刀はロレンスさんに差し上げるつもりで持ってきた物で、お金を受け取る訳にはいきません」

遠慮しながらもオリヴァーの視線は金貨の鈍い輝きへと固定されていた。

仕方のない奴だな、とロレンスは軽く笑った。

「受け取ってくれ。そうでなければ私は次から君に頼み事をしづらくなる」

「そういう事でしたら……」

オリヴァーは財布を取り出して金貨を詰め込んだ。

もしも刀を金貨十五枚で買っていたら、ここで三十枚もらえていたのだろうか。オリヴァーはその考えをすぐに打ち消した。恩人の好意に値段を付けるのは失礼に過ぎる。

「それと、この刀は君が持っていてくれないか」

ロレンスの提案にオリヴァーは首を傾《かし》げた。

「刀は貴族に贈るとか、自慢する為に探していたのではないのですか?」

「そのつもりだったのだがね、さらに欲が出て来てしまったのだよ」

トントンと指先で鞘を叩《たた》きながら話を続けた。

「これを見本として、君の工房で同じ物を量産できるか?」

「それは……」

「私は君が作った刀が欲しいのだ」

その言葉にオリヴァーはぶるりと身を震わせた。

鍛冶師に限らずあらゆる創作者にとって、貴方の作品が欲しいのだと言われるのは大きな名誉である。

刀なら何でも良い訳ではない、君の刀が欲しい。

この世で唯一尊敬の念を抱く相手からそんな事を言われたのだ、オリヴァーの脳髄は感激で痺《しび》れ、同時に判断力を鈍らせた。

……やはり、俺の理解者はロレンスさんだけだ。

オリヴァーは少々大袈裟《おおげさ》に、自分の胸をドンと叩いて見せた。

「お任せください！　いっしゅ……、いや、一ヶ月でお望みの物をお持ちしましょう！」

こうして彼は再び、自ら望んで修羅の道へと足を踏み入れた。


数日後、工房で頭を抱えるオリヴァーの姿があった。

彼の周囲には迫力に欠ける刀らしき物がいくつも転がっていた。

……まるで勃《た》たないチンポだ。

力強さがない、色気がない、グロテスクだが眼が離せないような美しさがない。一応は刀の形をしているだけに、余計にその惨めさが目立った。

刀身に刃紋が浮いていない。反りは温度差によって生まれたのではなく、最初からそのように形作ったのだった。刃物と言うよりはのっぺりとした鉄の板だ。

これはもう腕の良し悪《あ》しではない、明らかに作り方が違うのだろう。

鋳造ではなく鍛造、つまり溶けた鉄を型に流し込むのではなく、鉄を叩いて鍛えるのだろうということはわかった。ここ数日でわかったのはそれだけだ。

誰かに教えを請わねばならない。しかし、まともな職人ならば技術をそう簡単に渡したりはしない。技術の独占こそが己の価値に繋《つな》がるからだ。

刀を作った鍛冶師《かじし》も刀の製法が流出して誰でも作れるようになってしまえば、お抱えの地位を失って凡百の職人に成り下がるだろう。本人がそれを一番よくわかっているはずだ。

わかっていればこそ、土下座したところで教えてくれるはずがない。直接教えを受けられないなら何かちょっとしたヒントでも欲しい。

オリヴァーは同業者組合の会合の日を待った。そこでさりげなく、さりげなぁく、刀の話を持ち出してみよう。誰かが情報を持っていて口を滑らせるかもしれない。

誰か、もしも、かもしれない。何もかもがあやふやだ。

……大丈夫、俺はラッキー・オリヴァーだ。幸運の女神を侍《はべ》らせてハーレムを作れる男だ。

根拠のない自信であるが、それでも彼は精神の安定を取り戻した。

めそめそ泣いているよりはいくらかマシだろう。これもひとつの才能なのかもしれない。


さりげなくどころではなかった。会合の場は刀と、尻《しり》が魅力的な女の話で持ちきりであった。

鉄と炭の配分、武具製作依頼の割り当てなどいつもの話を五分で終わらせ、親方衆の中でも長老と呼ばれる男が思い出したように言った。

「最近は刀っていうのが流行っているらしいな、知らんけど」

ものすごくわざとらしい。だが十五人の親方衆は誰も長老に文句を言わなかった。その話がしたくてここに来ているのだから。

皆、目を合わさぬようにしながら話に乗った。まるで目を見られたらそこから情報が引きずり出されてしまうと恐れるかのように。

「和平会談の場で蛮族どもに贈った剣が、刀というとか」

「すぐ流行に乗せられる商人どもにも困ったものですな。それで、この馬鹿騒ぎはいつまで続くのでしょうか？」

それが聞きたかったと何人かが頷いた。流行がすぐに廃れるのであれば刀の事など放っておけば良い、逆にいつまでも続くようであれば刀を打てない鍛冶屋は時流に取り残される。

「それが、会談の中心にいたのがエルデンバーガー侯爵だそうで……」

「あのお祭り野郎か！」

彼は和平をまとめた手柄を吹聴している事だろう。当然、刀の話も大きく扱われているはずだ。風化するのを待つにしても数年はかかる。そして数年待ったところでブームが治まっているという保証はないのだ。

「お抱え鍛冶師の妻と名乗る女が訪ねて来ましてな……」

「うちもです。土産の香辛料を弟子どもにも振る舞ったら、一度で食い尽くされてしまいましたよ」

「育ち盛りの野郎どもに与えたらそうもなるでしょう。私はひとりでこっそり楽しんでいますがね」

「今の話をあなたのお弟子さんたちに伝えておきますよ」

「や、それはご勘弁を」

ドッと笑いが起こるが、内心では下らない話をしているんじゃねえと思っている者が大半であった。

「それにしてもあの女、良い尻をしていましたなあ」

わかる、とオリヴァーを含む全員が首肯した。

「うちの息子の嫁にどうかと誘ったのですが、あっさりと断られてしまいました」

「そりゃあね、お抱えと別れて炭切りも出来ないボンクラとくっつくメリットは皆無でしょう」

炭切りとは炉の温度のムラをなくすために、木炭を均等に切り分ける事だ。

基本中の基本、鍛冶屋の『か』の字である。

「まったく、それで工房を継ぐつもりなのだから困ったものです……」

話が逸《そ》れて、そのまま軌道修正する事はなかった。

どうやらここまでのようだ。この日わかった事は刀ブームが当分続きそうである事と、クラウディアが街の鍛冶工房全てに顔を出していた事くらいだ。

やはりルッツという男に直接聞くしかないのか。いや、馬鹿だと思われるだけだ。

下手をすれば伯爵に、あいつは親方に相応《ふさわ》しくありませんなどと告げ口されかねない。それだけは困る。

とりあえず話だけでもしてみたい。工房を訪れる口実でもないものかと考えていると、クラウディアの得意気な顔が思い浮かんだ。

うちの旦那《だんな》は騎士ですので。そんな事を言っていた。

……くそ、なんて憎たらしい女だ。

その時クラウディアが何と言ったか、続きを思い出してオリヴァーはあっと小さく唸《うな》った。

正式に挨拶《あいさつ》をしたければそっちから来い。

そうだ、新たなお抱え鍛冶師の誕生を祝ってやらねば失礼ではないか。その時、ちらっと鍛冶場を覗《のぞ》いてしまったとしてもそれは事故だ。仕方のない事だ。

ひとり、またひとりと去って行く会合場で、オリヴァーは最後まで残り薄笑いを浮かべていた。


えへへ、来ちゃった。

そんな可愛《かわい》いものではないが、オリヴァーの張り付けたような笑顔を表現するとそういう事になる。クラウディアはドアを開けたまま固まっていた。

長年の鍛冶仕事で鍛えられた肉体を持つ初老の男が、脇に花束を抱えて作り笑みを浮かべているのだ。もはやホラーである。

それが魔物の類いではなく、挨拶回りをした親方衆のひとりだと気付いたのは数秒経ってからの事であった。

「あ、どうもオリヴァーさん。今日はどうしました？」

「ルッツどののお抱え就任のお祝いにな。是非とも直接お会いしてご挨拶したいのだが、おられるかな？」

「はあ、おりますが……」

クラウディアは困惑していた。そして思い出した。売り言葉に買い言葉のような形で、そっちから挨拶に来いと言ったような気がする。

その時、奥から若い男が現れた。

「どうした、クラウ？」

鍛冶仕事で引き締まった身体をした男だ。散った火花によるものか、腕にいくつも火傷痕《やけどあと》がある。同業者か被虐趣味者《マゾ》かのいずれかであろう。

「お弟子さんかね。名工ルッツ大先生にお会いしたいのだが、案内をしてくれるか」

「ルッツです」

「そうだ、そのルッツ先生の所へ案内してくれ」

「ルッツです」

「……名前の確認はもういいだろう。早くしてくれ」

「ルッツです」

こいつは何を言っているのだろうか。本当にやるわけにはいかないがブン殴りたい。拳《こぶし》を強く握ったところで、くすくすと笑い声が聞こえた。笑っているのはクラウディアだ。

「オリヴァーさん、目の前にいる兄ちゃんが伯爵家お抱え刀鍛冶のルッツで、私の夫ですよ」

「何だって？」

男はどう見ても二十そこそこといった歳だ、若すぎる。オリヴァーの工房でなら、ちょっとした仕事くらいなら任せてもいいかな、という程度の職人の歳だ。

……伯爵が何かを企《たくら》んでいて、こいつはただの隠《かく》れ蓑《みの》ではないか？

そんな疑いを持ってしまうオリヴァーであった。

「ルッツくんも変なキャラ付けはやめたまえよ」

「いつ気がつくのかと、少し楽しくなってしまってな」

などと言ってふたりで笑っていた。

「失礼しましたオリヴァーさん。俺が刀鍛冶の、ルッツです」

「お、おう。鍛冶屋親方のオリヴァーだ。順番が前後したが、伯爵家お抱え就任おめでとう」

そう言ってオリヴァーは花束をルッツに渡し、それがクラウディアにリレーされた。花瓶などという洒落《しゃれ》た物はないので、水を張った桶《おけ》に入れられる事となった。

……表向きの用件が終わってしまった。

挨拶をした、お祝いも述べた。今日はこの辺で、などと言われてしまえば返す言葉もない。どうしたものかと悩んでいると、ルッツの方から言ってくれた。

「もし良かったら仕事場を見ていきますか?」

「……良いのか?」

「その為に来たのでしょう」

若造に心中を見透かされたのは少しばかり悔しかったが、今はそんな事を言っている場合ではない。オリヴァーに断るという選択肢はなかった。

「俺も花束を返したいので」

と、ルッツは笑って見せた。

オリヴァーがどんな思惑で来たにせよ、祝ってもらったのだから礼をしよう。ルッツの考えはそんな単純なものであった。

……こいつはひょっとして良い奴なのだろうか。

オリヴァーのルッツに対する評価が好意的なものに変わりつつあった。

鍛冶場に通されると、そこには変わった設備の数々があった。剣にせよ刀にせよ、鋼を叩いて作るという点では変わらないので設備の使い方はなんとなく理解出来た。

「むう、これは……」

オリヴァーは頭の中で、これらの設備を使って刀を打った場合をシミュレートしてみた。しかし製法はまだ霞《かすみ》がかったままである。同じ設備を使うだけではダメだ、作業工程の中に大きな秘密が隠されている。

だがそれをどうやって知るかが問題だ。初対面の人間にお前の飯のタネを寄越せと言われて誰が素直に教えるものか。

タダで技術を教えろ。それは職人たちにとって最大の無礼であり禁忌であった。口にした瞬間、村八分にされてもおかしくはない。少なくとも自分がそれを言われたら即座に殴る。

……ええい、ここでうじうじ悩んでいてもどうにもならん。俺には刀の製法が必要なのだ。

人の良さそうな男だ、話くらいは聞いてくれるかもしれない。対価として求められた物は何でも出してやる、金でも尻でも技術でも。

「ルッツどの、恥を忍んでお願いする」

「何でしょうか？」

「実際に刀を打っている所を見せて欲しい」

言ってしまった。鉄拳《てっけん》制裁のひとつも飛んでくるかと身構えていたのだが、特に何も起こらなかった。ルッツは激昂《げきこう》する事もなく、煤《すす》のない天井を見上げて考え込んでいた。

「しばらく考えさせていただけませんか」

「それは構わないが……」

何故だ、と表情で問う。

「妻にも相談したいもので」

「尻に敷かれているのか」

下手に出なければならない場面でついそんな事を言ってしまった。しまった、とオリヴァーは苦い顔をするが、ルッツは平然と答えた。

「あの尻ならば敷かれて本望かと」

「違いない」

馬鹿ふたりはにぃっと笑って見せた。

オリヴァーの頭から伯爵の陰謀だの、こいつは隠れ蓑だのという疑いは綺麗《きれい》に消え去っていた。

この男は俺たちの仲間だ、同類だ。


オリヴァーを帰した後でルッツとクラウディアは二階のテーブルを囲んでビールを飲んでいた。

前の住処とは違い、テーブルの足が揃《そろ》っていてガタガタと揺れたりはしなかった。それが実にありがたい。

「ふぅん、刀の作り方を教わりたいと。私は商人だからよくわからないけど、職人にとって技術とは厳重に秘匿するべきものじゃなかったのかな。もしもルッツくんを若造だからと舐《な》めているのなら……」

クラウディアの綺麗な眼が鋭く細められた。ルッツが侮辱されるというのは今のクラウディアにとって自分が侮辱されるよりもよほど不快であった。

ルッツは軽く手を振って言った。

「いやいや、そんなんじゃあないと思うよ。あの人は下品でいい加減だけど、その、何て言うのかな、職人の手をしていた」

鍛冶《かじ》仕事に対しては真剣な男だ、だから信じたいとルッツは言った。職人同士で通じるものというのがいまいちわからない、なんとなく蚊帳の外に置かれたようでクラウディアはつまらなそうに唇を尖《とが》らせた。

「そういえば以前、ボルビスさんに惜しげもなく技術を教えてあげた事があったねえ」

「そのボルビスさんだ。彼の依頼を受けたのはゲルハルトさんの紹介があったからこそで、俺はオリヴァーさんの事を何も知らない」

「職人として信用はするけど、全面的にとはいかないか」

「それとボルビスさんからは剣の製法を教わったが、オリヴァーさんに聞きたい事とか特にないんだよなあ。対価として要求したいものが何もない」

「贈り物外交を思い出すねえ、条件のすりあわせとは難しいものだ。商人ならこういう時はお金で調整するのだがね」

「技術を金で売るというのもなんだかな……」

ふむ、と唸りながらクラウディアは細い指先で木のジョッキの縁をなぞった。

「なんにせよ、タダで教えるというのは悪手だね」

「そうなのか。恩を売れるという意味ではそこまで悪くないと思っていたが」

「人はそう簡単に恩など感じないよ。人生を一変させるくらいの衝撃的な恩義でもない限りね」

クラウディアは例外の余地を残した。そこを否定してしまうと自分がこの場にいるのはどういう事かという話になってしまう。

「タダで教えてやればその場では感謝する。でも次に何かあった時に金銭や条件を持ち出せば不満に思う。前はやってくれたじゃないか、とね。タダで教えてやった事が他の人に知られたら自分たちもそうしろと要求される。断れば恨みを買う。そういうものだよ」

「怖いな、負の連鎖という奴か」

「無料とは時として無法に通じるものさ」

どうしたものかとふたりはしばし無言で考え込んでいた。やがてクラウディアは何かを思い付いたように顔を上げた。どこか暗さというか、申し訳なさのようなものが張り付いた顔であった。

「いっその事、発想を逆転させてみようか」

「発想を？」

「アイデアを語るまえに聞きたいのだがねルッツくん。ボルビスさんの時に語った、誰に刀の製法を教えようが自分が一番である事に変わりはないという自信に間違いはないね？」

その質問に、ルッツは口角を吊り上《あ》げて答えた。

「誰に、何を聞いているつもりだクラウ？」

「いいね、実にいい。それでこそ私が愛した男だよルッツくん」

「お褒めに預かり光栄だ。それで、発想の逆転とは何だ？」

「うん……」

クラウディアはまだ口にして良いのかと迷い、ボリュームのある髪を意味もなく撫《な》でていた。

「どうした？」

「いや、自分で言い出しておいて何だけど、これはある意味でルッツくんへの侮辱になってしまうのではないかと……」

「出されたアイデアが気に入らなかったからといって怒ったりはしないよ、間違っていればその場で訂正する。どうか俺を信用してくれ」

安心させるようにニコリと笑うルッツ。これ以上迷いを見せるのはかえって気を遣わせてしまうと、クラウディアは覚悟を決めたように言った。

「街の親方衆を全員集めてさ、製法を公開してはどうかな」

彼女が何を言っているのか、ルッツは理解するのに一分以上かかった。

「……すまない、もう少し詳しい解説を頼む。俺は鉄を叩《たた》くか尻《しり》を撫でるかしかしてこなかった男だ。難しい事はよくわからん」

ルッツのギブアップ宣言にクラウディアは真剣な表情で頷《うなず》いた。いい加減な気持ちで出したアイデアではなさそうだ。

「まずは現在の状況を確認しようか。和平会談で刀を贈ったという噂が流れた事で、刀が欲しいという流行が出来た。しかし流通量が恐ろしく少ないので手に入らない、そういうことだね」

「俺が作った物と、東からの交易品にたまに混ざっているくらいか」

大陸に百本もないという事になる。国を巻き込んだ騒動に対してあまりにもささやかだ。

「人間、手に入らなければ余計に欲しくなるものさ。だけど手に入らない期間があまりにも長すぎると今度は突然プッツリと来るのさ。『あ、もういいや』って。この無関心の境地とは本当に恐ろしいよ。一度そうなると値下げしようが宣伝しようが、まったくの無反応になるわけだからねえ」

「俺ひとりで貴族、商人、冒険者らの購買意欲を満たすことは出来ないなあ」

「刀を作れる人が他に沢山いるのは良い事さ、ルッツくんの地位を脅かさない程度であればね。刀を手に入れた、他の皆も持っている、今度は超一流の刀が大枚はたいてでも欲しくなる。そういう流れが出来てくれれば万々歳だよ」

「なるほど」

「それと同業者組合だけでなく、伯爵にも貸しが出来るって訳さ」

「……すまない、またわからなくなった」

何故ここで伯爵の名が出てくるのかがわからない。ルッツに理解できるのは自分の手が届く範囲のみであり、スケールが大きくなると途端に想像力が及ばなくなった。

「ツァンダー伯爵領は良い武具を作る土地だと注目され始めたが、あくまで他に比べて少しばかり質が良いというだけの話さ。商人がうきうき気分で遠路はるばる買い付けに来るほどじゃない」

「確かにな」

腕の良い職人が揃っているが、技術の平均値が高いというだけであって特筆するほどの何かという物はないというのが現状だ。

たとえばオリヴァーなどは『俺の両手剣はレボリューションだ』などと自信満々に称し実際に良い剣を作るのだが、素人がパッと見て違いがわかるような物ではない。職人たちが見比べて、なるほど良い物だとわかる程度の違いなのである。

そのほんの少しの高みに登るために血反吐《ちへど》を吐いてのたうち回るのが職人なのだが、部外者にそれを理解しろというのは難しい。

他国、他領との差別化にはわかりやすさが大切だ。

「ルッツくんが親方衆に刀の製法を教える。刀は伯爵領で作れる、伯爵領でしか作れない。そういうことになればツァンダー伯爵領の価値はドンと上がるってもんだよ」

「全員に教えるなら贔屓《ひいき》をしたのしてないのって話にもならないか」

「そういう事だねえ」

クラウディアは頷き、ジョッキを大きく傾けビールを飲み干し考えを整理してから口を開いた。

「問題は伯爵に許可を取らないといけないって事だよ」

「こっちで勝手にやっちゃうのはダメか」

「予め言っておかないと手柄にならないからねえ。それとお抱えになった時点でルッツくんの技術はある意味で伯爵の財産な訳だよ。この話に伯爵が賛同するかどうかはともかく、言った言わなかったというのが後々問題になる事だってあるんだ」

「ここから王都に早馬を飛ばして片道十日くらいか？」

「金貨を握らせればもっと早くなるよ。行って一週、帰りで一週くらいかな。早く帰ってきたらボーナスをあげようって契約にすればなお良しだ」

「そういう事なら金は遠慮なく使ってくれ」

「ありがとう、でもそれほど多くはかからないよ。期間短縮ボーナスをあまり多くし過ぎると配達屋の連中、今度は伯爵の手紙を偽造しかねないからねえ」

「……何か嫌な思い出でもあるのか？」

「ルッツくん、惚《ほ》れた男に過去を気にされるのは嫌ではないが、仕事の話は別だよ」

眼が笑っていない。突き刺すような視線に耐えかね、ルッツは『すまん』と頭を下げた。

「ちょっと時間がかかるかも、と私からオリヴァーさんに伝えておこう。伯爵へ手紙を出すのもやっておく。ルッツくんは技術公開の準備だけしておいてくれたまえ」

「わかった。それと伯爵に問い合わせた結果、ダメだと言われたらどうするんだ？」

伯爵には伯爵の考えも都合もあるだろう。クラウディアが何か見落としているような理由で断られる可能性だって十分にある。

クラウディアは手の代わりにジョッキを左右に振って見せた。

「その時は、酒飲んで寝るさ」


翌日、クラウディアは朝から出かけていた。ルッツは二階の居間でじっと考え事をしている。テーブルの上には折れた刃。その昔、父が侯爵家から追放された原因となった刀だ。ルッツは考え事をする時によくこの刀を持ち出していた。

公開製作が、少しだけ怖い。

招待する予定の親方衆は皆、ルッツよりもずっと年上であり鍛冶屋としての経験も長い。そんな連中が十数人、技を盗もうと一挙一動を睨《にら》み付ける中で刀を打つなど拷問に近いだろう。

通常の徒弟制度において鍛冶屋に預けられてから三年から五年くらいは下働きだ。その間、炉に近づくことはなく鎚《つち》を握ることも許されない。そして見習い期間を終えてようやく少しずつ仕事を教えてもらえるようになる。ただ、それも基本的な事ばかりだ。

それ以上の事を学ぶならば親方や先輩の仕事を見て盗むか、なんとか気に入られて教えてもらうしかない。こうして長い長い時間をかけて一人前の職人となるのだ。

ルッツはそうした過程を全て飛ばしてきた。

年齢一桁《ひとけた》の頃から刀鍛冶である父の手伝いをして、十三才くらいで鎚を握っていた。父は技術の秘匿など考えず、己の持つもの全てをルッツに伝え、ルッツもまた乾いた砂が水を吸い込むようにその教えを吸収していった。父はひとり息子を愛していた。しかし、息子に何か期待していたかと言えばそうではない気がする。

「俺に刀鍛冶の技術など不要だ、勝手に持って行け」

そうしたスタンスではなかったか。いつも疲れたような笑みを浮かべていた父を思い出す度にそう思う。彼は何も期待していなかった。鍛冶師として認められる事も、貴族のお抱えになる事も、息子に後を継いでもらう事も。全てどうでもよかった。

薄い、薄い刀と一緒に心も折れてしまっていた。

ルッツはまだ年若いが、鍛冶屋としての経験は十年以上になる。刀鍛冶と限定すれば大陸の誰よりも長い。親方衆の前で技術を披露することは慢心でも傲慢《ごうまん》でもないはずだ。

クラウディアの前で語った事に嘘はない、己こそが大陸一の刀匠であるという自負はある。

……今は、だ。五年先、十年先はどうだ？

かつて刀鍛冶を教えたボルビスは死の間際に、確かに一流の世界に足を踏み入れていた。仕上げこそルッツがやったものの、あと何年も刀を作り続けていればボルビスも仕上げを自分で完璧《かんぺき》に出来るようになっていただろう。

他の親方衆はどうだ。ボルビスのように命がけではなく、彼よりも少し腕が劣るとして、それでも数年先には何人かが一流の刀鍛冶《かたなかじ》と呼ばれるようになっているのではないか。ルッツと同等か、それ以上に。

その時ルッツの立場はどうなっているのだろうか。

刀鍛冶ルッツという男が否定される。数年先にそうなるかもしれないという話に、今から恐怖と焦りを感じていた。

……いっその事、肝心な情報は隠して追い付けないようにするか。

すぐにルッツは自分の考え方がまずい方向へ向かっている事を自覚した。

そんな事をすれば、クラウディアが立ててくれた計画が台無しだ。刀の普及が親方衆の怠慢によって遅れるならばどうでもいいが、ルッツの手抜きを指摘されたのでは非常に問題である。

今回は真面目にやろうと観念するルッツであった。

ただ、情報は秘匿するものだと考える他の職人たちの気持ちはわかるようになった。妻とロバちゃんしか養う家族がいないルッツでさえこうなのだ、数十人の弟子を抱える親方の重圧はどれほどのものであろう。自分だけの強みを大事にしようというのはむしろ当たり前ではないか。

……結局、俺が技術の秘匿に無頓着《むとんちゃく》であるのは優しいとか心が広いとかじゃなくて、無責任だからだな。他人の人生にも、自分の人生にも。

気分がずぶずぶと底無し沼に沈んでいく。こんな時こそクラウディアに励まして欲しいのだが、彼女は外出中である。

相談すれば彼女ならば何と言ってくれるだろうかと考えた。

『君のような立場でなければ出来ない事だってあるだろう』

『他人が修行した分、君も修行をすればいい。そうすればずっと追い付けないさ』

言いそうだ。脳内でなかなかの再現度でクラウディアの声が聞こえた。

イマジナリークラウディアの声でルッツはようやく落ち着きを取り戻した。まずは鋼の博覧会を成功させよう、他の漠然とした不安はそれから対処すれば良い。

よし、とルッツは立ち上がり道具と材料のチェックを始めた。

その日の晩、クラウディアに『技術の管理が甘いのは俺が無責任だからか』と聞いたところ、昼間に想像したのと大体同じ答えが返ってきた。

そうか、そうかとニヤニヤ笑うルッツに、クラウディアは訳も分からず首を捻《ひね》っていた。


クラウディアは郵便屋に手紙を預けてきた。

貴族がらみで報酬は相場の数倍、ついでに美女からの依頼だ。暇をもて余して寝転がっていた配達員たちは飛び起きた。

必ずお届けします、欲と使命に燃えた顔をする受け付けにクラウディアは多額の心付けを渡して店を出た。

……ああいう反応をしてくれる人は信用出来そうだねえ。

もらった金の分はしっかり働いてくれるだろう。逆に代金を値切ったりしていればいい加減な仕事しかしないかもしれない。

それでいい、とクラウディアは考えていた。金に対して誠実であってこそプロだ。

美味《おい》しい仕事だ。そしてこの仕事をきっちりやり遂げればお得意様になってくれるかもしれない。彼らはそう考えてくれるだろう。

伯爵ならばこんな時、騎士に命じて手紙を届けさせるのだろうか。クラウディアはお抱え鍛冶師の妻であり、事情を話せば下級騎士を動かせたかもしれないが、詰め所に行こうなどという気は欠片《かけら》もなかった。

奴らは信用できない。多少金はかかっても、クラウディアは民間の業者の中から信用できる相手を探すようにしていた。

騎士嫌いの女商人が末端ながら貴族の関係者となり、おまけに心の底から惚れ込んだ夫は騎士相当の称号を得た。まるで出来の悪い冗談のようだ。

やれやれ、と頭を掻《か》きながらクラウディアは次に鍛冶師オリヴァーの工房へ向かった。


オリヴァーは期待と不安が入り交じった顔でクラウディアを丁重に迎え入れた。刀の製法を教えてくれと頼んだ、その結果を伝えに来てくれたのだろう。

「……以前から一度、使ってみたかった台詞《せりふ》があるんですよね」

クラウディアはいたずらっぽい笑みを浮かべて言った。

「良い知らせと悪い知らせ、どちらから聞きたいですか？」

一刻も早く答えを聞きたくて焦っている時にこんな言い方をされれば苛《いら》つくだけだが、ここでクラウディアを殴りつけたりしたら全てが台無しだ。オリヴァーは魂の叫びをぐっと飲み込んだ。

「……じゃあ、良い知らせから」

「伯爵家お抱え刀鍛冶ルッツは、街の親方衆に対して刀の製法を公開することに決めました」

「え、全員に？」

「おや、嬉《うれ》しくはないのですか？」

「刀の製法を教えてくれるっていうのは嬉しいさ。すげえ嬉しい。この場であんたの足を舐《な》めたっていい。しかしそんな大事にしないで、俺だけにこっそり教えてくれりゃあ良かったんじゃないかとも思うわけだ」

「こちらにも立場というものがございますので」

「立場、か……」

オリヴァーは背もたれに体重を預けて考え込んだ。

「俺だけを贔屓する訳にはいかない。そもそも贔屓する必要がないか」

ルッツはオリヴァーの技術などを欲しがらなかった。それが少し寂しくもある。

「俺に恩を売りたい訳じゃなくて、伯爵に売り付けたいのか」

「ご明察にて」

ツァンダー伯爵領を刀の生産拠点にしたい。その意図をオリヴァーはすぐに読み取ってくれたようだ。比べてしまうのも申し訳ないが、世の流れが見えているという点でルッツは歳を重ねた親方衆には及ばない。

些細《ささい》な問題だ、とクラウディアは考えていた。人間関係の裏の裏まで読むような真似《まね》は自分がやればいいのだから。

「タダで教えると後々面倒事に繋《つな》がるから、伯爵の為にしかたなく、渋々教えてやりますよと、そういう形にしたいのだな」

「この前は無料でやってくれた、あいつには贔屓したと、人の心ほど御し難いものはございませんから」

心当たりがたっぷりあるのか、オリヴァーは苦笑だけを返した。同業の親方連中が人格者であるなどとは口が裂けても言えなかった。無論、自分も含めてだ。

「話はわかった。親方衆を代表して礼を言っとくぜ、サンキュー姉ちゃん。それで、聞きたくないけど悪い話って何だよ」

「今日、早馬を手配しました。王都にいる伯爵の許可を得なければなりませんので、往復最短で二週間はかかります。それと、ないとは思いますが伯爵にダメだと言われたらこの企画自体が中止になりますね」

「二週間⁉」

時間がかかりすぎる。オリヴァーにとって非常に不都合であった。恩人である大商人に一ヶ月で刀を作って見せると豪語して、それからもう半月近く経っているのだ。

出来る事なら今すぐ教えて欲しいというのが本心である。

「正確に言えば、伯爵の返事を頂いてから親方衆に告知をして、公開製作の準備をしてなので、ざっと二十日くらいでしょうか」

「困る、そりゃあ困るぞ長すぎる！　もっと早く出来ないのか。たとえばこう、伝書鳩を使うとか！」

「伯爵にお伺いを立てるのにそれは失礼でしょう。鳩がカラスに襲われる危険もあって、確実性に欠けるわけですし」

クラウディアは呆《あき》れて言ったが咎《とが》めはしなかった。オリヴァーも焦った挙げ句におかしな事を口走ってしまっただけなのだろう。

どうもこの男にはそうした悪癖があるようだ。お抱え鍛冶師になれなかったのも、これが原因のひとつではないかと疑ってしまう。

「形を揃《そろ》えた羊皮紙にお世辞と季節の挨拶《あいさつ》をずらっと並べて、ついでに本文を書いたものに封蝋《ふうろう》して、ようやく伯爵にお出し出来る体裁が整うのです」

「まあ、そうなんだが……」

「刀製作の目処《めど》が立ったというのも十分な成果ではありませんか。正直に話せばロレンスさんもきっと納得してくださいますよ」

にっこりと明るく魅力的な笑みを浮かべるクラウディアをオリヴァーは眉《まゆ》をひそめて凝視していた。

本当に嫌な女だ。

オリヴァーはこの場でロレンスの名を一度も出していない。若い頃から何かと世話になった友人、恩人、兄貴分であるという関係性を話していない。

つまり、クラウディアはここへ来る前にオリヴァーの交遊関係を調べていたという事だろう。特に隠していた訳ではないので調べるのに苦労はしなかっただろうが、それにしても早すぎる。

ロレンスの名を出したのは余計な事はするなと釘《くぎ》を刺す為か。オリヴァーとしてもロレンスに迷惑がかかったり、告げ口をされるのも不本意である。

クラウディアの案に乗るしかないようだ。少なくとも、そうすることで得られる利益はかなり大きい。独占出来ないという点を除けば不満はなかった。対してクラウディアにはオリヴァーの都合に合わせてやる義理はない。

「わかった、わかったよ。降参だ姉ちゃん。親方衆の爺《じい》さんたちと一緒に指をくわえてお行儀良く待っている。勝手に動き回ったりしない、約束しよう。ただ……」

「何でしょう？」

「最初にルッツの工房を訪れたのは俺だって事で、何か俺だけにお得な話はないのかなあ、と」

どこまでも図々しい男である。クラウディアは道端の野グソを見るような目をしていたが、一方で商人としての部分がこうした図太さを好ましく思ってもいた。

人として尊敬出来る所が皆無だが、取引相手としては面白い。

クラウディアは微笑《ほほえ》みながら頷《うなず》いた。

「伯爵のお返事を頂いたら、親方衆への告知はオリヴァーさんにお任せします。俺がお抱えどのにナシつけてやったんだぞ、と言ってやれば良いかと」

「多少は親方衆に恩を売れるな。発言力も増す」

「そういう事です」

オリヴァーがルッツの工房を訪れたのがきっかけで、技術公開の話に繋がったのは間違いない。また、一番初めに訪問したという事は、なんだかんだで彼が親方衆の中で一番ルッツを高く評価していると考えてもいいのだろうか。クラウディアとしても親方衆への窓口となってくれる者がいるのは都合が良い。

また来ます、とだけ言ってクラウディアは工房を後にした。

応接室にひとり残されたオリヴァーは大きなため息を吐《つ》いた。

完璧、とまではいかないが何もかもが順調だ。ルッツとクラウディアには感謝こそすれ恨む筋合いは全くない。

それでも、それでもと思ってしまう。我ながらどうしようもない性分だ。

「あの人の前で格好つけたかったなあ……」

大言壮語は果たしてこそ意味がある。それだけが心残りであった。

第七章　花束の似合わぬ貴方《あなた》へ

ルッツは火の入っていない炉をぼんやりとしてかき混ぜていた。特に意味はない。

暇をもて余している場合ではないのだが、何をしようという気にもなれないのだった。

……まいったなあ。

刀の製法公開日まであと十五日。ぼけっと間抜けヅラを晒《さら》して過ごすには長すぎる期間だ。休む事は大事だが、休みすぎて腕が鈍《なま》ってしまっては問題である。

何かしたい、その何かとは何だ。

久しぶりに木こりの集落へ行きひたすら研ぎをしようかとも思ったのだが、これはクラウディアに止められた。この大事な時に工房を空けるべきではない、と。

クラウディアの言う事はもっともであると、ルッツは素直に従った。

さすがに監禁までされる意味はないので、出歩くならば城塞《じょうさい》都市の中だけと話し合って決めた。

大抵の用事ならばそれで済むはずだ。

……あるいは、俺の弱気を見透かされていたのかもな。

単にこの場から離れたかったから木こりの集落へ行くなどと言い出したのではないか。そういう所は確かにあった。

自分よりもずっと年上の、ベテラン鍛冶屋《かじや》たちの前で刀を打つなど初めての経験だ。ここで失敗する、あるいはなまくら刀を作ればルッツの信用と名声は地に落ちるだろう。

親方衆ならば多くの弟子に囲まれた衆人監視の中で剣を作るという事もやっているのだろうが、弟子のいないルッツにそんな経験はない。刀はひとりで打つものだ、ずっとそう思っていた。

日が進むほどに重圧《プレッシャー》は大きくなる。いっそ伯爵への手紙など届かなければいいと考えてしまい自己嫌悪に陥った。

クラウディアは最善の策を用意し、その為《ため》にあちこち走り回っているのだ。ならば己の成すべき事は製法公開に全力で取り組むだけである。

……腕を鈍らせない為にも何か作ろう。一心不乱に鉄を打てば余計な考えも吹き飛ぶはずだ。

しかし、何を打つかというテーマが見つからない。少し前に何も考えずに刀を打ったが、あれには新しい鍛冶場の使い心地を試すという目的があった。

手癖で作ることに慣れてしまえばそれしか出来ないようになるかもしれない。やはり刀とは目的を持って真剣に向き合いたかった。

暇と焦りというのは相反するようで意外に仲が良いらしい。ルッツは無意味に炉をかき混ぜ続けた。

正直な所、伯爵家お抱え刀鍛冶になったという自覚がない。当然だ、まだ伯爵に正式な目通りもしていないのだから。

伯爵が王都から帰って来たらお目見えの儀式か何かが行われるのだろうか。その光景を想像し、一緒に祝われているであろう人物に気がついた。

……そういえば、パトリックさんもお抱え装飾師になったのだったな。

元から伯爵家出入りを許されていた装飾師が改めてお抱えになった所で何が違うのかよくわからなかったが、ともかく出世した事に違いはない。

挨拶に出向き、祝いの言葉でも述べるのが礼儀だろうか。仕事で何度も顔を合わせ関係が気楽なものになっていた為に改めて挨拶などという考えに至らなかった。

……いや、違うな。親しいからこそケジメというか、メリハリというか、まあ何というかそういうのを大事にするべきだよなあ。

ルッツとパトリックは同格の騎士相当であるが、向こうの方が年上で城塞都市に住んでいる期間も長いのでルッツから挨拶に出向くべきだろう。少なくともそうした方が角は立たない。

パトリックに何か贈り物をしよう、彼の好みは何だろうか。決まっている、出来の良い武具だ。

火かき棒を持つルッツの手に力が入った。創作意欲という炉に小さく火が灯ったようだ。

刀を贈るのでは大袈裟《おおげさ》過ぎる。国同士の贈り物外交ほどの強制力はないにせよ、同じくらいの返礼をしなければならないと気を使わせてしまう事になる。

祝いの品で相手に負担をかけるのでは逆に無礼であろう。

大陸では贈り物をする時に、素敵な貴方の為にこんなに素晴らしい物を用意しましたよ、といった態度で贈る。一方で東の島国では、つまらない物ですがと言って控え目に差し出すらしい。

父からその話を聞いた時、つまらない物ならなんで寄越《よこ》すんだ、最初から良い物を出せよと疑問に思ったものだが今ならばわかる。相手に負担をかけないというのも気遣いのひとつなのだと。

胸を張るのも謙遜《けんそん》するのも、形が違うだけで相手を想《おも》う礼儀なのだ。どちらが良いとか悪いとかの話ではない。

短刀ならば贈り物として丁度良いだろうか。そういえば、とパトリックがクラウディアの匕首《あいくち》に興奮していた事を思い出した。

「……良し、来た！　来たぞ創作意欲って奴《やつ》が！」

今までの怠惰で無気力な姿は何だったのかと思えるほどルッツは勢いよく立ち上がり、炉に火を入れた。

砂鉄を溶かして玉鋼《たまはがね》を作り、打ち延ばして平べったくして小割にする。硬さによって皮鉄《かわがね》、芯鉄《しんがね》用のふたつに分ける。地味な作業も何やら新鮮に思えた。

鉄片を積んで十分に熱し、叩《たた》いてひとつの塊とした。

熱して叩く、叩いて折ってまた熱する。これを繰り返すうちに段々と楽しくなってきた。

……貴族も、親方も、お抱えも全部まとめてくそくらえだ。鍛冶屋は鉄だけ打ってりゃいい。それ以外は全て犬のクソだ。

ルッツは笑っていた。笑いながら鉄を打ち続けた。知らぬ者が見れば正気を失ったかと思うだろう。

鉄を打ち終えて形を整えた時、ルッツは疲労困憊《こんぱい》の極みであった。だが、満足だ。己の全てを注ぎ込んで刀を打つ、見失っていた原点を見つけ出したような気分だ。

頭から水を浴びて汗を流す。もう外は肌寒い季節であるが、汗まみれでベタつき火照った身体《からだ》には心地よかった。

翌日、十分に休んで気力を充実させてから仕上げに入った。

炭粉や鉄粉を混ぜて練った特別な土を刀身に塗って、強く熱し、水に浸《つ》けて一気に冷ます。

刃紋が浮き出て軽く反りが出来た。強度も十分だ。

ゆっくりと刃《やいば》を砥石《といし》の上で滑らせる。わずかな引っ掛かりすらなくなるまで何度も繰り返した。

こうして出来上がったのはご機嫌な匕首であった。

とにかく重量バランスが良い。振れば確かな手応えがあるが、決して手首に負担をかけるような不快な重さではない。

ルッツは鍛冶場で匕首を振り続けた。狭い室内でも実に振りやすい。

振っているうちに匕首への評価が『悪くない』から『かなり良い』へと変わり、やがて『自作品の中でもかなり上位』となった。

使いやすさだけを見れば一番かもしれない。普段使いにはぴったりの逸品だ。

……普段から匕首を振り回す機会がある人生はそれはそれで嫌だが。

パトリックにプレゼントするのが惜しくなってきた。しかし、出来が良いから確保しておいて、もっと平凡な奴を渡そうというのは刀鍛冶の倫理観が許さなかった。

パトリックの為に作ったのだからパトリックに渡す、当然の事だ。

作った本人が手放したくないと思う、それほどの物だからこそプレゼントとしての価値があるというものだ。

「畜生、持ってけ泥棒め」

まだ何も関わっていないパトリックに毒づきながら白木の柄《つか》を外した。素晴らしい匕首だ、こいつには銘を入れるべきだろう。

相変わらず何も思い浮かばない。

ルッツは考える事を止《や》めた。クラウディアが帰ってきたら相談することにしよう。

昼過ぎにクラウディアは帰って来た。

ルッツが銘を付けて欲しいと言って匕首を渡すと、クラウディアは鞘《さや》から抜いて軽く素振りをして見せた。

「なんというかこれは……、いいね」

「だろう？」

「なんとも名状し難い快感だ。振って楽しい、すごく楽しい。何だろうねこれは」

「子供が良い感じの棒切れを拾ってエクスカリバーと名付けて振り回すような、そんなイメージだな」

「……すまない、余計にわからなくなったよ」

クラウディアが声を落として首を横に振った。

「しないのか？　良い感じの棒を拾って聖剣と呼ぶのを⁉」

「その、良い感じの棒って何だい……」

「ええ……ッ？」

言葉というのは実に不便だ。口先で男の子のロマンを女性に理解させるのは不可能であるらしい。

「うん、まあ刀のコンセプトはわかったよ。こいつの名前は『夕雲《ゆうぐも》』なんてどうかな」

クラウディアの提案に、ルッツはさすがだと頷いた。

「いいね、実に雅《みやび》だ。どういう意味で付けたんだ？」

「わんぱく坊主が日暮れまで遊び回って、ママにげんこつ食らったイメージかな」

「……雅から遠ざかったなあ」

ルッツは呆《あき》れたように言うが、振り回して楽しい匕首にはぴったりだとも思った。

名前の由来はパトリックには隠しておこう。それでいい。


ルッツがパトリックの工房を訪れ伯爵家お抱え就任おめでとうございますと口上を述べると、案の定と言うべきかパトリックは何の事やらわからないと不思議そうな顔をしていた。

「……ああ、そう言えば弟子たちがなんか騒いでいたような気がするなあ」

無関心もここまで来れば大したものである。別に世捨て人を気取っているとか、権力に反抗しているとかではなく、本当に頭からすっぽりと抜け落ちているようだ。何故《なぜ》なら楽しくないからだ。

「いえ待ってくださいルッツさん、違うんです違うんです。私もね、お抱えになるって話だけは聞いていているんですよ。でも伯爵にお目通りした訳でもなく、工房を引っ越す訳でもなく、特別仕事が増えた訳でもなく、何も変わっていないんです。もうね、こっちから聞きたいくらいですよ、本当にお抱えになったんですかって」

そう言われてしまえばルッツは何も答えられなかった。

ルッツたちは新しい工房をもらい、面倒な仕事も入って来たからこそ伯爵家お抱えになった、あるいは環境が変わったのだという自覚が出ていた。城壁外の川のほとりに住んだままであれば、やはりパトリックと同じような反応をしていたかもしれない。

「ところでルッツさん、新しい装飾の仕事はありませんか。私の黄金の指先が夜泣きするのです、刀ちゃんをもみもみしたいと」

「仕事という訳ではありませんが、パトリックさんに祝いの品を持って来ました」

「ほわっつ？」

意外な話に目を丸くするパトリック。ルッツは革袋から白木の鞘で出来た匕首を取り出しテーブルに置いた。

「つまらない物ですが……」

「いやいや、つまる、つまりますって！　これを私がもらってもよろしいので？」

「はい」

「刀をぺろぺろしても怒られない？」

「舌などを切らぬよう、常識の範囲内でお願いします」

刀身に舌を這《は》わせて舐《な》め回すのは常識の範疇《はんちゅう》なのだろうかとルッツは自分で言いながら疑問に思ったが、パトリックの前で常識を語る事こそ無意味と悟り思考を打ち切った。

パトリックは鞘を抜いて刀身に見入っていた。

「へえ……。君、可愛《かわい》いね……」

相変わらず理解不能の独特な表現であるが、気に入ってくれたようだ。

パトリックは立ち上がり、軽く匕首を振った。おや、と何かに気付いたような顔をする。もっと強く振る、次は突いてみる。

放っておくといつまでも止まらなそうなので、

「いかがですか？」

と、ルッツは声をかけた。

「いいですねえ、凄《すご》く良い。ハートにずっきゅん一目惚《ひとめぼ》れって訳ではありませんが、気楽に付き合える相棒感が溢《あふ》れていますね」

「使いやすさに特化した匕首に仕上がりました」

「ところで、この刀の名は何と言いますか？」

「『夕雲』と名付けました」

「ああ……」

パトリックは軽く思案してから頷《うなず》いた。

「走り回るクソガキという意味ですか」

「……わかりますか」

クラウディアが名付けた意味については黙っていたかったのだが、こうもハッキリ言われては誤魔化す事は出来なかった。

何故こうも簡単に意図を読み取られるのだろうか。

以前、ゲルハルトがクラウディアの愛刀『ラブレター』を見たときも微《かす》かな愛情を感じると言った事があった。歳《とし》を重ねた職人にしか見えない世界があるとでもいうのか。

パトリックは笑いながら答えた。

「振って楽しい棒と、夕方の組み合わせと言えばエクスカリバー案件でしょう」

……そうかな。そうかも。そうかもしれないが断言出来る程だろうか。

作品から何かを読み取る力という点で、ルッツは彼らに及ばない。それだけは事実だ。パトリックやゲルハルトに対して悔しさと尊敬の念が湧いてきた。

まだまだ学ぶべき事は沢山ある。自惚《うぬぼ》れている暇などなさそうだ。

「すいませんね、せっかくの贈り物だというのに色気のない白木の鞘で」

「ふ、ふ……。何をおっしゃる。それが良いんですよ、それが！」

パトリックは匕首を掴《つか》んで、指先で鞘を撫《な》で始めた。鞘をなぞっているだけだというのに、何故かいやらしい手付きのように見えた。気のせいだろう、多分。

「こんなに素晴らしい匕首の装飾を自分で出来る、これこそ装飾師の愉悦ですよ。綺麗《きれい》にしてあげるからね『夕雲』ちゃん……」

ゆっくりと鞘から抜き、また納めるという事を繰り返す。

「ああ、まるで少年のパンツを目の前で下ろすような、そんないけない事をしている気分だ……」

「逮捕された時は俺の名前を出さないでくださいよ」

「生身に手出しはしませんよ、興味もない」

真顔できっぱりと言い切り、また頬を弛《ゆる》めて匕首を弄《もてあそ》ぶパトリックであった。

「色んな刀を見てきたが、自分の物と思えばなおさら愛《いと》おしい。『夕雲』ちゃんはどんなお洋服が着たいかなあ……？」

すっかり自分の世界に入り込むパトリック。これは迂闊《うかつ》に手を出してはいけないテリトリーだと判断し、そろそろ帰ろうかとルッツは腰をあげた。

そこでパトリックは思い出したように顔をあげてルッツを呼び止めた。

「あ、そうそう。こちらからも何かお礼をしなければなりませんね。お抱えになったのはルッツさ

ん も同じな訳ですし」

「贈り物外交みたいな馬鹿な張り合いはしたくないですからね。お気持ち程度で結構ですよ」

「気持ち。私の笑顔とか？」

「それは適当に捨てておいてください」

「酷《ひど》いなあ。……そうだ、イヤリングとかどうですか？」

パトリックがまるで装飾師のような事を言い出した。

「俺に似合うかな……」

「そういうボケはいいから。クラウディアさんにですよ。ルッツさん、愛する人に装飾品を贈った事などありますか？」

「恥ずかしながら、贈り物と言えば自作の匕首くらいしか」

「それはそれでオンリーワンとは思いますけどね」

「あの、それじゃあ、お願いできますか？」

ルッツが控え目に、そして少し照れながら聞くとパトリックは満面に笑みを浮かべた。

「いいでしょう、いいでしょう。お任せください。推しが照れ臭そうにイヤリングをプレゼントする所を想像するだけで、一週間くらいは何も食べずに生きていけそうな気がします」

「気のせいですからちゃんと食べてください」

一抹の不安を残しつつ、ルッツは工房を後にした。

家に戻るとクラウディアが出迎えてくれた。

「やあルッツくん、パトリックさんは喜んでくれたかね？」

「相変わらずの不審者っぷりだったよ、通報しようか迷ったくらいだ」

「そうかそうか、つまり喜んでくれた訳だね」

などと言って笑い出した。パトリックの評価は誰からもこの調子であった。


それから数日後、ルッツはパトリックの工房でイヤリングを受け取った。

見る角度によって赤にも青にも桃色にも見える不思議な宝石であった。カットの仕方に秘密があるらしいが、それはパトリック独自の技術だそうだ。この技を売れば一生遊んで暮らせる、とまで豪語していた。

時にクールで、時に情熱的で、時には色っぽく。そんな様々な顔を持つ女性をイメージしたイヤリングだとパトリックは語っていた。

装飾にあまり興味のなかったルッツでさえしばらく魅了《チャーム》されるほど美しい装飾品であった。

「パトリックさん、やはり貴方は凄い人だ」

ルッツがそう言うと、パトリックは満足そうに頷いていた。一流の男に認められる、それは職人として一種の快楽でもあった。

帰り際に案内をしてくれたパトリックの弟子と少し話をしたのだが、

「親方は毎日上機嫌で、弟子たちにも色んな技術を教えてくださいます。それはいいのですが……」

「良いことずくめじゃないですか。何か問題でも？」

「事あるごとに刀を自慢してきてちょっと……。ルッツさん、何とか親方を大人しくさせる事は出来ませんか？」

「ごめん、無理です」

ルッツは無慈悲に言い放ち、固まる弟子を置いて早足で帰路に就いた。

一刻も早くクラウディアにイヤリングを渡し、喜んでもらい、語らい、柔らかな髪を撫でて抱き寄せたかった。

達成不可能な任務に挑むほど暇ではない。


「とうとう来てしまったねえ」

クラウディアは笑いながら羊皮紙をひらひらと振って見せた。

領内の鍛冶師《かじし》たちに刀の製法を教えてもよろしいですか、という問いに対する伯爵からの返答である。

「それで、内容は？」

ルッツは対照的に固い声で言った。

「貴族特有の長々とした言い回しが続くので要約するけど、職人の命であり財産とも言える技術をなげうってまで伯爵家の役に立とうというその精神、まことに天晴《あっぱ》れである、と」

「むう……」

「もっと簡単に言おうか。伯爵、ノリノリ、大歓迎、って話だねえ」

「いよいよ、やるしかないって事か」

苦笑を浮かべるルッツであるが、その表情に不安などはない。親方衆の前で技を披露する覚悟は既に決まっていた。そんなルッツの顔を、クラウディアは本当に楽しそうに眺めていた。

「決まりだね、じゃあ私はオリヴァーさんに話しておくよ。開催は五日後くらいでいいね？」

「俺は明日でも構わんぞ」

「親方衆にも予定を立てる時間をあげないと。技術を教えてやる立場とはいえ、今すぐ来いでは余計な恨みを買いかねないからねえ」

「……身に覚えのない買い物ほど怖いものはない、か」

「恨みの利率という奴は暴利だからねえ。そうならない為に私がいる、ルッツくんは安心して待っていたまえよ」

クラウディアは立ち上がり、耳元の髪を掻《か》き上げながらルッツの頬にキスをした。

その耳に不思議な光を放つ宝石が見えた。お抱え就任祝いの返礼として、装飾師パトリックからもらった物である。

ルッツがイヤリングをクラウディアに贈ってから、彼女はずっと上機嫌であった。ルッツと一緒にいる時はいつもにこにこと笑っているが、最近は特にテンションが一段階高くなっていた。

行って来ますのキス、というのは新婚家庭としておかしなものではないが彼女の場合は、

「どうだいルッツくん、このイヤリングを付けた私は綺麗だろう」

と、見せびらかしているようにも思えた。

……まあ、喜んでもらえて何よりだ。

ルッツは鼻唄《はなうた》を歌いながら居間を出るクラウディアを、より正確に言えばその尻《しり》を目で追って見送った。

翌日、領内の鍛冶親方衆に緊急招集がかけられた。

呼び掛けたのが長老であるならばまだしも、同格であるはずのオリヴァーだという事が皆に不満と不審を抱かせた。

無視をしても良かったのだが、オリヴァーの徒弟が言う『儲《もう》け話です』という言葉が彼らを縛り、この場に引きずり出した。

伯爵家から正式に鍛冶親方と認められたオリヴァーを含む十五人は誰一人として欠けることなく参加していた。みんな大好き儲け話。そしてこの時期にわざわざ持ち出される儲け話と、刀を結びつけない者はいないだろう。オリヴァーが気に入らないというだけの理由でボイコットすれば逆に恥をかくだけだ。

オリヴァーは円卓を見回し、全員の顔を確かめてから満足げに笑い立ち上がった。

「まずは全員、俺にありがとうと言え」

「ふざけんなオリヴァー、こっちは忙しいんだ。それとも目を開けたまま寝言をぬかす芸を披露したかったのか？」

特に血の気の多い親方、オリヴァーをライバル視しているモモスという男が食ってかかった。

「せっかちな奴だな、ベッドの上でもそうなのか？　だから女房を弟子に寝取られるんだ」

「……儲け話の意味がよくわかったぜ。テメェをぶっ殺して工房をもらってやるよ」

モモスが立ち上がりオリヴァーと睨《にら》み合った。

周囲の者たちは誰も止めようとしない。それどころか『おう、やっちまえ』と囃《はや》し立てる始末であった。これが鍛冶同業者組合《ギルド》の日常である。

先代が心臓発作で倒れ、親方の地位を継いだばかりの比較的若い男だけが狼狽《うろた》えて辺りを見回していた。残念ながら救いなど何処《どこ》にも落ちてはいない。彼が望んで身を置いた世界はどうしようもなく下品で荒っぽかった。

同情する必要はない、どうせ二年もすれば彼も奴らの仲間入りである。

どかん、と大きな音がして皆の視線が集まった。長老が拳《こぶし》で円卓を叩《たた》いたのである。骨と皮だけの身体の何処にそんな力があるのかと不思議に思うくらいだ。

「ええ加減にせい、人を呼びつけておいていつまでもダラダラと。オリヴァー、話があるならさっさと言え。モモスもいちいち突っかかるな。それとも組合に非協力的であると連名書を城へ届けられたいか」

老人の落《お》ち窪《くぼ》んだ目から鋭い眼光が放たれた。小動物くらいなら睨んだだけで殺せそうな迫力だ。

オリヴァーとモモスは慌てて背筋を伸ばした。せっかく手に入れた親方の地位をこんなつまらない言い争いで失ってはたまらない。

「あ、はい。実はですね、新しく伯爵家お抱えとなった鍛冶師の所へ挨拶《あいさつ》に行ったのですが……」

親方の何人かが嫌そうな顔をした。お抱えは伯爵が直接雇った者というだけであり、鍛冶親方衆より立場が上という訳ではない。お互いに意識しつつも別系統なのだ。

こちらから挨拶に出向くというのは下に付くという意味にもなりかねない。オリヴァーの行為は微妙なパワーバランスを崩す先走りとも言えた。

親方衆の眼《め》が益々《ますます》厳しくなる中、それらを跳ね返すようにオリヴァーは胸を張って言った。

「四日後、お抱えどのは皆さんを鍛冶場に招待し刀作りを見せてくれるそうです！」

「はぁ⁉」

会場に浮かび上がる十四個の疑問符。

当然だ、技術とは秘匿する物であり、職人の財産であり生命だ。技を盗みに来た者を斬り殺して無罪になったという例すらある。

ルッツは刀鍛冶の腕を見込まれて伯爵家お抱えになったというのに、その技を公開するなど意味がわからない。

「その話を俺がまとめてきたって話だ。おうお前ら、お礼の言葉はどうした、うん？」

オリヴァーは得意気に語るが会場はしんと静まっていた。やがてモモスが皆を代表するように、訝《いぶか》しげな表情で口を開いた。

「……そうやって俺たちを集めて、教える訳ねえだろバーカ、って嗤《わら》うつもりじゃあるまいな」

「疑《うたぐ》り深い奴だねえ、嫁の浮気は全然気付かなかったくせに」

また掴み合いになりそうな所で、長老が睨みながら指を二本立てた。ツーアウトである。何本目がデッドラインに設定されているかはわからないが、三本目あたりはまずそうだ。

オリヴァーは慌てて話を軌道修正した。

「とにかくあいつは人を虚仮にして喜ぶような奴じゃない。俺が保証しよう」

「お前の保証が一番あてにならねえんだよ……」

会話が途切れた所で再び長老へ皆の視線が集まった。何でもかんでも長老に従う訳ではないが、やはり彼がどう動くのか気になった。

「わしは行こうと思う」

「……よろしいので？」

「もしこの話が出鱈目《でたらめ》だったとして、被害は無駄足を踏まされるだけだ。その時はオリヴァーを袋叩きにしてストレス解消すればよい」

「え？」

オリヴァーの抗議は無視して長老は話を続けた。

「対して、事実であった場合のメリットはあまりにも大きい。新たな技術が無償で丸々手に入るのだ、こんなに美味《おい》しい話はない」

「しかし、お抱えどのは何故そんなことを？」

「恐らく刀という文化の灯《ともしび》を消さぬためだ。欲しいけれども手に入らないという期間が長く続けばいつかは飽きられる、ごく一部の貴族の道楽と成り果てるのだ。それを良しとしなかったのだろう」

「俺たちに刀の製法を教えて、量産させようというのですか」

参入者を増やすために技術を公開しようというのは現代においては度々使われる戦略である。しかし職人を保護する法律などほとんどなく、技術の秘匿こそ立場を守る唯一の手段と考えられていたこの時代で、それを理解できる者は少なかった。

今も半数以上の親方が長老の説明に首を捻《ひね》っていた。

「絵図を書いたのは誰かな、あの甘ちゃん伯爵ではなかろう。あの男は無能だ、そしてその事を自覚している。有能な者を側《そば》に置いて話を聞くだけの度量はある。今はゲルハルトのジジイがお気に入りだったか」

長老の呟《つぶや》きに皆が静かに耳を傾けていた。

オリヴァーだけが悔しげな顔をしている。影響力という点ではまだ長老に遠く及ばないようだ。

美味しい話を持って来たのは自分だという事も忘れられていそうだ。

「ルッツか、ゲルハルトか。いや、あるいはあのクラウディアという女の発案か？　良い女だった、わしがあと五十歳若ければ押し倒していたな。ふ、ふ……」

「愛人が三人もいてまだ足りんのですか」

オリヴァーが呆《あき》れたように言った。

「足りん、全然足りんわ！　金も、名誉も、女も、そして技術も！　この世に男として生まれ鍛冶屋として育ったならば、あらゆる物を貪《むさぼ》り尽くさねば気が済まぬ！」

興奮して叫び、立ち上がる長老であった。

「四日後、わしは行くからな。貴様らは好きにするがいい若造ども」

力強く笑いながら長老は会場を後にした。静寂の部屋に、哄笑《こうしょう》の名残だけがあった。

「……あのジジイ、何歳だ？」

ついさっきまでいがみ合っていたモモスがオリヴァーに聞いた。

「わからん、ただ……」

オリヴァーは大きくため息を吐《つ》いた。しかしその口元は楽しげに吊《つ》り上がっている。

「俺たちも枯れるにゃまだ早いって事さ」

肌寒い、それでいて爽《さわ》やかさを感じる朝。

クラウディアは水汲《みずく》みの為に桶《おけ》を持って外に出た。艶《つや》のある唇から漏れる息が、白い靄《もや》となって立ち上り消える。

鍛冶に使う水は全て事前にルッツが運び終えていて必要なのは台所で使う水だけだ。

さっさと済ませてしまおう、そう思った所で近くに人影があることに気がついた。

「おはようございます」

老人は柔和な笑みを浮かべて挨拶をした。ここらでは見ない顔だ。さて、誰であったかと考えながら挨拶を返し、そこでようやく思い出した。

「長老、公開製作にはまだかなり時間がありますが……」

鍛冶同業者組合を束ねる、長老と呼ばれる男だ。有象無象の親方衆は顔と名前が一致するか記憶が怪しい所だが、この男だけは重要人物と見て覚えていた。

「あまりにも楽しみで、早くから目が覚めてしまってな。それに、師に教えを乞《こ》う者は夜明け前から待つという故事もある」

「ならばせめて中でお待ち下さい」

「いやいや、早く来たのはわしの身勝手よ。ここで待たせてもらおうかい」

「長老を寒空の下で待たせたとあっては、夫の名にも関わります。どうぞ中へ」

「そうか。では、鍛冶場で待たせてもらおうかのう」

などと言って、さっさと工房の中へ入ってしまった。

……最初からそのつもりだろうが、狸《たぬき》ジジイめ。

誰よりも早く来て鍛冶場をじっくり見学し、さらには良い席を確保する。ついでに、待たせてしまって申し訳ないという気をこちらに起こさせる算段だろう。

「ひとすじ縄ではいかないようだよ、ルッツくん」

苦笑しながら呟き、クラウディアは井戸へと向かった。

桶を台所に置き、鍛冶場《かじば》を覗《のぞ》くと長老が並べられた道具や炉を眼球が触れるのではないかと心配になるくらい間近で見ていた。

様々な角度から見て『ほう』とか『うむ』などと唸《うな》っている。

手で触れたりしないあたりは職人としての礼儀を弁えているらしい。

無遠慮に戸を叩く音がした。出迎えるとそこにいたのはオリヴァーであった。

「いやあ、ちょっと早く来すぎちゃったかな？　でもせっかくだから中で待たせてもらおうか……」

などとわざとらしく言っていたが、そこに長老の姿がある事に気づき、ぎょっと身を強張《こわば》らせた。

「げ、長老……」

自分が一番乗りだという確信があっさりと崩れ落ちた。

「遅いぞ、若造」

「まだ三時間も前ですよ？」

「わしは五時間前に来ておった。クラウディアがなかなか出て来ないから二時間近く待たされたがな」

「この寒空の中を？　それで風邪でもひいたらただの馬鹿でしょ」

「何だお前、正気で鍛冶屋をやっておるのか。変わった奴だな」

などと話しつつ、オリヴァーも設備をじっくりと観察し始めた。

ひとり、またひとりと同業者が顔を出す度に、

「遅いぞ！」

などと言い出すふたりであった。


朝九時の鐘が街中に鳴り響く。

「行こうか」

と言ってルッツは立ち上がった。

上は白衣にたすき掛け、下は紺の袴《はかま》、額に鉢巻きという東洋鍛冶屋スタイルであった。

父が修行の地から持ち帰ったが、それ以降一度も袖《そで》を通さぬままにしまってあった物だ。

「きっと、この日の為にあったのだろうねえ」

意外と言っては何だが、夫の凛々《りり》しい姿に感心しつつクラウディアが呟いた。

「そういうロマンは嫌いじゃない」

ルッツは微笑《ほほえ》み、胸を張って階段を下りた。

背もたれのない簡素な椅子に座った親方衆が十五人、一斉にルッツへ視線を向けた。ルッツは彼らに向けて深々と頭を下げた。

「お初にお目にかかります。ツァンダー伯爵家お抱え刀鍛冶、ルッツです。非公式の場にて、長々とした口上は致しませぬ。早速、始めさせていただきます」

親方衆は皆、黙って頷《うなず》いた。どうもどうもと愛想笑いを浮かべて顔合わせがしたい訳ではない。刀作りを見に来たのだ。ルッツのせっかちとも言える行動は親方衆に好意的に受け止められた。

玉鋼を小割にした鉄片を積み上げ、炉で熱する。

真っ赤に染まった鉄を叩き、伸ばし、折り曲げるを何度も繰り返した。

親方衆の目がルッツの一挙一動を逃さぬとばかりに突き刺さる。

……ストリップダンサーだってここまで注目はされないぞ。

などと下らない事を考えながらルッツは鉄を叩き続けた。

鍛え終えた鉄をひとまず脇に置いて、新しく鉄片を積み上げる所からもうひとつ作り始めた。

「失敗したって訳じゃないよな。何でふたつ作るんだ？」

オリヴァーが聞くが、端に控えていたクラウディアが唇に人差し指を当てて、お静かにと釘《くぎ》を刺した。

「本日は一切の質問にお答え出来ません。悪《あ》しからず、ご了承下さい」

「ぬぅ……」

だって気になるじゃん、と言いたい所であるが、ここで騒ぎ立てて追い出されては元も子もない。

オリヴァーは大人しく引き下がった。

U字に形成した皮鉄《かわがね》と、I字に作った芯鉄《しんがね》を組み合わせ、熱して叩いてひとつに伸ばす。比較的硬い鉄、柔らかい鉄の組み合わせが、鋭く折れず曲がらずという刀の強さに繋《つな》がるのであった。

刀身に練った土を置いて、激しく熱して水に浸ける。

ごぼごぼと気泡が浮いては弾《はじ》け、やがて大人しくなった。

「次は研ぎに入ります。後はもう全部地味な作業なので、帰っていただいても問題ないと思いますよ」

ルッツの言葉に従って腰を浮かす者などひとりもいなかった。いいから早くしろ、完成形を見せろ、研ぎも見たいんだよと、血走った目で答えるのみであった。

職人たちの熱気は予想以上である。気遣いのつもりで無礼な事を言ってしまったと小さく頭を下げてからルッツは研ぎを始めた。

激しい鎚音《つちおと》とは打って変わって、室内は静まり返り砥石《といし》と刃を擦《こす》り合わせる音だけが響いた。呼吸音すら邪魔だ、そんな緊張感に包まれていた。

「これで、完成です」

ルッツは刀身から水気を拭《ぬぐ》い取り、小さなテーブルに白布を敷いてその上に置いた。親方衆が小走りでテーブルの周りに集まり、輪になって刀に見入っていた。

人殺しの道具と、人を魅了する芸術という矛盾が融合している。彼らにとって宝剣とは鞘《さや》に彫刻を施したり柄に宝石を埋め込む事であり、刀身そのものが美しいというのは大きな衝撃であった。

語りたいのに言葉が出ない。この新たな技術を前にして何を話せば良いのだろうか。

そんな中、オリヴァーがスッと手を上げた。

「ひとつ聞きたい事があるんだが、いいか」

ルッツは疲労困憊《こんぱい》で部屋の隅に座り込んでいた。彼を庇《かば》うようにクラウディアが前を塞《ふさ》いだ。

「先ほども申しましたが、技術に関する事はお答え出来ません」

と、鋭い視線を向けてきた。疲れきっているルッツに負担をかける奴は敵だと認識しているかのようだ。

「わかっている、わかっているからそんな目で見るな。俺が言いたいのはだな、この刀を売ってくれないかって事だ。誰かの注文が入っている訳じゃないだろう?」

大商人の後ろ楯《うしろだて》があるというのはこういう場面で強い。いざとなれば兄貴分のロレンスに出してもらえばよいのだ。

「おい、ふざけるな!」

「抜け駆けするんじゃねえ!」

非難の声が上がるが、外野の寝言など気にしている場合ではない。どうせお前らには払えまい、とオリヴァーは余裕たっぷりであった。

クラウディアがルッツをちらと見ると彼は、

「君に任せる」

と掠《かす》れた声で言った。

クラウディアは思案した、オリヴァーはいくらまでなら出すだろうかと。

刀の出来映えは以前売った物より数段上だ。加えて皆が興奮気味の中である。

……金貨三十、いや四十吹っ掛けてもいけるかな?

その金額で売れれば大儲《おおもう》けである。しかし、ここでオリヴァーに刀を売れば彼を特別視しているとも取られかねない。彼をそう扱うメリットはあるだろうか。

……ごめん、オリヴァーさん。全っ然ないわ。

一度は親方衆へ取り次ぐ窓口になってもらおうかと考えた事もあったが、どうも親方衆からの信頼度という点では長老と比べ物にならぬようだ。

クラウディアは明るく笑いながら言った。

「大変ありがたい申し出ですが今日はいわばお祭りの場、お金の話は止めておきましょう」

クラウディアは周囲を見回してから、長老の所で視線を止めた。

「これは刀作製の見本として長老に預けるというのはどうでしょうか。皆さんは自由に見に行くことが出来て、長老もそれを拒まない。いかがでしょう?」

クラウディアの提案に長老は真っ先に頷いた。自分の工房に置いていつでも見られるというのは大きな利点だ。刀見たさに他の親方たちが続々と挨拶《あいさつ》に来るというのも悪くない、親方衆筆頭の地位は盤石《ばんじゃく》である。

長老はこれがクラウディアからの、これからも仲良くしましょうねというメッセージであることも正確に受け取った。

「いやあ、はっはは。責任重大じゃのう。皆はそれでよいかな?」

好好爺《こうこうや》の皮を被《かぶ》って話しかけると、皆もそれでよいと賛同してくれた。長老ならば少なくとも、オリヴァー相手よりは頭が下げやすい。

「それでは皆さま、日も暮れてまいりましたので足下に気をつけてお帰りください」

クラウディアがそう言って、技術公開の場はお開きとなった。

興奮して話し合いながら帰路に就く者、今すぐ実践したくて小走りで工房へ戻る者と反応は様々であった。

オリヴァーだけが最後まで鍛冶場に残っていた。

「俺の扱い悪くなぁい?」

苛立《いらだ》ちを苦笑いで押し隠したような顔で言った。

「元々、親方の皆さんを平等に扱うために開いた席ですからね。オリヴァーさんを特別扱いしたら意味がないでしょう。我ながら良い落とし所だったと思いますよ」

クラウディアの言う事もわかる。わかるがわかりたくはないオリヴァーであった。

「こう言ってしまうのも何ですが、長老が引退するまで親方衆のまとめ役になるのは諦《あきら》めた方がいいんじゃあないですか。そこから先を考えましょうよ」

「それなんだがなあ……」

オリヴァーは暗い声で言った。

「あの爺《じい》さん、俺より長生きしそうなんだが……」

ルッツとクラウディアは顔を見合わせ、静かに頷くしか出来なかった。


お祭り騒ぎも終わった夕暮れ時、ルッツとクラウディアは三階の寝室にいた。

並んで寝ている訳ではない。クラウディアはベッドに腰掛け、ルッツはその太ももに頭を乗せていた。膝枕《ひざまくら》の体勢である。

「この格好、少し恥ずかしいのだが」

「いいじゃないか、今日はルッツくんの働きを労《ねぎら》いたいのだよ。どうしても嫌だと言うなら動いても構わないがね」

「この柔らかな枕が俺を離さない……」

「ふふん、そうだろう。己の欲望に忠実である事は人生を楽しむコツだよ」

クラウディアは笑いながらルッツの頭を撫《な》でた。今日は良い日だ、技術公開の成功うんぬんより

もルッツの凛々しい姿が見られたという点で満足していた。

「どうだい、今日の手応えは？」

ルッツは指を折りながら答えた。

「ひとつ、街の発展の為になる有意義な一日だった」

「うんうん」

「ふたつ、二度とやりたくない」

「ははっ、そうだろうねえ。数十年単位の先輩方の前で腕を披露するのはやはり緊張するかい」

「緊張というか、ただひたすらやりづらい」

笑い事じゃないぞと不満げに言うルッツの頬を、クラウディアは指先でぷにぷにと摘《つ》まんだ。

「苦労しただけの価値はあったさ。技術をタダで教えてやった、刀も無料でくれてやった、でも損はしていないはずだ。こいつは投資だよ」

「質疑応答タイムとかは必要なかったのか？」

刀作りに手抜きはしていない、誤魔化しもしていない。己の持つ全てを見せたつもりだ。それでも、親方衆がいくら熱心に見ていたとしても、見ただけではわからない事がいくつもあるはずだ。

「いいじゃないか。彼らは普段から弟子たちに技術は見て盗めとか言っているんだから、それを実行してもらうだけだよ」

「徒弟時代の苦労をもう一度、か。あの歳になってからでは大変だな」

「私たちが彼らに期待しているのはそこそこの出来の、とりあえず売り物にはなるといった程度の刀を量産してもらうことさ。名刀を打つ事じゃない」

クラウディアが商人としての冷たい声で言った。

「そして刀という物が大陸中に広まり、真の名刀を求める者は全てこの工房の戸を叩《たた》く事になる。ありとあらゆる名誉が君の物だ」

その野望を知ってか知らずか、ルッツは既に寝息をたてていた。クラウディアは優しげな眼をしてルッツの頬を撫でた。

「お疲れさま、ルッツくん」

クラウディアはそのまま仰向《あおむ》けになって寝てしまった。自覚はなかったが彼女も疲れ切っていたようだ。

こうして激動の一日が終わった。ツァンダー伯爵領の歴史を変えるほどの一日にしては、驚くほど穏やかな幕引きであった。


己の工房に戻った親方衆の半数以上が眠らずに鉄を打っていた。ルッツの刀作りが眼に焼き付いているうちにやってしまいたかったのだ。

オリヴァーもまた、そのうちのひとりであった。

出来立てほやほやの名刀が手に入らなかったのは残念だが、見本となる刀はもう一本手元にある。そうした意味では他の親方衆よりも有利であった。

「やってやる、刀作りでリードすれば俺が親方衆の筆頭だ。奴らを実力で黙らせてやる。ロレンスさんにも喜んでもらえる……ッ」

目を開けながら夢を見て、鉄を打ち続けた。

今までは暗闇の中で手探りしながら作っていたようなものだが、今日の、いや既に日付が変わって昨日というべきか、その技術公開で全体像が見えてきた。

オリヴァーの手の中で刀が形作られていく。物作りの喜びを味わうのは本当に久しぶりだ。親方の地位に就いてからはほとんど惰性でやっていたかもしれない。

それでも、わからない事は山ほどある。

鍛えた鉄を何故ふたつ用意するのか、その違いは何なのか。

焼き入れの前に土置きをするのだが、その置き方がわからない。適当に塗ってしまって良いのだろうか。そもそもあれはただの土なのだろうか。

焼き入れをする際の炉の温度はどれくらいなのか、それもわからない。

真っ赤に熱した刀を水に浸け、冷めたことを確認してから引き上げる。

刀を見てオリヴァーは愕然《がくぜん》とした。刀身にひびが入っている。刃紋もどこかぼんやりとした印象だ。研げば綺麗《きれい》になる、そんな予感すら抱けなかった。

最初から上手《うま》くいくはずがない、そんな事はわかっていた。それでも打っている最中は、ひょっとしたら何もかも上手くいくのではないかと期待もしていた。

刀から面と向かって罵《ののし》られた気分だ。お前は馬鹿か、と。

原因がひとつだけなら話は単純だ。たとえば炉の温度が高すぎたのであれば下げれば良い。しかし問題が複合していると途端にややこしくなる。あれもこれもと変えているうちに、正しかった事まで変えてしまうかもしれないのだ。

問題を探り、やり方を変えてまた作るのを何度も何度も繰り返さねばならない。

いつ終わるのか、何処に出口があるのかもわからぬ迷宮へ足を踏み入れるようなものだ。そこを抜けた先にしか一流鍛冶屋《かじや》の道はない。

……俺に、それだけの覚悟はあるのか。もう炉の前で必死になって、ああでもないこうでもないと頭を抱える歳でもないだろう。

オリヴァーは目をつぶって深呼吸した。

……ある。そうするだけの理由がある。

ふと長老の言葉が耳に甦《よみがえ》った。お前、正気で鍛冶屋をやっておるのか、と。

次に自分の鍛冶師としての原点を思い出した。

半ば口減らしのような形で鍛冶屋に奉公に出され、何もかもが上手くいかず、将来のビジョンなどまるで見えなかった少年時代。工房の裏でぐすぐすと泣いていると、商家の青年が声をかけてくれた。

『良い剣を作れるようになると、女にモテるぞ』

……んん？

そんな理由だったか。もっとドラマチックな出会いではなかったかと頭を捻《ひね》るが、やはり記憶の中で彼はそう言っていた。

妙にウマが合ったのか、十も歳の離れた青年と友人になった。商家の跡取りでもあった彼は何かとオリヴァーを励まし、後押しをしてくれた。唯一の問題は親方になっても女にモテなかった事だ。

己の半生を振り返りわかった事がある。俺は馬鹿だ。

それがわかると落ち込むでもなく卑下するでもなく、むしろ吹っ切れて爽《さわ》やかな気分でもあった。

……馬鹿は馬鹿なりに、人生を楽しませてもらおうじゃないか。

よし、と膝を叩いて立ち上がった。今度は炉の温度を調節してみよう。


数日後、オリヴァーはいくつかの失敗作を抱えて長老の工房を訪れた。

ここには見本となる刀がある。それ自体が目的ではなく、刀を見るために他の親方がいれば情報交換などしたかったのだ。少なくとも長老だけはいるだろう。

弟子に案内され刀が展示されている部屋に行くと、見知った親方が三人もいた。彼らも行き詰まっているらしい。

挨拶もそこそこに年かさの親方から、

「それ、見せろよ」

と、言われた。

「あん?」

「失敗作だろ? 俺たちが持ってきた奴はそこに置いてあるから勝手に見ろ」

何の目的で来たかは知っているから余計な話は無用だと言いたいのだろう。職人らしいせっかちさであった。

「うわ、ひっでえ」

親方たちはオリヴァーの失敗作を見てゲラゲラと笑った。それは相手を侮辱しているのではなく、自分たちにも覚えがあるといった共感であった。

刀身に大きなひびが入っている。

「これはあれだろ、炉の温度を高くしすぎたな」

「ご名答だよ、くそったれ。で、温度を低くしすぎた結果がこっちだ」

オリヴァーは刀に巻かれた布を解いた。反りはなく、刃紋はぼんやりとしている。刀の持つ力強さのようなものはまるで感じられない。

火を恐れ、失敗を恐れた臆病《おくびょう》者の刀だ。

親方衆はまた笑ったが、これも共感のこもった笑いであった。

「まあ、割れていないから売ることは出来るよな」

「この萎《しな》びたチンポをか。五十を過ぎてとんだ羞恥《しゅうち》プレイだ」

「俺だって嫌だよ。ただ、何でも良いから刀を納めろって言われた時の次善の策は必要だろう」

鍛冶屋とは商売だ、そうした抜け道を使わなければならない時もあるだろう。

オリヴァーは否定は出来ないが、肯定もしたくないので黙っていた。

「炉の温度は高い方が良いんじゃねえか。ルッツが水に浸けた時の気泡はかなり激しかったぜ」

と、別の親方が言った。

そうだったか、オリヴァーはルッツの手元しか見ていなかった。やはり情報交換は大事だなと改めて考えていた。

「高くした結果がこの鉄屑《てつくず》だろうよ」

「だから、別の所に原因があるんだろって話だ」

「その原因って何だよ」

「それがわからねえから、こんな所で汚ねえツラを見せ合っているんだ」

それもそうだ、とオリヴァーは肩をすくめて見せた。

「この前、私はルッツの所に話を聞きに行ったんですけどね……」

比較的若い親方が言った。若いとはいえ四十半ばである。

「あれだけの事をタダで教えてもらって、まだおかわりしようってか。お前プライドとかないのか。……で、どうだった？」

「乳だか尻《しり》だか区別のつかない姉ちゃんに断られましたよ。こっちの条件とか何も聞かずにごめんなさい、と」

もしかしたら、という希望は打ち砕かれた。親方衆は一斉に肩を落とす。

「最初から決めていたのだろうな。ここまで教える、ここからはノータッチ、って」

これからどうしたものかと悩んでいると、奥の部屋から長老がやって来た。

「なんだお前らまた来ていたのか、暇だな」

「新しいヒントでもあれば一気に忙しくなるんですけどねえ」

「その事だが……」

と、長老は声をひそめた。

「ふたつ用意した鍛鉄だがな、あれは小割にした鉄片を比較的硬い物と柔らかい物に分けていたのではないかと思う」

それだ、と親方衆の目が見開かれた。

「あれって火の通りを良くするために細かくした訳じゃないんですね」

「それもあるだろうが、わざわざふたつに分けてから鍛接する意味を考えるとな。そういう結論に達した訳だ」

「しかし何故、長老は俺たちにその事を？」

黙って自分だけの物にすればよいではないかとオリヴァーが訝《いぶか》しげな顔をした。

「これはひとつ貸しだ。お前らも何かわかったらわしに教えてくれ。正直、これはひとりで悩んで解決できるような問題ではない」

わかりました、と親方衆は一斉に頷《うなず》いた。

新たなヒントが得られた事で親方衆の疲れきった眼に力が宿る。俺はこれで、私も失礼、とそれぞれの工房に走り去って行った。

「まったく、仕方のない連中だ……」

長老は苦笑いをしながら頭を掻《か》いた。ずっと鍛冶場に籠《こも》っていたせいか指先に脂とフケが溜《た》まり、パンパンと両手で叩いて払った。

「さあて、もう一本やってみるか」

徹夜三日目で少しおかしくなったテンションで呟《つぶや》きながら、長老はまた鍛冶場に戻った。

問題は山積みだが、少しずつ真実に近づいているという実感が老体に気力を漲《みなぎ》らせた。

こうして親方衆は試作と情報交換を繰り返し、数ヶ月後には刀らしき物が市場に少しだけ出回るようになった。

第八章　燃え盛る対岸

　ルッツたちが技術公開を行うより少し前の事である。

　王城の客間にて、マクシミリアン・ツァンダー伯爵とベオウルフ・エルデンバーガー侯爵は差し向かいで酒を飲んでいた。

「和平交渉をまとめた功績として国境際の領土を与えられたそうですね。おめでとうございます」

　マクシミリアンが言うと、ベオウルフは酷《ひど》く嫌そうな顔をした。

「冗談はよせ。戦争続きで荒れ果てて、しかもご近所様が蛮族どもだぞ。旨味《うまみ》なんかありゃしない。管理する負担を押し付けられただけだ」

　本当に疲れた、といった様子で酒臭い息を吐き出した。

「ピンチはチャンスと言うではないですか。荒れた土地を黄金郷に変える策もあるでしょう？」

「まあな、問題は限りなく面倒だって事だが」

　逆転の一手、それは連合国と交易を始める事だ。香辛料を安く仕入れて国中に売り捌《さば》けば笑いの止まらぬ大儲《おおもう》けである。

　問題はその相手とつい最近まで戦争をしていた事だ。今回の和平はこれからは仲良くしましょうねという意味ではなく、お互い関わらないようにしましょうねという話である。国民感情は相変わらず最悪だ。

「まずは蛮族どもと仲良くなる所から始めなければならんのだ。やってられんよ、まったく。握手をしたらそこから病気になりそうだ」

友好関係を築きたいのであれば蛮族呼ばわりするのを止《や》めるべきではなかろうか。いくら言葉を飾ろうとも相手を見下す態度は伝わるものだ。そう思ったがマクシミリアンは口にしなかった。

貴族の精神性などそう簡単に変わるものではない。無理に忠告などした所でベオウルフの不興を買うだけだろう。ならば何も言わない方がマシだ。

そもそもベオウルフが新しい領地の管理に失敗した所でマクシミリアンには何ら関係のない話である。その後、貴公がやってくれとお鉢が回って来た時にだけ考えれば良いだけの話だ。

相手が喜びそうな贈り物を作れるという点でもマクシミリアンは有利であった。

「一応私もな、向こうの王族と接触しようとはしたのだが……」

「会えませんでしたか」

「ああ、何やら国全体がごたごたして、こっちに構う余裕もないらしい。王が豪族どもを取り込んで正式な家臣にしようとする動きがある」

「そうなると厄介ですね」

戦争が泥沼化した原因のひとつは連合国の統一性のなさにある。独立意識の高い豪族たちは出撃命令に従わない事がよくあるのだ。

褒美が気に入らない、兵が揃《そろ》わない、当主が風邪をひいた、馬が子供を産んだ。何かと理由をつけては兵を出す事を拒否され、そして何度も好機を逃してきた。

特に戦争が長期化してからはその傾向がますます強くなっていった。戦ったところで土地は奪えず褒美も出ない。王家の面子《メンツ》の為《ため》だけに兵を出し、若者らを死なせるなどやっていられない。もしも連合国が最初から本気で意思統一してかかってくれば王国の弱兵などひとたまりもなかっただろう、というのがマクシミリアンの見解であった。

「その中央集権化の動きの中心にあるのがあの刀という訳だ」

ベオウルフは暗い声で言った。刀を贈って場を納める、そう提案したのは彼である。当時はこんな事になるとは予想もしていなかった。

「我こそ太陽の化身だ、なんて言っても普通は誰も信じないよな。こいつ馬鹿かと思うだけだ。だがあの刀、『天照《あまてらす》』が言葉に説得力を与えてしまった。光輝く刀を掲げれば馬鹿な民衆を騙《だま》すくらいは出来るだろう」

和平会談の場にいたマクシミリアンとベオウルフは連合国の王が『天照』を操るところを見ていた。光るだけのちゃちなトリックではない、確かな王の威厳というものを感じてしまった。『天照』を国家統一の象徴として使われたらどうなるか。挨拶《あいさつ》代わりに内ゲバをやっているような救いようのない修羅の国が本当に統一出来てしまうかもしれないのだ。

それはつまり、王国はすぐ隣に最悪の脅威を抱え込む事になる。

「大貴族の中には、王女を差し出して刀を確保しておくべきだったなんて言い出す奴《やつ》もいる。これに関しては私も同感だ」

「……それは結果論でしょう。リスティル様を連合国に渡せばどう利用されるかわかったものではない、だから物で済ませようとしたのではありませんか。あの時点で判断が間違っていたとは思いません」

「あの時点では、な」

「刀があれほどの物になると予想出来た者はおりませぬ。それこそ、実際に手を入れた職人たちですら」

「恥ずかしげもなく結果論で他人を責める。出世するのはそういう奴さ」

唯一の救いは王が評価してくれている事だが、大貴族のほとんどを敵に回した状態ではそれもどこまで当てにして良いのかわからない。

「……私の味方でいてくれよ、マクシミリアン卿《きょう》」

ベオウルフは寂しげに呟いた。

その姿にマクシミリアンは、ベオウルフの疲れと老いを感じ取った。


割り当てられた自室に戻ると、腹心として扱っている付呪術師《ふじゆじゆつし》のゲルハルトが待っていた。

「閣下、領地のルッツから書簡が届いております」

そう言って封蝋《ふうろう》された羊皮紙を差し出した。

「お抱え鍛冶師《かじし》にした男か、何であろうか？」

ゲルハルトにも心当たりはないようだ。マクシミリアンは封を解いて書簡に目を通した。

ほう、と感心したように唸《うな》りつつも不思議そうな顔をしている。

「ゲルハルト、職人にとって技術とは命に代えても秘匿するものではなかったか？」

「その通りでございます、閣下」

「あの男、街の親方衆に技術公開をしたいと言ってきおった」

「なんと……」

マクシミリアンが差し出す書簡を受け取り目を通すゲルハルト。このままでは刀ブームが終わってしまう事、伯爵領を刀の生産地として盛り上げたい事、その為に親方衆に製法を公開したいので許しが欲しいといった事が書いてあった。

……これは女の字だ。

ゲルハルトは誰が絵図を描いたのかを察し、乗っておくべきだろうと判断した。

「どう思う、ゲルハルト？」

「まことによろしき策かと。今までツァンダー伯爵領は武具の生産地を謳《うた》っておりましたがその実、他より少しだけ質が良いという程度でした。わざわざ遠くから買い求めるほどではございません」

「名物とするには弱いか」

「はい。しかし刀を作れるとなれば伯爵領は国中から注目される事となります。鍛冶師は儲かるでしょう、装飾師たちも潤うでしょう。人が多く集まる事で宿屋や酒場も活気付く事でしょう」

「付呪術師も、だな」

「ふ、ふ……。ありがたい事にて」

ゲルハルトも否定はせず、にやりと笑った。

「領地の経済状況が一変するな。わかった、許そう。今すぐ返事を書くぞ」

筆記用具を用意し、マクシミリアンはすらすらと羽ペンを走らせる。家臣を褒め称《たた》えるテンプレートでもあるのか、手が止まる事は少なかった。

インクが乾いた事を確認してから羊皮紙を丸め、端に蝋《ろう》を垂らして印章になっている当主の指輪を押し付ける。これで封蝋の完了だ。

「……そろそろ領地に帰るか」

書簡をゲルハルトに渡しながらマクシミリアンは呟いた。

「陛下に名を覚えてもらえた、お褒めの言葉も頂いた。しかし最高幹部である十二貴族入りというのは難しそうだ。王都でやれることはもうない。エルデンバーガー侯の不景気な顔を眺めているのにも飽きた」

老いと疲れを見せたベオウルフの顔を思い出す。その境遇に同情すると同時に、どこかで手を切らねばならないかもと貴族としての冷徹な部分が囁《ささや》いた。

「はい、本拠地にて力を蓄えるのがよろしいかと。誰も無視できぬほどの財力を」

そう言ってふたりは頷き合った。

早馬の手配をしようとゲルハルトがドアへと向かうが、出る前に激しくノックされた。ドアを開けると息を切らせた騎士が転がり込んで来た。

「マクシミリアン卿、大至急会議室へお越し下さい。へ、陛下がお呼びです……ッ」

「火急の用件であることはわかった。しかし、内容もわからぬではこちらも困る。答えられる範囲で言ってくれぬか」

マクシミリアンの腹心としてこの場にいるゲルハルトは、はいそうですかと送り出す訳にはいかなかった。

騎士はゲルハルトを睨《にら》み付けるが、言い争っても無駄だと悟り叫ぶように言った。

「連合国第三王子が、保護を求めて亡命して参りました！」

「……はあ⁉」

意味がわからない。わからないが、今すぐ行かねばならないという事だけはよくわかった。


「マクシミリアン・ツァンダー、お召しにより参上しました」

会議室に入るとそこには国王ラートバルトとベオウルフ・エルデンバーガー侯爵しかいなかった。円卓の座席十一個が空いたままである。一応、国王の護衛として近衛《このえ》騎士がふたりほど立っているがこれは数に入れないで良いだろう。

「呼ばれたのは私だけでしょうか。それとも後から誰か来るのですか？」

マクシミリアンが聞くと、ラートバルトは静かに首を横に振った。

「十二貴族には後で召集をかける。その前に三人で話しておきたくてな」

和平交渉の中心人物だけで、ということか。

騎士が新しく椅子を持って来て、どうぞと言った。円卓の周りに椅子ならいくらでも空いているのだが勝手に使うなという事だろう。

人を呼びつけておいて格差を付けるような扱いをする事にマクシミリアンは少しだけ暗い気分になった。適当に座って後から十二貴族に文句を付けられる方が面倒だ、それはわかる。しかし、どうしても王宮の陰湿さというものを感じずにはいられなかった。

「マクシミリアン卿は現状をどこまで聞いている？」

と、ベオウルフが聞いた。

「連合国の第三王子が保護を求めているとか、そこまでです」

「そうだな。だが今は家出したガキなんかどうでもいい。問題は奴が語った事と密偵からの報告が一致したって事だ」

敵国の王子が亡命して来たのである、どこをどう考えたって大事件だ。訝《いぶか》しげな眼《め》を向けると、ベオウルフはこの世の全てを呪うような声で言った。

「蛮族の王、カサンドロスが暗殺された」

「なんですって、犯人は!?」

「多分、貴公が思っている通りの人物だ」

「第二王子、アルサメス……？」

「だろうな。『天照』を持って、玉座に座って、これで犯人じゃなかったら大笑いだ」

「あのマッチョジジイ、殺せるんですね……」

カサンドロスの剣舞を見た時はその場の誰よりも高齢でありながら、誰よりも生命力に溢《あふ》れているように思えたものだ。

「クロスボウの矢を三十本くらい突き立てて病死したそうだ」

そういう事になっている、とベオウルフは皮肉な笑みを浮かべた。

「すると今、連合国は混乱の極みにあると？」

「……それなんだが、どうも意外と落ち着いているようだ」

「王を暗殺しておいて、ですか」

「運命の皮肉とでも言えば良いのかね、こういうの。カサンドロス自身が王の証《あかし》であると吹聴していた『天照』がアルサメスの手に渡った、それが王位簒奪《さんだつ》に正当性を与えてしまったようなのだ。

混乱してはいるが、反乱祭り開催中という訳でもない」

「……我々は、どう動くべきでしょうか」

マクシミリアンが不安げに聞くと、今まで黙っていたラートバルトが重々しく口を開いた。

「動くべきかと言うよりも、動けぬのだ。和平の約定によって五年間、奴らに対して軍事行動を起こせぬ」

「あ……」

「混乱に付け入るように兵を出せば、今度は見届け人となった帝国の介入を許す事になる」

「身動きが取れない、という事ですか。アルサメスは和平交渉を始めた時点でクーデターを計画していたのでしょうか」

「ああ、それなんだが……」

ベオウルフは神に答えを求めるかのように、天井を見上げながら言った。

「どうも衝動的にやっちゃったっぽいんだよなあ……」

「やっちゃった、って……」

そんなノリで親殺し、王位簒奪をされたのではたまったものではない。

「あのイケメン兄ちゃん、待っていればそのうち王位が転がり込んで来る立場だったんだよ」

「第二王子と聞きましたが、継承権はどうなっているのでしょうか」

「第一王子は眼病を患い出家した。継承権は放棄している。で、こいつはアルサメスと仲が良くてな。奴の王位継承を後押ししていたそうだ。兄弟仲が良くて羨《うらや》ましいことだな」

「アルサメスの立場は安泰ですね」

「問題は第一、第三が正妻の子で、第二王子は別腹だって事だ」

母方の血筋も考慮すると継承権はややこしくなる。血筋は残さねばならないが、多すぎれば騒動の火種になるというのは古来より王族の悩みどころだ。

「当初は第三王子に継がせるつもりだったのだろうな。アルサメスを外に出して働かせ、第三王子は王宮で大事に育てていた訳だが、ここでまた問題が起きた。第三王子は世間知らずのおぼっちゃんになっちまってな、豪族たちもアルサメスを支持するようになった」

王が無能であるというのは家臣たちにとっても致命的である。特に独立性の高い豪族たちは王の血の濃さよりも能力を重視した。

「つまり、老齢の王が死ぬか引退するかを待っていれば王になれたんだ。それを五年か十年あたりと皮算用していたんじゃあねえかな」

マクシミリアンにも全体像が見えてきた。そしてアルサメスの焦りも理解できた。

「待てなかったのでしょうね。和平交渉の場で溢れんばかりの生命力を見せつけられ、そして疑問に思った。本当にあと数年で死ぬのだろうかと」

名刀『天照』を手にする事で身体《からだ》中に力が漲《みなぎ》った、そして中央集権化という新たな大事業に踏み切った。とてもすぐ死ぬようには思えない。

十年経っても二十年経っても父王は健在であるのではないか。下手をすれば自分は王位を継げぬまま先に死ぬのではないか。そんな不安が徐々に重くなっていったのであろう。

「あの爺《じい》さん、側室に添い寝させるだけじゃなくて実際に突っ込んでいるんじゃねえの。それくらい元気いっぱいに見えたからなあ」

「ベオウルフ卿、御前ですぞ」

マクシミリアンは王の前で下品な物言いをするなと嗜《たしな》めた。

「や、これは失礼。私が言いたいのはだな、王に第四子が出来るかもしれなかったって事だ」

「……七十過ぎですよ？」

「歴史上、それで子を作った奴がいない訳じゃない。いや、実際に出来るかどうかは問題じゃないんだ。アルサメスがそう考えたかもしれないのが問題だ」

父王はとても死にそうにない。自分は無為に歳《とし》を重ねていく。老いてからの子供が一番可愛《かわい》いという。ならば次の王は誰か。焦るには十分な理由であった。

「しかし、生まれてもいない子供の影に怯《おび》えるというのも……」

「マクシミリアン卿はどこかのんびりとしているからな、権力を渇望する者が疑心暗鬼に陥ったらどうなるか想像がつかぬのであろう。人は簡単に、魔物と化すぞ」

ベオウルフは眼光を鋭くして言った。兄を殺して当主の座を奪った男の言葉だ、そこには確かな重みがあった。

「疑心暗鬼の闇の中で気づいてしまったのさ。五年間の停戦期間、『天照』という継承の証、豪族たちの王への反感。王位簒奪の為の条件が全て調っている事に」

「アルサメスを支持してきた豪族たちからの突き上げもありそうですね。我々の自治権が奪われそうになっているのに、あなたは何もしてくれないのか、と」

「皆の為という大義名分まで加わるか。こうなると自分は運命に導かれているとか何とか、勘違いしちゃうんだろうなあ。聖戦というカビの生えた看板を持ち出すようになる」

神の導きではなく悪魔の陥穽《かんせい》であったと気づくのは父王を手にかけた後か。それとも彼は今でも甘い夢を見続けているのだろうか。

「……と、今まで語ったのは全部想像だが、それほど大きく外れているとも思えんのだよな」

「私もそう思います。ところで、第三王子はどうしていますか？」

「鍵《かぎ》付きのお部屋でもてなしているよ」

その口調から察するに、ベオウルフは連合国の第三王子にあまり良い印象を持っていないようだ。

「あの馬鹿、王宮に来て何て言ったと思う？　リスティル様と結婚して、ここに亡命政権を立てたいとさ」

「……それは我が国に何のメリットがあるのでしょうか」

「連合国へ攻め込む名分が得られると自信満々に語ってくださったよ。ジョークのセンスだけは一流らしい。笑えなかったけどな」

お互いに長い戦争で疲弊したから停戦する事にした。その停戦期間中に戦争の火種など持ち込まれても迷惑なだけである。

「停戦期間が終わって国力も回復するあたり、十年後くらいに持ち込まれた話ならまあ、一考の価値はあるだろうさ。それを今、今だぞ？　最悪のタイミングだ。政治的センスがなさすぎる」

「豪族たちがアルサメスを支持するのも納得しました」

「ついでに言えば、第三王子には国に残してきた正妻がいる」

「うわぁ……」

それで敵国に乗り込んで、お前の所の王女をもらってやるなどと言い出すのだから面の皮の厚さは相当なものである。

政治とは常に優秀な人間が最適解を選んで進めている訳ではない。

正義、欲望、不安、無能。それらが一緒くたに煮込まれた地獄の大鍋《おおなべ》、出来上がった料理が美味《うま》かろうはずがない。

パン、と乾いた音が響く。王が手を叩《たた》いたようで、ベオウルフとマクシミリアンは王に注目した。

話は大体出揃《でそろ》ったので結論を述べるという合図だ。

「我々に出来る事は静観のみだ。客人の処遇についても向こうの出方次第だな。くれぐれも軽挙妄動は慎むように」

「はっ」

ふたりは同時に頭を下げて、この日の話し合いは終了となった。

情勢が落ち着くまで、少なくとも第三王子の処遇が決まるまでは伯爵領に帰るわけにはいかないだろう。

マクシミリアンは自室に戻る途中の廊下でため息を吐《つ》いた。エルデンバーガー侯爵に近付いてから表舞台に出られるようになったが、面倒事にばかり巻き込まれる。

権力の蜜《みつ》は甘いが、あまり身体に良くはないらしい。

アルサメスの使いと名乗る騎士がやって来たのは、それから一週間後の事である。

玉座の間に現れた男には見覚えがあった。

グエンと名乗ったその騎士は『天照』作製の検分役であり、カサンドロス王に刀が出来たと報告に来た男だ。

……こいつは先王の腹心ではなかったのか？

それが何故《なぜ》アルサメスの手先として働いているのか。むしろアルサメスに刃《やいば》を向けてしかるべき立場ではないのか。

また、彼はもっと明るく陽気な男ではなかったか。陰気な影を全身に刻み込んだ男は、まるで同じ顔の別人だ。

マクシミリアンは疑問に感じたが表面には出さなかった。この場で発言して良いのは王とベオウルフのみ、自分はただの付き添いだ。

「第三王子の身柄を引き渡していただきたい」

挨拶《あいさつ》もそこそこにグエンはそう切り出した。用件と言えばそれしかないだろうと予想はしていたのでラートバルトたちも驚きはしなかった。

事前に相談はしている。その時は五分とかからぬ話し合いで、ゴミはさっさと引き取ってもらおうと決定した。

王に代わりベオウルフが一歩進み出た。

「王宮に亡命者などいない」

「なんと……？」

「観光で滞在している王子を迎えに来たというのであれば部屋まで案内しよう」

要するに言い回しを変えただけだ。

茶番だという自覚はベオウルフにもある。助けを求めて来た者をあっさりと引き渡しては外聞が悪いという事でこんな言い方をしなければならなかった。

これも政治だ、馬鹿らしいが。

「陛下の寛大なお心に感謝いたします」

グエンの立ち振舞いは堂々としたものであった。

……私たちは何をもって彼らを蛮族と呼ぶのだろうか。

マクシミリアンは憎むべき敵に疑問を持った。この男を家臣に出来ると言われたら今すぐ欲しい。

それが素直な感想である。とても野蛮人などとは言えなかった。

「さて、使者どの。戦も終わった事で我々は友好を深めるべきと思うのだが、どうだろうか」

と、ベオウルフが言った。交渉はこれからだ。第三王子を引き渡す代わりにお前らは何をくれるのだと、そう言っているのだ。

「平和は我が王も望むところであります。後日改めて貢ぎ物を用意してご挨拶に参ります」

「それでは一度限りの友好だ。我々は貴国との末長い友好を望んでいる」

「……と、言われますと？」

「せっかく国境際が落ち着いてきたのだ、そこに交易所を建てたいと思ってな」

当然、器を作るだけでは終わらない。

「私の一存では決めかねます。一度持ち帰り検討しなければなりません」

「あまり焦らしてくれるなよ使者どの。アルサメス王がそこを考えていない訳がないだろう。何らかの権限を与えられているか、交易の話を持ち出されたらどう答えるか指示されているんじゃあないか？」

亡命者の引き渡しを要求して、こちらからは色よい返事は何も出来ない。これで出直して来いと言われてしまえば二度手間であり、グエンも子供の使いと後ろ指を差される事になる。

外交上手、少なくとも本人はそう自負しているアルサメスが何も考えていないはずはない。

グエンとしては何ひとつとして言質を与えぬまま帰りたかった。余計なトラブルの種を抱えたくはなかったのだが、そう甘くは行かないようだ。

もうひとつ気になる点がある。ベオウルフはアルサメスを王と呼んだ。これは交易を始めれば王国側はアルサメスが王であると、対等な交渉相手であると認めるという意味にも取れる。

「……陛下はこう申されました。一度試しにやってみて特にトラブルも起きず、互いの国に利益をもたらすのであればやっても良いと」

「慎重だな。いや、今までの関係を考えれば当然か」

「互いの血で濡《ぬ》れた握手というのは難しいものです」

水に流さねばならない。その為には時間と歩み寄りが必要だ。

正式な交易の確約は得られなかったが、その糸口だけは掴《つか》めた。ここらが引き際と判断したベオウルフは主君に向けて頷《うなず》き一歩下がった。

ラートバルトが威厳のある声で言った。

「使者どの、ご苦労であった。実に有意義な時間であったぞ。またいつでも遊びに来てくれ。王子の部屋へは近衛兵たちに案内させよう」

よく磨かれた鎧《よろい》に身を包んだふたりの兵が進み出て、

「どうぞこちらへ」

と、グエンの前後を挟むようにして歩き出した。

玉座の間を出ようとした所でラートバルトが、

「あ、待て」

声をかけて引き止めた。

「カサンドロス王の死にお悔やみ申し上げる。あの方は正に英雄であった、おかげで手を焼かされたがな。和平交渉の席で見た王の姿には、男として憧《あこが》れもしたものだ」

ベオウルフとマクシミリアンが不思議そうな顔をしている。王の行動は打ち合わせにはないものであった。

グエンは仏頂面を弛《ゆる》め、無骨ながらも優しげな笑みを浮かべた。これが、この男の素顔のようだ。

「ありがとうございます。我が王もさぞかしお喜びになる事でしょう」

そう言ってグエンはまた背筋を伸ばして歩き出した。卑屈さはない、誰に恥じる事もない、雄々しい騎士の姿がそこにあった。


「何故、あのような事を仰ったのですか？」

グエンたちが去った後でベオウルフは王に問う。

ふむ、と唸《うな》ってラートバルトは考え込んだ。何故かと聞かれれば言語化するのが難しいといった気分であった。

「……あの男の、性根が知りたかった」

「性根ですか」

「当初、あの男が忠臣ヅラをしてカサンドロスを売ったのかと思っていた。違うな、奴は本物の忠臣だ。未だ心はカサンドロスの下にある。疑うなどと無礼な真似《まね》をしてしまった」

ラートバルトは本当に申し訳なさそうな顔をしていた。

忠義の臣。そうなるとおかしな事が出てくるとマクシミリアンは首を傾《かし》げた。

「その忠臣が何故、アルサメスの使い走りのような事をしておるのでしょうか。カサンドロスの忠臣であるなら、アルサメスは主君の仇《かたき》となりますが」

わからない。どうでもいい事のように思えて何かが引っかかる。

そうだ、と呟《つぶや》いてベオウルフが急に顔を上げた。

「第三王子を担ぎ上げて、王位奪還の為にアルサメスに戦いを挑むつもりでは？」

なるほど、とラートバルトとマクシミリアンは同時に頷くが、数秒も経つと真顔に戻った。

「……あの馬鹿を担ぐのか。犬に王冠を被《かぶ》せる方がまだマシだな。少なくとも余計な事はしない」

「ベオウルフ卿《きょう》、冗談が過ぎますぞ」

「申し訳ない。私も言っている途中でないなと思っておりました」

ベオウルフはバツの悪そうな顔で視線を逸らした。

「円卓会議を開き、十二貴族に今までの事を説明せねばなるまいな。勝手に動いた事で文句のひとつも言われるだろうが」

ラートバルトは眉間《みけん》にシワを寄せて言った。

「彼らがお嫌いですか？」

「ひとりひとりがどれだけ優秀であっても、我の強い者を十二人も集めればまとまるものもまとまらぬわ。三人くらいが丁度良い」

「とはいえ、大貴族を蔑《ないがし》ろにして反感を買っても困りますな」

「頭の痛いことだ。奴らの中には銀貨三十枚を掴まされた者もいるだろうに、そうと知りつつご機嫌取りをせねばならぬとはな」

銀貨三十枚、それはかつてメシアが弟子に売られた金額であり、裏切り者の隠語であった。

「彼らも戸惑っているのではないですかな。カサンドロスと裏で繋《つな》がっていたつもりが、いきなり殺されてしまったのですから」

「その間抜けヅラを見ることが唯一の楽しみだ」

ラートバルトとベオウルフは暗い笑みを浮かべた。後に控えた面倒事を笑って誤魔化しておきたかった。もう他に話す事もなさそうだと判断し、王はまとめに入った。

「いずれにせよ今回の騒乱は我らにとって追い風よ。奴らの中央集権化は頓挫《とんざ》し、交易も始められそうだ。結構な事ではないか」

三人は力強く頷き合い、この日は解散となった。

交易の準備をしつつ静観。それが当座の方針となった。


グエンは十日ぶりに王宮に戻り、新国王アルサメスと彼の私室で対面していた。

王国から連れ戻した第三王子ウェネグは既に軟禁し、見張りもつけている。今回はその報告に来たのだった。

アルサメスの頬はげっそりと痩《や》せこけ、眼にはクマが色濃く浮いていた。連合国の至宝と謳《うた》われた美青年はすっかり変貌《へんぼう》してしまった。

そんなアルサメスの様子を見てもグエンは眉《まゆ》ひとつ動かさなかった。

「国王らしい顔になってきましたな」

「褒めているつもりか、それは？」

「自信過剰の優男より、よほど好感が持てます」

とても主君に対する言葉遣いではないが、アルサメスは咎《とが》めず苦笑を浮かべたのみであった。

「毎晩、父が夢に出てくるのだ」

自分で殺した父親だ。会議室に兵を連れて雪崩《なだ》れ込み、クロスボウの一斉射撃で穴だらけにした父王である。彼は息子が殺しに来たと知っても動揺したのはほんの一瞬であり、すぐに不敵な笑みを浮かべて見せた。

自分にあんな死に方が出来るだろうか。多分、無理だ。

好きだった、尊敬していた。今となっては全てが遅い。

「恨み言でも申されますか」

「いや、笑いながら国政に口出ししてくる。それがどれも的確なので余計にたちが悪い」

「それはなんとも……、キツいでしょうな」

「恨まれるか叱られるかの方がよほど楽であっただろうな」

話しながらグエンは頭の片隅で考えていた。霊が夜な夜な現れてアドバイスして来るなどあり得ない。どれも全てアルサメスが生み出した幻想だ。

国政についても、アルサメス自身の考えをカサンドロスの姿に写して整理しているに過ぎない。

父が後押しをしてくれた。そうした形でしか大きな決断が出来ないのだ。

……哀れな人だ。

アルサメスには人を惹《ひ》き付ける美貌があった。人を導く才能があった。

少々視野が狭いというか、自分の思い通りに事が進むのが当然と考え、そこから外れると狼狽《うろた》えるような悪癖があった。それもカサンドロスの下で五年、十年と修行を積めば落ち着いたであろう。

カサンドロスをも超える名君となる素質は十分にあったのだ。

だが、そうはならなかった。

彼の為に用意された栄光の架け橋は、彼自身の手によって破壊されてしまった。

アルサメスがカサンドロス殺害に至った気持ちもわからぬでもない。まず初めに変わってしまったのはカサンドロスの方だ。

名刀『天照』という唯一無二の聖剣を手にする事で気力の充実したカサンドロスは方針を変更した。息子に志を託さずとも、自分でやってしまえば良いと。

優秀な後継ぎ、可愛い息子が急にただの駒へと成り下がったのだ。

才あるが故に、アルサメスは父の変化を感じ取った。そして自分が飼い殺しにされる未来がハッキリと見えてしまったのだ。

「父を殺した後で真っ先に馳《は》せ参《さん》じたのが貴様だというのは驚いた。罠《わな》ではないかと随分疑ったものだ」

「今でも信じてはおられぬでしょう」

「ふ、ふ……。当然だ」

お返しだとばかりにアルサメスは笑って見せた。やはり見る者を不安にさせるような暗い笑いだ。

グエンは石扉を開くような重々しい口調で語り出した。

「私の望みは連合国の発展、それだけです。カサンドロス王が生きておられれば私はあの方を守るために命を懸けて貴方《あなた》と戦ったでしょう。しかし今、貴方を討てば国はますます混乱するだけです」

「国家の為に、仇に仕えるか」

「御意に」

グエンは短く答えた。

恩知らず、変節漢と陰口を叩《たた》かれている事は知っている。グエンとて出来ればカサンドロスと一緒に戦い、そして死にたかった。

しかし生き延びてしまったのだ。生きているからにはまだやるべき事がある、それがグエンにとっての忠義であった。カサンドロスの為に殉死したところでそれが何かの役に立つ訳ではない。

「自分があの現場にいれば、などと考えるのは無意味だぞ。お前がいない所を狙ったのだからな」

それはアルサメスの本心であり、グエンに対するせめてもの慰めでもあった。

もしも襲撃時にグエンがいれば、彼は王を庇《かば》って矢を全身に受けていただろう。当然、彼は死ぬ。しかし王に『天照』を抜く時間が与えられ、その光を見た兵士たちが動揺すればその後どうなったかはわからない。

「お前が王国へ出向いていた時の話だが……」

アルサメスは眼を伏せて言った。

「兄上が自害なされた」

「え……？」

もう多少の事では驚かぬつもりであったが、これには声を失うグエンであった。

アルサメスの兄とは、眼病を患った為に王位継承権を放棄して出家した腹違いの第一王子の事だ。

彼は幼い頃からアルサメスと仲が良く、アルサメスが武芸や勉強に打ち込んでこられたのも優しい兄の励ましがあってこそだ。

殺したのか。その言葉をグエンは飲み込んだ。そんなはずがない、そんな事を信じたくはなかった。グエンが何を言おうとしたかを察したのか、アルサメスは相変わらずの暗い声で言った。

「……兄上は私の味方だった。父を殺した事で叱られはしたが、それでも私の事を第一に考えてくれた」

遺書だ、と言ってアルサメスは一枚の羊皮紙を差し出した。

文章は信頼出来る者に口頭で代筆させたのだろう。羊皮紙の端に指にインクをつけてなぞったようなサインがあった。間違いなく第一王子のものだ。

自分を還俗させて王位簒奪《さんだつ》の旗頭としようとする動きがある。そのような者たちに利用される訳にはいかないので自害すると書いてある。

愛する弟へ、己の信じた道を行け。それが最後の一文であった。

グエンは黙って羊皮紙を丸めて返し、アルサメスは宝物でも受け取るような手付きでそれを引き出しに入れた。

「……後悔して、おられますか？」

「そんな暇はない」

アルサメスは力強い声で答えた。衰弱しているようで眼だけがギラギラと光っている。もう彼に安らかに眠れる夜は訪れないだろう。それが野望の代償だ。

「弟も殺すぞ。兄上が自害なされたのだ、あのブタを生かしておく理由などない」

謀反の旗頭にされる危険性という点では一緒だった。聡明《そうめい》さ故に頼られるのか、操りやすいという意味で担がれるかの違いはあるが。

「処刑方も時期も決めてはいない。ただ殺すという事だけは決めた。お前からウェネグにそう伝えておけ」

アルサメスはハエでも追い払うように手を振った。

そんな無礼な態度に怒りもせず、グエンは一礼して退出した。

……彼にも、泣く時間くらいは必要だろう。

そう考えながらウェネグが軟禁されている部屋に向かった。


「この裏切り者が！」

グエンはでっぷりと太った男に殴られていた。指先にまで脂肪がついた拳《こぶし》だ。まるで痛くない、それが逆に悲しくもあった。

グエンは避《よ》けようともせず殴られるままであった。

死刑が決定した。そう伝えられた第三王子ウェネグが殴りかかって来たのだ。

殴り疲れたのか手を痛めたのか、肩で息をしながらウェネグが下がった。

「……わかっている、アルサメスは俺を殺すだろうという事はな。だから王国に逃げた、馬鹿な提案もした。それを通すしか俺が生き延びる手はなかった！」

ウェネグは王国で必死に自分の利用価値をアピールした。しかし返ってくるのは冷笑のみであった。

物が見えていない、政治的センスがない、根本的に頭が悪い。どれもこれも事実だが、黙って殺される事だけは許容出来なかった。あれだけ必死になったのは生まれて初めてだったかもしれない。

だから、こうなった。

「グエン、俺の処刑方は決まっているのか？」

「今のところ未定ですが、恐らくは斬首かと」

公開処刑といえば斬首、それくらい一般的であった。

「……そうか、俺に苦しんで死ねと言うのだな」

「処刑は一瞬で済むかと思いますが」

「お前、それ本気で言っているのか？」

じろり、とウェネグが粘つくような眼で睨《にら》み付けた。

「一撃で首が斬れりゃいいさ。一瞬だろうさ、慈悲深いだろうさ。だがそんな事はほとんど無い！」

普段から頭を支え続けている首の骨は頑丈である。熟練の処刑人でも確実に一撃で断ち切るというのは難しい。

首の途中で刃が止まったり、何度も肩を斬られて苦痛が長引いたりするパターンが多い。

処刑人の腕が良くても、罪人が暴れまわり台無しになるケースもある。苦痛で泣き叫び、血と糞《ふん》尿《にょう》を撒き散らし、のたうち回るのが斬首刑だ。

「俺が安らかな死を迎えられると思うか？」

ウェネグは己の首に手を置いた。肉が付きすぎてどこが顎《あご》で、どこからが肩なのかもよくわからなかった。

ああ、とグエンは呻《うめ》いた。一撃で首を落とされる光景が想像出来ない。

ウェネグはぷるぷると震え出した。怖い、今から処刑の日が恐ろしくて堪《たま》らなかった。

何度も刃を叩きつけられ無理やり千切るように首を落とされる事も。注目する国民の前で無様に泣き叫ぶ事も怖くて仕方がない。

兄が生きていれば取り成してもらえただろうか？

いや、何のフォローもせずにさっさと自害したという事は、自分もウェネグも居ない方が国の為だと判断したのだろう。

「なあグエン、お前の忠義はどこにある。アルサメスに売り渡したか？」

「私の忠義は常に、国家の為にあります」

がしり、とウェネグがグエンの腕を掴《つか》んだ。泣きべそをかいている、鼻水も出ている。形振《なりふ》り構ってなどいられなかった。

「ならば頼む、俺の最期の頼みを聞いてくれ。カサンドロス王の息子の頼みを！」

「死にたくない、という以外の話でしたら……」

「苦しみたくはない、それでいて堂々と死にたいのだ。この醜い首を見事に落とせるような、腕の良い処刑人を探してくれ！」

「苦しみたくないのであれば、毒をあおって自害なされては？」

「……多分、国民の前で処刑される事も含めて王族の使命なのだと思う」

と、ウェネグは寂しげに言った。

……ああ、この方も間違いなく王族なのだ。カサンドロス様のご子息なのだ。

王の恩義に報いるのは今だ、とグエンは胸の内で誓った。

「お任せください、最高の処刑人と最高の剣をご用意しましょう。また、それらが用意出来るまで処刑は待ってもらうようアルサメス様に掛け合ってまいります」

「礼を言う。誰からも見事であったと言われるような処刑にしてくれ。死ぬ事でしか名を残せぬというのも情けない限りではあるが……」

「世の中、それすら叶《かな》わぬ者が大半です」

「ふん、ありがたいやら悲しいやら……」

泣き止んだウェネグを置いて、グエンは再びアルサメスの私室へ向かった。

敬愛していた王の息子を死に追いやる、それが忠義と呼べるのかどうかわからなくなっていた。

ただ、これは自分にしか出来ない事だ。

第九章　泥中花

ルッツは工房で斧《おの》に囲まれていた。

斧の山、斧の海、斧の洪水である。その数、実に三十本。

研ぎの契約をしている木こりたちが、

「お抱えさまに来てもらうなんて申し訳ねえや」

そう遠慮して向こうから持ってきたのだが、数があまりにも多すぎた。遠慮という言葉の意味を深く考えてしまうルッツであった。

ルッツにも長い間木こりの集落に行けなかったという負い目がある。どうしてこんなに刃がダメになった斧が貯まっているのかと問えば、全てルッツ自身に跳ね返って来るのだ。

数が多すぎるのが難儀だが、研ぎの仕事自体は嫌いではなかった。どうも最近は敵国の王への献上品製作だとか、親方衆への技術公開だとか、変に肩がこる仕事ばかりが続いていた。

……権力側に寄りすぎた感じがあるなあ。

客の顔が見える距離感で、良い仕事をして喜んでもらう。それこそが自分の原点であり本質のはずだ。金は欲しい、名誉も欲しいが、たまにはこんな仕事もしたいという事でルッツは研ぎを快く引き受けた。

驚いた事に木こりたちは鉄の斧を馬車など使わず担いで持ってきたのだという。眼《め》を丸くするルッツに、木こりのリーダーであるひげ面の男が笑って言った。

「俺たちゃいつも丸太を相手にしているんだぜ。斧の五本や十本、羽毛みてえなもんよ」

「……俺は木こりになれそうにないな」

「なってもらっちゃ困る。あんたにゃ研ぎを続けてもらわないとな」

ガハハ、と豪快に笑って木こりたちは去って行った。こうしてルッツは斧の海で遭難する事になったのである。

研ぐ、斧をひたすら研ぐ。仕事量は多いがそれでも出張研ぎよりはかなり気が楽だ。休むタイミングは自分で決めて良い。飯を食うのも水を飲むのも自由だ。やはり客の目がある所での休憩は休んだ気がしない。

刃が欠けている、錆《さび》が全体にまわっているなど、どうしようもない物を見る度に、

「まったく仕方ないなあ……」

などと呟《つぶや》きながら丁寧に直していった。

「なんだよこの柄《つか》、巻いた革が汗で臭くてぬるぬるじゃないか。ちょっとカビも生えているし。交換してやるかね、まったく……」

そんな独り言を、ちょうど二階から降りてきたクラウディアに聞かれていた。

「随分と嬉《うれ》しそうに困るものだねえ」

と、クラウディアはにやにやと笑っていた。

「なんだかんだで、人に喜んでもらえる仕事っていうのは良いものさ」

「そうだね。商売は三方よしをもって最善とする、ということかな」

「……何だい、そりゃあ？」

「取引によって店は儲《もう》かり客は喜び、世間さまの為《ため》にもなればそりゃケッコーって話だよ」

たとえば、と少し考えてからクラウディアは言った。

「密輸だとか、いけないお薬の取引は、店と客はどうだか知らないが世間に与える影響はよろしくないねえ」

確かに、とルッツは頷《うなず》いた。

「今回の仕事はルッツくんの修行と気分転換になる、良い斧が使えて木こりの皆さんも喜ぶ、市場には質の良い木材が出回る。やさしい世界の出来上がりだ」

「なるほど、良い仕事とはそういうものか」

「うん、それで木こりの旦那《だんな》はもう三十本追加したいと言っているのだけど……」

「それは勘弁してくれ」

談笑しながらクラウディアは隣に座り、肩が触れ、髪が触れた。吐息のかかる位置まで顔が近づく。

「君にも私にも良い事をしないかい？」

クラウディアが蠱惑《こわく》的な笑みを浮かべて囁《ささや》いた。細い指先がルッツの胸をツゥっとなぞる。

「世間にはどう言い訳しようか」

「夫婦仲が良くなり、工房の雰囲気が明るくなれば良い刀も出来るだろう？」

「よし、それだ。それしかない、それでいこう」

ルッツは立ち上がり、手早く研ぎ道具を片付けた。

そして手に手を取って三階の寝室に上がろうとした所で、出入り口のドアが激しくノックされた。

「おい鍛冶師《かじし》どの、おられぬか⁉」

ルッツとクラウディアは手を繋《つな》いだままドアを睨み付けた。

知らない声だ、ゲルハルトやパトリックなどの親しい職人ではない。ならば無理に開けてやる必要もないだろう。

街の商人たちには仕事の依頼は伯爵を通してくれと言ってあるのだが、直談判《じかだんぱん》に来る者は後を絶たない。その為、普段から頑丈なドアに閂《かんぬき》を落とし、知らない相手には居留守を使う事にしているのだ。

……無視だ、無視。放っておけばそのうち帰る。

しかし、今日の客は特別しつこかった。

「俺は連合国の使者だ。話し声が聞こえたぞ、中にいるのだろう。開けないと国際問題にするぞ！」

つい最近まで戦争をしていた国と揉《も》め事《ごと》を起こす。伯爵家預かりとなったルッツたちには絶対に避けたい話であった。

「……神に祈りは通じなかったらしい」

ルッツはため息を吐《つ》き、名残惜しそうにクラウディアの尻《しり》を撫《な》で回した。

「彼らとは信じる神様が違うからねえ。管轄外のようだ」

せっかくお楽しみな気分になっていたのに台無しだ。クラウディアは不機嫌そうに首を振ってドアの閂を外した。

「よう、久しぶり！」

日に焼けた中背の男は陽気に笑って見せた。

どこかで見たような気がするが、連合国に知り合いなどいただろうか。やがてクラウディアは、あっと小さく声をあげた。

「検分役の方でしたか」

「覚えていてくれたか、嬉しいねえ。近衛《このえ》とか親衛隊って訳じゃないが、国王付きの騎士で名前はグエンだ、よろしくな」

「これはどうもご丁寧に。で、何のご用で？」

お前に全く興味がない、そんな塩対応であった。

「野菜を買いに来たように見えるか？」

「たまに八百屋と間違えられるんですよねえ……」

「五秒でバレる嘘《うそ》をつくな。とにかく中に入れてくれ、この国は寒い」

仕方なく二階の居間に上げて話を聞く事にした。

クラウディアから軽く客の説明を受けたルッツがぺこりと頭を下げた。

「お久しぶりです。どうですか、その後。カサンドロス王は『天照《あまてらす》』を気に入っていただけましたか？」

「その事なんだが。……ああ、どこから話せばいいのかな」

グエンはひどく暗い顔で唸《うな》った。あまり言いたくはないが、話さねば始まらない。カサンドロス王の暗殺と王位交代についてポツポツと語った。

話し終えた時、グエンから軽薄な雰囲気が消えて忠義のあり方に悩む騎士の姿がそこにあった。

「そうですか、カサンドロス王が……」

「鍛冶師どの、ひとつ言っておくが自分のせいなどとは思うなよ。それは死者に対する侮辱であり、傲慢《ごうまん》な考え方だ」

グエンはぴしゃりと叩《たた》きつけるように言った。

「刀の価値は認めても、刀に操られるような愚か者はひとりもいない。皆、己の考えで行動した結果だ」

「……そうですね。ただ、自分が打った刀を好きだと言ってくれた方が亡くなるのは少し寂しいです」

「ああ、そうだな……」

寂しいと思える時間すらなかった。グエンは肩の荷を少しだけ分けあえたような気分であった。

「さて、本題に入ろう。ここに来たのは当然、刀の作製依頼だ」

「ご利用目的は？」

「言わなきゃならんか」

「賄賂《わいろ》に付き合う義理なんかはありませんから」

ルッツとクラウディアは遠方からの珍客を訝《いぶか》しげに見ていた。特に親しい訳でもなく、彼を信用する理由がない。

ただ自分の腕を見込んで、遠くから頼って来てくれたという点は嬉しかった。

「……ある高貴なお方を処刑せねばならん」

「王位簒奪《さんだつ》の余波ですか」

「そうだ。何かこれといった罪がある訳でもない。無能が罪だと指差して言えるほど俺は立派な人間でもない」

自分には何の手助けも出来ない事を恥じるように、グエンは話し続けた。

「斬首刑だ。こっちの国でもやっているだろうが、あれはなかなか上手《うま》くいくもんじゃない」

確かに、とルッツたちは頷いた。

処刑は一般的な見世物であり娯楽だ。ルッツたちはそれを楽しんではいないが見た事くらいはある。何度も何度も剣を叩きつけ、首を千切るように切り取る残酷な刑だ。結果としてそうなってしまう事が多い。

「あの方は王族として死を受け入れた。正直あまり好きな相手ではなかったが、その覚悟にだけは報いたい。苦痛のない、見事な処刑にすると約束したのだ」

「……処刑人の背丈などはわかりますか?」

「俺がやる」

グエンがそうハッキリ言うと、ルッツは驚いたような顔をして固まっていた。

やがて、軽く笑って答えた。

「わかりました、俺が刀を打ちましょう」

「そうか、やってくれるか!」

「一ヶ月後にまた来て下さい。刀作り、装飾、魔術付与まで済ませておきましょう」

ルッツは引き出しから小さな宝石を取り出して、悪戯《いたずら》っぽく笑いながらグエンにちらりと見せた。

「あ、ちょっ、おまっ、それぇ!?」

「苦痛なく首を一撃で切断できる、最高の刀をお約束しますよ」

グエンは罵《ののし》る言葉を探したが見つからなかった。礼の言葉を探したが見つからなかった。そんな自分がおかしくて、つい吹き出してしまった。

ルッツも釣られて笑い出し、男ふたりはしばらく笑い合っていた。

「……では、よろしく頼む」

笑い終えるとグエンは表情を引き締め、深々と頭を下げた。ルッツも真面目な顔で頷いた。

グエンを見送った後でクラウディアは大きく息を吐いた。面倒な奴《やつ》に絡まれたと思うと同時に、微《かす》かな尊敬の念も湧いていた。

「処刑人を買って出るとは驚いたねえ」

処刑人とは専門職でありながら不浄とされる職でもあった。騎士がそれをやるというのは、名誉をかなぐり捨てるも同然だ。

ルッツは手元の宝石を弄《もてあそ》びながら答えた。

「俺はあの人の事を何も知らないが、男の覚悟って奴には応えたいよな」


斧は全て研ぎ終えた。工房の雰囲気も明るくした。

次に取りかかるのはグエンの依頼である処刑刀だ。特に変わった形にするつもりはない。目指すべきはとにかく良く切れる刀だ。

……さあて、どんな形にするかね。

ルッツは砕いた鉄片を皮鉄《かわがね》用と芯鉄《しんがね》用に分けながら考え込んでいた。

少しだけ緊張もしていた。刀とは人を殺す為の道具だ、芸術性や精神性を説いたところで本質は変わらない。いや、見失うべきではない。

仮想敵や用途を絞った武器を作った事は何度かあった。ジョセルの『ナイトキラー』は室内で鎧《よろい》を着込んだ騎士を倒すための剣であり、クラウディアの『ラブレター』は主に野盗の心臓をひと突きにする事を想定した匕首《あいくち》だ。

しかし今回のように第三王子を処刑すると、何処《どこ》の誰を殺すのかとはっきり決まっているのは初めてだ。

この刀を打てば人が死ぬ。誰も彼もが納得ずくとはいえ、やはり鎚《つち》を握る手は重くなった。

……敬愛した主君の息子を処刑するというのはどんな気分なのだろうか。

主君の仇《かたき》を討てば彼の名誉は守られただろう。では次の王は誰がなるのかという問題が残る。目の見えぬ第一王子か、無能な第三王子か、あるいは有力豪族が王家に取って代わるのか。

いずれにせよ内乱に次ぐ内乱で国は荒れ果てる事だろう。こうなれば王国も約定の遵守よりも国土の切り取りを優先するかもしれない。

彼は名誉も、憎しみも、何もかもを捨てて守らねばならなかった。精神的に追い込まれた第二王子を支えてやらねばならなかった。

刀を打ちたくない訳ではない。グエンという男の事を何も理解せぬままでは作れなかったのだ。

……何故《なぜ》、俺は覇王の瞳《ひとみ》の欠片《かけら》を使おうと決めて、あの男に見せたのだろうか。

ほんの少しでも力になりたかった。あんたの理解者はいる、応援している、そう言って元気づけたかったのか。あの時の衝動を言語化すればそういう事になる。

彼に相応《ふさわ》しい刀とは何か。悩んだままずっと動けないでいた。

階段から足音が聞こえる。その音だけで彼女はご機嫌だなと理解した。

「やあルッツくん、グッド朝！」

「クラウ、今日も可愛《かわい》いぞ」

「毎朝同じことしか言えないのかね君は」

「十年後も、二十年後も同じ事を言うさ」

笑いながら互いの右手を挙げて、ぱぁんと叩いた。

「ところでルッツくん、その刀の銘を思い付いたのだが聞いてくれるかい」

「銘と言われてもな……」

クラウディアが指差した先にあるのは積み分けた鉄片だけ、その刀とはどの刀だ。

「刀を作る前に銘を決めてはいけないない決まりはないだろう。まずイメージを決めてから打つ、それもいいじゃないか」

「銘次第だな。聞かせてもらおうか」

艶《つや》のある柔らかな唇がゆっくりと、優しげに動く。

「…………」

その名を聞いて、ルッツの脳内に一気にイメージが広がった。まだ何もしていない、何も出来ていない。決まったのは名前だけ。だが完成に至る道は全て見えてきた。

「いいね、それで行こう」

ルッツは微笑《ほほえ》みながら頷き、早速作業に入った。

クラウディアは二階に戻ろうと階段を上る途中で、食事の用意が出来たからルッツを呼びに行ったのだと思い出したが、もうこうなっては彼も自分の世界に入ってしまっているだろう。食事の誘いはまた明日の朝にしよう。

「やれやれ、誘う順番を間違えてしまったねえ……」

刀馬鹿であるルッツに呆《あき》れながらも、そんな彼が誇らしくもあった。


刀が出来上がった。

パトリックに装飾を頼み、次にゲルハルトの所へ持っていった。

「そういうのを作るなら事前に一言欲しかったものだな……」

と、敵国の政治に関わる物を作ったことにゲルハルトは不満を述べるが、ルッツは平然と答える。

「事前に相談したらダメだって言われちゃうじゃないですか」

「こいつは……」

グエンの男気に惚《ほ》れたからこそ刀を打ったのだ。国だの立場だのはどうでもよかった。これは男と男、個人の契約だ。

それを罪だと言うのであれば、もはや伯爵家に用はない。

「まあまあ、ゲルハルトさんが黙っていれば済む話ですよ」

「他人を勝手に共犯者にするな」

「こんなものを売り付けておきながらそれを言いますか」

ルッツはポケットから大粒の宝石を取り出して見せた。

最初に悪巧みに巻き込んだのはゲルハルトの方だ。バレたところで即座に処刑台に送られるなどの致命傷にはならないだろうが、面倒な事になるだろう。

「気が進まないのであれば、他の付呪術師《ふじゅじゅつし》に頼みますが……」

そう言って宝石をポケットに戻そうとした右手を、がしりとゲルハルトに掴《つか》まれた。

「待て、待て。誰も嫌だとは言っておらん！」

「今までの話から、グエンという男の事をどう思いますか？」

「ひとつだけ気に入らない事がある」

「それは？」

「わしよりクールな事さ」

ルッツは笑って宝石をゲルハルトの手の中へ落とした。契約成立だ。ゲルハルトはルッツよりもさらにロマンを拗《こじ》らせたような男だ。断られるとは全く考えていなかった。

「いくらの仕事だ？」

「第三王子の隠し財産のひとつを押さえているそうですから、百は引っ張れるでしょう」

「三、三、三か」

「いえ、ひとり百です」

ピュウ、とゲルハルトが口笛を鳴らした。面白い仕事が来て気持ちまで若返っているようだ。やはり政治に絡んでいるよりも職人である方が彼らしい。

「素晴らしい、やる気が出てきたぞ」

「お願いします。付与する効果は切れ味向上とかが良いですかね」

「むしろそれしかないだろう。第三王子は顎《あご》と首と肩の境目がわからんような奴だぞ」

「……本人もグエンさんも焦る訳だ」

人体を両断するというのは非常に難しい。皮膚も筋肉も脂肪も骨も、全てが感触も硬さも違うのだ。それらを全て一緒に斬らねばならないというのは無理難題である。

骨に当たって刃が欠けた、などという話は決して珍しいものではない。特に首の骨などは普段から体重の一割相当の頭部を支えているのだ、頑丈さではかなりのものである。

「無理でも無茶でもやらねばならん。男が一度立てた志とはそういうものだ」

それは真剣な、信頼し尊敬する職人の顔であった。

もはや言葉を重ねる必要は無い。ルッツは一礼して立ち去った。


依頼からきっかり一ヶ月後にグエンはやって来た。

「どうぞ入ってください、出来ていますよ」

二階の居間に通し、テーブルに新作の刀を置いた。

鞘《さや》は黒塗りで鍔《つば》も柄《つか》も地味なものである。主筋の処刑に使う刀を派手な物にする訳にはいかないだろうという配慮であった。ただ、黒塗りの鞘にワンポイントで花が描かれていた。

抜いて良いかと断りを入れ、グエンは立ち上がり刀身を抜いた。

処刑に使うだけあってやや重い。刀身は水に濡《ぬ》れた氷のような冷たい輝きを放っていた。この美しさは覇王の瞳の欠片を使った効果であろうか。刀身に刻まれた古代文字は四字、どれもがはち切れんばかりの魔力に満ちていた。

切れ味と美しさをとことん追求した刀のようだ。

……切れ味はわかるが、何故美しさを？

王族の処刑に使うのだから、というのとも少し違うようだ。

「この刀の銘は決まっているのか？」

グエンが聞くと、クラウディアは微笑んで答えた。

「『蓮華《れんげ》』と名付けました」

その名を聞いてグエンは強く瞼《まぶた》を閉じた。

蓮《はす》の華、それは泥の中でも美しく咲くという、気高さと清らかさの象徴である華だ。

……俺の人生を、そう許してくれるのか。

主君を守れず、挙げ句の果てにその仇に仕え、処刑台に立ち主君の子を殺す。端から見ればとんでもない恥知らずだ。

この先、永遠にグエンの名は卑怯《ひきょう》者の代名詞となるだろう。それを遠い異国の鍛冶師《かじし》夫婦が、お前は蓮華のようだと言ってくれた。

目を開ければ涙が溢《こぼ》れそうだった。誰に理解されなくてもいい、そんなものは嘘だ。

ルッツたちは何も言わずに待っていてくれた。五分ほど経ってようやく目を開くことが出来た。

赤くなっているかもしれないのでグエンは目を伏せて言った。

「……素晴らしい刀だ。用途が用途なだけに飛び上がってはしゃぐ訳にはいかないが、礼を言う」

がしゃり、と重そうな革袋をテーブルに置き、

「世話になった」

とだけ言って逃げるように立ち去った。

あまりにも急な事に、ルッツとクラウディアは顔を見合わせていた。

「……あれは、喜んでもらえたのかねえ」

「初めて見る客の反応だが、まあ、いいんじゃないか」

グエンがこれからどうなるのか気になったが、もう自分の手を離れた事だ。最初に釘《くぎ》を刺された通り、責任を感じる事は傲慢《ごうまん》ですらある。

彼の人生だ、彼の問題だ。ルッツはそこに少しだけ関わったに過ぎない。

「さあ、今度は私たちの事を考えようじゃないか。素敵な音色の革袋とかねえ。王子サマの隠し財産はどんなかなあ？」

クラウディアはにやにやと笑って革袋を引き寄せた。彼女が聞き間違えるはずはない、中身はたっぷりの金貨だろう。

「……金貨だねえ」

「……金貨だなあ」

ふたりは袋を覗《のぞ》き込んで言葉を失った。クラウディアが摘《つ》まみ上げた一枚には髭《ひげ》の生えた屈強な男の横顔がある。連合国の通貨であった。

使いたければうちに来い、そういう事か。

「やりやがったあの野郎！」

クラウディアが革袋をひっくり返すと、ざざぁっとテーブルに金色の髭ヅラがぶち撒《ま》けられた。余所《よそ》の国の昔の王様、赤の他人の顔がずらりと並ぶ。

王国内で使える金貨は一枚もない。

「ルッツくぅん……」

ショックを受けるクラウディアの頭を撫《な》でながら、ルッツは苦笑いを浮かべていた。どうも自分はあの男の事が嫌いではないらしい。この金貨も最大限好意的に解釈すれば、グエンにとっては大事な物だ。

「……これから辛《つら》い事ばかりだろうけど、元気でな」

金貨の男は何も答えない。ただ力強く前を見据えるのみであった。


「どうだ、俺は囚人服でさえ特注品だぞ」

軟禁された部屋で第三王子ウェネグが得意気に言うが、グエンは黙って哀《かな》しげな眼を向けたままであった。

囚人服は基本的にフリーサイズなのだが、ウェネグの肥満体をカバー出来るほどではなかった。

「なんだ、笑えよ。渾身《こんしん》のジョークだぞ」

「……無骨者にて」

これから処刑台に向かい、主君の息子の首を落とさねばならないのだ。笑えるはずがなかった。

「嘘をつくなよ。お前、プライベートじゃ馬鹿みたいに明るいんだってな。どっちが素で、どっちが仮面だ?」

「……わかりません。切り替えをしすぎて自分でも何が何やら。両方とも自分なのだと、そう思う事にしました」

「そうだな。たった一言で表せるほど人は単純にはなれないよな」

ウェネグはどこか遠くを見るような眼をしていた。

「言い訳に聞こえるかもしれないが……。いや、どう考えても言い訳そのものだが、少し愚痴に付き合ってくれ」

「私でよければ」

ウェネグは軽く頷《うなず》いた、つもりなのだろうが喉《のど》の肉がぷるぷる震えただけであった。


……俺もな、武芸や勉学に励もうと思わなかったわけじゃないんだ。ガキの頃は立派な王になろうと夢見ていたもんさ。

だけど、それをやろうとすると周囲の連中が止めるんだよ。

『殿下はそのような事をしなくてもよいのです』

『王がどっしりと構えてこそ皆は安心できるのです』

親父《おやじ》が戦争好きの筋肉ダルマな時点でその価値観は破綻《はたん》しているようにしか思えんのだが、当時五歳くらいのガキに整然とした反論が出来るはずもなかった。

不満顔を浮かべて頷いて、結局は侍女たちに囲まれて遊んで暮らす事になる訳だ。

同世代の男の子と外を走り回りたかったが、それもいつかどうでもよくなっていた。十歳にもなれば立派なエロガキの出来上がりだ、笑えるぜ。

自分の意見が言えるようになってから勉強を始めればよかったじゃないかと思うだろうが、その頃にはもう無駄な肉と一緒に、無駄なプライドまで身体《からだ》にまとわりついていたのさ。

家庭教師に叱られるのは嫌だ、ちょっと走っただけで息切れするところを見られるのは嫌だ。そうやって何もかもを恐れて、結局何も出来なかった。

今にして思えば、取り巻きたちはアルサメスの母方の親戚《しんせき》の息がかかっていたんだろうなあ。兄貴が眼病に罹《かか》って出家して、玉座が手に届く位置に来た。そりゃあ正妻の腹から産まれた弟なんか邪魔だろうさ。

殺してしまえば手っ取り早いが、バレたら一族郎党身の破滅だ。ちょいと回りくどいが堕落させるというのは上手いやり方だと思うぞ。俺が言うのもおかしな話だが。

今回の暗殺騒ぎでアルサメスが操られたとまでは言わないが、親戚の後押しがあったのは確かだろうな。そうでなけりゃあ、権利と領地の安堵《あんど》を条件にしたからと言って有力豪族をまとめるのが早すぎる。

あいつはもう一生、母親の実家に頭が上がらない。優秀な頭から紡ぎ出される数々の改革が豪族の利益を優先して潰《つぶ》されていくのさ。強引に進めようとするならば親戚を皆殺しにするしかない。

あいつの進む道は屈辱の泥沼か、凄惨《せいさん》な血の池か、ふたつしかないんだ。

……少しだけ、可哀想《かわいそう》だって思うよ。

あいつがもう嫌だって泣きながら剣の稽古《けいこ》をさせられているのを、俺は宮殿の窓からのんびり眺めていた。

俺はあいつが羨《うらや》ましかったが、あいつから見て俺はどうだったんだろうな。ハレムで乳繰りあっていれば良いだけの立場を羨ましいとか思っていたのかな。

……今さら、聞きたくなんかないけどな。

「……自分で言い出しておいてなんだが、やっぱりただの愚痴になったな」

ウェネグは自嘲《じちょう》気味に呟《つぶや》いた。

「俺の最初で最後の仕事は死ぬことだ。ところでわざわざ王国の田舎街まで行って刀を作ったそうだが、本当に斬れるんだろうな？」

グエンは無言で立ち上がり、部屋の隅に飾ってある壺《つぼ》に向けて一閃《いっせん》した。

抜く、斬る、納める。流れるような鮮やかな動きであった。

ちん、と刀を納める金属音がしてから壺が斜めにズレ落ち、砕けた。よほどの切れ味でなければ壺は斬れるよりも前に砕けるはずだ。グエンの腕と切れ味の証明としては十分過ぎるパフォーマンスであった。

「罪人の身体で何度か生き試しもしました。首でも胴でも、問題なく断ち切れます」

「お、おう。胴体輪切りは嫌だな……」

グエンの自信満々な笑顔が逆に怖い。

ドン、と大きな音がしてノックもせずに不機嫌な顔の騎士が部屋に入って来た。

「時間だ、出ろ」

グエンはいきなり男を殴り付けた。倒れる前に襟首を掴《つか》んで引き寄せる。

「それが王族に対する態度かッ⁉」

「何を言っていやがる、そいつは罪人だ……ッ」

言い終わる前に頭を掴んで壁に叩《たた》きつけた。ガン、ガンと。二度三度と。

男の視線が宙を虚《うつ》ろに彷徨《さまよ》うようになってからグエンは凄《すご》みのある声で言った。

「謝罪しろ。王族への無礼は許さん」

「も、申し訳ありませんでした……」

朦朧《もうろう》とした意識で謝罪の言葉を言わされた男をグエンは蹴《け》り飛ばした。男は廊下の壁に背を強く打ち付け、そのまま気絶したようだ。

ふん、と鼻を鳴らしてドアを勢いよく閉めた。無礼な騎士の事などもう知った事ではない。

「そういう事するから嫌われるんだよ」

ウェネグは苦笑して言った。少しだけ嬉《うれ》しくない訳でもない。自分の為に怒ってくれる者は、グエン以外にはいないだろう。

「では、会場まで先導いたします」

「ああ、地獄まで案内を頼む」

ふたりは頷き合い、妙に静かな廊下を歩いて馬車に乗り込んだ。


首都の広場に設置された処刑台。この日集まった民衆は一万人を超えていた。

馬車を見かけて湧き上がる怒号、罵声《ばせい》、歓声。ただの音であるはずなのに、津波に襲われたような気分になってくる。

「奴らは皆、俺の死を望んでいるという事か……」

馬車の小窓から外を覗いたウェネグが震える声で言った。

「暇なだけですよ。今日、舞台に立つのがアルサメス様でも人は集まったでしょう」

「そういう事を言うから嫌われるんだぞ。まったく、お前が心配でおちおち死んでもいられんな」

ははは、とウェネグは乾いた笑いをあげた。

「そういえば俺の隠し財産はどうした。まだ残っているか？」

「刀作りだけで使いきれるものではありません。あと、金貨九千七百枚ほど……」

「そうか、お前にくれてやる。好きに使え」

「へぁっ⁉」

グエンは素《す》っ頓狂《とんきょう》な声を上げた。騎士の年棒が金貨数枚という相場である。九千枚近くもらっても嬉しさより先に恐ろしさが出てきた。

「それを持って逃げるもよし、国の危機に使うもよしだ」

「……わかりました、お預かりいたします」

グエンは深々と頭を下げた。

外の罵声がさらに大きくなってきた。

死ね、死ね、死ね。

殺せ、殺せ、殺せ。

ウェネグの罪は何かと聞いて、答えられる者がどれだけいるだろうか。

「そろそろ逝くか。このままじゃ暴動が起きるぞ」

「はい……」

馬車を降りて処刑台へ上がる。ぎしぎしと木製の階段が悲鳴をあげた。

グエンはいっそ処刑台が壊れて中止か延期にならないかと願ったが、そんな奇跡が起こるはずもなかった。

ウェネグは処刑台の中心で胡座《あぐら》をかいてどかりと座った。助手として付けられた処刑人たちがウェネグの身体を押さえつけようとしたが、グエンはこれを拒否して追い払った。

ウェネグは座り、グエンは刀を抜いて振りかぶる。それはまさに切腹のような体勢であった。

これから死ぬ。心は妙に落ち着いていた。罵声も怒声も聞こえず、ウェネグの周囲だけがしんと静まりかえっていた。

十年、無駄な戦争を続けていた。

国民の大半が飢えに苦しんでいるなかでただひとり、暴食と飽食を繰り返していた男。そんなウェネグを怠惰と腐敗の象徴として処刑する事でアルサメスはこれからのクリーンな政治をアピールしたいのだろう。

……いいさ、死んでやるよ。その代わり国の事は任せたぞ。

自然と口元に笑みが浮いてきた。その瞬間、刀がスッと振り下ろされた。

グエンはほとんど抵抗を感じなかった。ただ、命を刈り取ったのだという感触だけが手の中に残った。

べしゃり、と濡《ぬ》れた雑巾《ぞうきん》のような音がして頭が落ちた。

首を持って民衆へ、殺してやったぞと見せつけるのが処刑の作法なのだろうが、グエンは構わず首を布でくるんでさっさと処刑台から降りてしまった。

「……え？」

一万人の頭に浮かぶクエスチョンマーク。今までの処刑とは違う、あまりにもあっけない終わりであった。

処刑台に残る、座ったまま血を流し続ける首なし死体。それが、そんなものが新時代の象徴だ。

ウェネグは死んだ。グエンは立ち去った。民衆がこれからどうすればいいのかと尋ねる相手はどこにもいなかった。

その後、グエンはウェネグの首を手厚く葬った。

地面を奥深く掘って石を載せただけの墓に、野で摘んだ花を添えた。

墓の場所はグエンしか知らず、生涯誰にも話す事はなかった。

エピローグ

マクシミリアン・ツァンダー伯爵は領地に戻り、ようやく生活が落ち着いてきた。

王国にはまだまだ問題が山積みだが、後は最高意思決定機関である十二貴族がやる事だ。話し合いから外された事が悔しくもあり、面倒事から解放されて安心してもいた。

やはり自分の城は良い。

慣れ親しんだ寝室がある。体操代わりに愛刀を振る事が出来る。賢くはないが可愛《かわい》い子供たちがいる。食事をしながら側近たちと談笑出来る。

気楽、平和、平穏。人生を楽しむには心の余裕が必要だと実感していた。

この城で一番偉いのは自分だ。上司がいない世界、なんと素晴らしい事だろう。

日々を楽しむ中、相談役として使っている付呪術師のゲルハルトが三職人の目通りを許してはどうかと提案してきた。

三職人とは付呪《ふじゅ》術師《じゅつし》ゲルハルト、装飾師パトリック、刀鍛冶《かたなかじ》ルッツの三人の事であり、これからの産業を支える重要人物だ。

ルッツとパトリックを伯爵家お抱えに任命したものの、戦後処理と連合国のクーデターという大事に巻き込まれてお目見えが先延ばしになっていたのだった。

お目見えの儀式とは言ってもそう堅苦しいものではなく、本当に顔を見て軽く言葉を交わすだけでよいのだ。逆に言えば平民相手にそれ以上の事をする必要はない。

「刀鍛冶ルッツの妻、クラウディアも招待するべきでしょう」

ゲルハルトがそう進言した。

パーティなどでは夫婦一緒に招待する事は珍しくもないが、ただの顔合わせに連れてくるほどのものかとマクシミリアンは疑問に思った。

「クラウディアは才女です。刀の製法を親方衆に公開するというアイデアも、彼女の発案のようです」

「ほう、あれをやってくれたのか」

「クラウディアを召し抱えるなり、出入りを許すなりすれば、閣下のお力となりましょう。どうかご一考を」

伯爵家を発展させたい、国政に関わりたいという目的を持ったマクシミリアンには優秀な人材がいくらでも必要だ。

ゲルハルトは自分が少しでも楽をしたいという下心あっての推挙でもあった。

「……そうか、思い出した。リスティル様ご来訪の際、王族にも恋愛の自由があるなどと言っていた女か」

「はい、王女殿下もさぞかし勇気づけられた事でしょう」

「優秀なのだろう。だが政治に関わらせてはいけないタイプだな」

「……え？」

マクシミリアンの答えはゲルハルトにとって意外なものであった。優秀な者であれば身分を問わず引き上げる、その必要性を一番感じているのはマクシミリアンではなかったのか。

主君の表情は好意とは程遠い物であった。

「王族に恋愛だの結婚だの、自由などあるものか。ああいった思考は市井の者にならばウケるのだろうがな、王族にそんなものを植えつけるのは迷惑でしかない」

結び付きを強めたい家に嫁ぎ、子を産み育て、使用人たちに指図して家の中を治める。それが王公貴族として生を受けた女の役目だ。

「敵国の、七十過ぎの老人に嫁がされる事を憐《あわ》れに思わなかった訳でもない。だがそれはあくまで個人の感情だ」

義務を果たすからこそ貴族とは尊き存在なのだ。そうした考えを持つマクシミリアンにとって、クラウディアの一言は唾棄《だき》すべき無責任なものでしかなかった。

リスティルを助けたのは彼女への同情ではない。人質を取られては厄介な事になるかもしれないという、エルデンバーガー侯爵の考えに賛同したからこそだ。

「根本的な部分で政治というものをわかっておらぬ。そんな者を側《そば》に置いたとして、害悪でしかないぞ。なまじ優秀であるだけにな」

ここまでハッキリと拒絶されるとは想像もしていなかった。強く出るのは愚策だなと、ゲルハルトはクラウディアの推挙を諦《あきら》めることにした。

あくまで、今回は。

「失礼いたしました。ですが、ルッツの妻としてなら招待してもよろしゅうございますか？」

「構わぬ、好きにせよ」

顔を会わせる機会は多い方が良い。いつか風向きが変わった時へのゲルハルトの布石であった。

数日後、謁見の間に集められた三職人とクラウディア。マクシミリアンはにこやかに彼らへ言葉をかけた。

「ツァンダー伯爵領発展の為《ため》、力を尽くせ」

お目通りの儀式はこれでおしまいである。実にあっさりとしたものだが、伯爵から直接任命されなければ正式なお抱え職人とは呼べないのだ。

誰も彼もが面倒だと思いながらやらねばならない、儀式とはそうしたものである。

職人たちからも伯爵に言いたい事など何もない。

これで解散か、と思っていたところでマクシミリアンはクラウディアに声をかけた。

「刀の製法公開を考えたのは君だそうだな」

「え、あ、はい。左様でございます」

クラウディアは自分はただの付き添いであり、声をかけられるとは思ってもいなかったので少し慌ててしまった。

「職人にとって技術とは命に代えても守るべきもの。しかも刀の製法はこの国でルッツが独占していたにも等しい。それをツァンダー伯爵領発展のために惜しげもなく公開するとは、私から改めて礼を言いたい」

「もったいないお言葉にて……」

ルッツとクラウディアは揃《そろ》って頭を下げた。伯爵が何故《なぜ》このタイミングでそんな話を持ち出したのかと少し疑問でもあった。

「クラウディア、連合国でクーデター騒ぎがあったのを知っているな？」

「はい」

マクシミリアンとしてはクラウディアを政治には使えない、仕えさせないと評したものの、ゲルハルトが強く推挙する女はどのようなものかと少し気になっていた。

「カサンドロス王は実に残念な事となった。彼の死によって連合国の歴史は百年遅れた、そうは思わないか？」

マクシミリアンの探るような眼《め》に、クラウディアは自分は試されているのだと感じた。少し過激な事でも言っておこうか、そう考えるクラウディアであった。

「……あるいは、カサンドロス王が生きていれば今以上の混乱を招いていたかもしれません」

「ほう、何故だ？」

「女の浅知恵にて、どうかお許しを」

そう言ってクラウディアは顔を伏せた。

「構わぬ、私は様々な意見が聞きたいのだ。どんな荒唐無稽《こうとうむけい》な話であろうと質問に答えた者を罰する法は伯爵家にないぞ」

「は、それでは……」

最初から答えるつもりであった。伯爵から重ねて求められたので仕方なく、といった形にしたかったのだ。面倒だがこうした手続きを省くと後々、貴族批判だと罪に問われかねない。

「カサンドロス王が生きていれば何もかも上手《うま》くいっていただろう、という前提がまず間違っています」

　王国の上層部はそうした固定観念に囚われていないか、そう言ったのである。聞きようによってはそれこそ大貴族への批判にもなる。

「国王暗殺という一大事であるにも拘《かか》わらず、アルサメス派となった豪族の動きが早く、数もかなりのものでした。中央集権化への反発は予想以上に大きかったという事でしょう。強引に推し進めれば大規模な内乱に発展していた可能性があります」

「しかし、カサンドロスの手にはカリスマ性を上げる神器があるではないか」

　マクシミリアンは意識せず少しだけ責めるような口調になってしまった。とんでもない物を作りやがって、と言うのは逆恨みでしかない事は理解していたのでそれ以上は何も言わなかったが。

「なればこそ、互いに引けぬ泥沼に陥る可能性があったのです」

「と、言うと？」

「和平交渉の場でカサンドロス王が剣舞を披露した際、連合国の兵士と王国の一部のおっちょこちょいが跪《ひざまず》きましたが、基本的に王国の者たちには効果がありませんでした。あの爺《じい》さんちょっと格好良いかも、と感じたくらいでしょう」

　クラウディアの砕けた表現に、マクシミリアンは微笑《ほほえ》みながら頷《うなず》いた。

「刀を掲げれば無条件で相手を手下に出来るようなものではないと」

「はい。なればこそ国王派と豪族派は互いの戦力が読めず、敵が味方となり味方が敵となり、戦況がわからず疑心暗鬼になり、止《や》め時のわからぬ争いになっていたかもしれません」

「ふぅむ……」

思えばカサンドロスにも『天照《あまてらす》』を手に入れて熱に浮かされたようなところはなかったか。冷静な判断が出来ていたと言えるだろうか。

カサンドロスの在位中に出来る限りの味方を集め、後を第二王子アルサメスに託すというのではダメだったのか。

自分ならば出来る、そう思ってしまった。『天照』の眩《まばゆ》い光に足元が見えなくなっていたのはカサンドロスか、アルサメスか。

「カサンドロスを始末しなければ連合は自滅していた可能性もあったか」

「可能性、でございます。カサンドロス王が生きていれば連合国統一が叶《かな》ったかもしれません。アルサメスを愚王と呼ぶか救世主と呼ぶかは後の歴史家に委ねましょう」

これで話は終わりだとクラウディアは一礼した。その際に見えた七色に光るイヤリングがやけに印象に残った。

「今日は実に楽しかった。皆、ご苦労だったな。下がってよいぞ」

マクシミリアンが手を振るとルッツ、クラウディア、パトリックが部屋から去り、謁見の間にはマクシミリアンとゲルハルトだけが残された。

「試されましたか」

ゲルハルトがにやりと笑って言った。

「ルッツの工房で一番切れるもの、と言えば私はあの女の名を出すな」

「それをルッツが聞けば怒りもせず、苦笑いを浮かべて頷く事でしょう」

「仲の良い事だ」

マクシミリアンも笑って応えた。

召し抱えるつもりはないが、たまに意見を求めるくらいはしても良いだろうという気になっていた。

その機会は意外に早く訪れる。第三王女誘拐事件という形で。

書き下ろし番外編　ＩＦ……

酷《ひど》く暗い気分で酒場から戻ったルッツは工房で樽《たる》に腰掛け、美しい刀をじっと見ていた。

取引相手の女商人、クラウディアが騎士団に捕まった。詳しい理由はよくわからないが普段の評判からして騎士団の難癖だろう。

クラウディアの他に何人か中堅どころの商人が捕らえられていた。要するにそこそこ金を持っていて、貴族との繋《つな》がりがない人々だ。金をせびるのに丁度良いと思われたのだろう。

捕らえられた商人たちは不本意ながら、本当に不本意ながら保釈金を支払って解放されたそうだ。

クラウディアはどうなのだろうか。保釈金が用意できるのか、払いに来てくれる仲間はいるのか。

彼女との付き合いの中で友人や家族の存在というものは見た事も聞いた事もなかった。彼女はいつもひとりだった。

「保釈金、か……」

刀身に己の顔を映しながら呟《つぶや》いた。

城壁外に住むモグリの貧乏鍛冶屋《かじや》である。明日の飯にも困るというほどではないにせよ、金貨など用意出来るはずもなかった。ここにある値打ち物と言えば、手の中にある刀だけである。

……何を考えているんだ、俺は。

この刀を保釈金代わりに渡せばクラウディアを救う事が出来る。騎士団がどれだけ馬鹿であっても、ひと目見れば名刀である事は理解出来るはずだ。

……そこまでする理由があるか？

ルッツはまた刀の中の己に問うた。クラウディアは妻ではない、恋人でもない、ただの取引相手である。強いて言えばちょいとイイ女だな、と思っているくらいの相手だ。

対してこの刀はクラウディアの目利きで、出すところに出せば金貨百枚はするという。

金貨百枚、貧乏鍛冶屋には目も眩《くら》むような金額であった。この惨めな生活から抜け出す、まさに夢のチケットである。問題は売る為《ため》の伝手《つて》がないという事だが、だからといってホイホイ捨ててしまえるような物ではない。

「馬鹿馬鹿しい……」

自分ひとりしかいない工房でルッツは呟き、刀を鞘《さや》に納めた。

嗚呼《ああ》、ここで歴史の分岐点は閉ざされてしまった！

赤の他人が困っているからといって全財産を投げ出して助けたりはしないという、至極まっとうな判断を下しただけである。責められる筋合いはない、罪悪感を覚える必要もない、そのはずだ。

「彼女はしっかりしているからな。ひとりでなんとかするだろう」

自分に言い聞かせるように口にしてから立ち上がり、ルッツは特に必要もない砂鉄集めに出かけた。自分は悪くない、これが当たり前の反応だと、そんな言葉がいつまでも頭の中でグルグルと回っていた。

一ヶ月経った。クラウディアが工房に顔を出す事はなく、ルッツも仕事にありつけなかった。せいぜいご近所さんから鍋《なべ》の修繕を頼まれたり、明らかに堅気ではない連中から武具の研ぎを頼まれる程度であった。仕事の注文をまとめて持ってきてくれる人間のありがたみが今になって身に染みる。

ただでさえ少ない貯金がどんどん目減りしていく。それでも仕事がないのでぼんやりと過ごすか、酒を飲みに行くしかやる事がなかった。炉を使うにも炭代がかかるのだ。何でもいいから作る、という訳にはいかなかった。

すっかりお馴染《なじ》みとなった城壁外の安酒場。ルッツの顔を見ると店主は軽く手を挙げて、

「よう、いらっしゃい」

とだけ言った。いちいち『今日は休みなのか』などと聞いてこないのはありがたい。昼間から酒を飲むのに言い訳から始めなければならないのは鬱陶《うっとう》しいだけだ。

「ビールを」

適当な席に座り、別に飲みたくもない酒を注文する。噂《うわさ》好きな店主がまた何かネタを仕入れたのか、下品な笑みを浮かべて話しかけてきた。

「なあルッツ知っているか？　クラウディアが城塞《じょうさい》都市の娼館に売られたって」

「……何だって？」

ハンマーで殴られたような衝撃に襲われ頭の中が真っ白になった。いや、こうなる可能性は十分に理解していたはずだ。今さら驚くなど欺瞞《ぎまん》と言う他はない。

「抱いたのか？」

「まさか、城壁内の店だぜ。安酒場の親父《おやじ》に無茶言うな」

「そうか……」

抱いた、と答えていればこの場で殴り殺していたかもしれない。それくらい心が乱れていた。自分でも何故《なぜ》これほど苛立《いらだ》っているのかわからない。また、怒る資格などないはずだ。

「なあ店長、それが何処《どこ》の店だかわかるか？　それと何て名前で働いているのかも」

「むほほ、何だよルッツ、行く気まんまんって訳かスケベ鍛冶屋め」

「いや、そういう訳じゃ……」

ならばどういう事なのか。今の感情を上手《うま》く説明出来る自信がなかった。

無事を確かめたい。違う、無事とは何事もなかったという事だ。何もしなかったという選択の結果がどうなったかを確かめずにはいられなかったのだ。怖いもの見たさ、というのとも少し違う。

「オーケーオーケー、調べておこう。もちろんタダって訳にはいかないぜ」

ルッツは黙ってポケットに手を突っ込み銅貨をテーブルに置いた。この先数日分の食費であり、今のルッツにとっては命綱だ。

……それを、こんな下らない事で。

後悔の念が脳裏をよぎるがもう遅い。店主は流れるような動きで銅貨を懐に入れてしまった。

「二、三日したらまた来てくれ」

それだけ言うと店主は上機嫌でカウンターに戻り、ルッツはひとりテーブル席に取り残された。

肝心な時に何の行動も起こさなかったくせに、悔やんでばかりで振り回される。ビールを一気に喉《のど》へと流し込んで惨めな気分を洗い流そうとしたが、ただ苦いばかりであった。

数日後、酒場の店主は見事に調べ上げてくれていた。クラウディアらしき女が働いている店の場所と名前。店で使っている偽名、いわゆる源氏名。そして一度の遊びにかかる値段も。

「銀貨五枚だってぇ!?」

驚きの声をあげるルッツに対し店主は平然として、

「そうだよ」

と言った。

城壁外に住む者でも無理をすれば出せないこともない、といった金額だ。しかし今のルッツにとっては途方もない金額である。

「……そうだ、客入りはどうなんだ?」

「人気があるかどうか、って事か?」

「クラウディアがそんな店で働いていたら、おっ勃《た》てた野郎どもが連日行列をなしていてもおかしくはないだろう」

「さあて、そんな話は聞かなかったな」

「じゃあやっぱりクラウディアじゃないのかも……」

「かもな」

店主は興味を失ったように言った。自分で調べておいてその言い草はなんだとルッツは軽く苛立ったが、店主にしてもせっかく調べてやったのに否定ばかりされては面白くない。失言に気付いたルッツは素直に謝罪した。

「すまなかった、また来るよ」

「ああ」

肩を落として店を出るルッツ。その背を見送りながら店主は呟いた。

「あいつはもう、ダメだな」


あの刀を売る事にした。ただクラウディアに会いたいというだけでなく、本格的に生活費が底をついたのである。

炭代を捻出《ねんしゅつ》して新たな刀を打ってみたものの、出来上がったのは目を覆いたくなるような駄作であった。とりあえずそれを腰に差すが、なんとも頼りない事である。

ルッツは市民権がないので城塞都市内に入る為には門番に通行料、もっとハッキリ言ってしまえば賄賂《わいろ》を渡さねばならなかった。薄汚れた銅貨を渡し、嫌そうな顔をする門番の脇をすり抜けて中へ入った。門番はルッツを呼び止めようとするが、関わり合いになるのも面倒だと考え直して見逃した。

最後に残った全財産にして人生の切り札。最高最強の名刀は出来る限り高く売りたかった。しかし、どこで売ればいいのかがわからない。

大商家の前で掘り出し物があるぞと叫ぶもまったく相手にされなかった。そこそこの規模の店に行っても色よい返事は得られなかった。ひと目見てもらえればわかると刀を抜こうとすると衛兵を呼ばれ、ほうほうの体で逃げ出す羽目になった。コネがない、信用がないというのはこれほどのものかと改めて思い知らされた。

これは後で知った事だが、冒険者たちがよく商家へ押し売りに来るらしい。これは伝説の聖剣です、などと言って錆《さ》びたなまくらを売りつけようとして、断られれば暴力に訴えるというのを繰り返しているそうだ。ルッツもその同類と見られたのだろう。

仕方なしにルッツは市場へ行き、その端にある冒険者向けの道具屋を訪れた。扱っている物は欠けた剣、カビた革鎧《かわよろい》、血で汚れた包帯などだ。こんなゴミにしか見えないような物でも冒険者たちには需要があるらしい。

「何だ、兄ちゃん？」

鋭い目をした店主の老人が、店の前で立ったまま動かないルッツをじろりと睨《にら》んだ。人殺しを生《なり》業《わい》としてきた者特有の鋭い眼光であった。

「買い取りはやっているか？」

「くず鉄屋に行くよりはマシな値段で買ってやるぜ」

ルッツは腰から刀を外し、店主は面倒くさそうに受け取って刀を抜いた。

「お、おお……ッ」

店主の虚《うつ》ろな目に光が宿り、驚愕《きょうがく》に見開かれた。世に出回る紛《まが》い物とは違う、これぞ本物の聖剣だ。店主の心は興奮に包まれ、息が荒くなった。動揺しながらも刀身に息がかからないようにしているのはさすがプロである。

「こ、ここっこいつを何処で手に入れた？」

「それを言う必要があるのかい」

こんな店で取引されるのはどれも出所が怪しい物だ。店主は少し残念そうな顔をしながらも納得し頷《うなず》いた。

自分で打ったと言えば済む話だが、ルッツは作者と名乗り出る気になれなかったのだ。自分の腕は錆び付いてしまった、それで鍛冶屋と名乗るのは恥でしかない。

「わかった、買おう。銀貨八十枚でどうだ⁉」

「銀貨……？」

クラウディアが値付けしてくれた額の百分の一にも満たない。不満げな顔をするルッツに、店主はわかっているとばかりに頷いて言った。

「少ないって言いたいんだろうがな、俺の全財産をかき集めてそれくらいなんだ。あんたもどうせ色々回ってからここに流れ着いたんだろう？」

他に処分する手段などないはずだと店主は言う。

「わかった、銀八十でいい」

「へへっ、まいど」

店主はぼろ小屋の奥から金の入った革袋を取り出しルッツに押しつけるように渡した。

「取引完了だ。さ、もう帰ってくれ」

大きな取引をした時は硬貨の数と質を一緒に確かめるのが礼儀なのだが、店主はそれも忘れて刀に見入っていた。ルッツもこれ以上交渉を引き延ばす気力はなく、黙って店を出た。

後で数えると袋には銀貨六十枚といくらかの銅貨しか入っていなかった。店を出た後なので文句を言う事は出来なかったし、どうでもよかった。

数日後、老店主が喉を突いて自殺した姿で発見された。凶器は呪いの剣として教会に没収され、宝物庫の奥深くにしまわれる事となった。どれもルッツにとってはどうでもいい事だ。

教えられた娼館の前にやって来た。ここにクラウディアがいるのか、いないで欲しい。ルッツはそんな矛盾した思いを抱いていた。

全力疾走した後のように心臓が激しく収縮している。脂汗が浮き出て、足は鉛のように重い。とても娼婦《しょうふ》を抱きに来た男の姿には見えず、道行く人々から怪訝《けげん》な眼《め》を向けられていた。

ここで引き返して何事もなかったかのように暮らしていくか。そんな誘惑を振り切りルッツは娼館に足を踏み入れた。

「どうも、いらっしゃいませ」

貼り付けたような笑みを浮かべた老婆が出迎えた。世界と、他人と自分を同時に見下しているような、見ていて不安になるような顔であった。

ルッツは痛いくらいに渇いた喉でなんとか言葉を発した。

「ここにクラウ……、いや、クラリッサという女性がいると聞いたが」

「はて……?」

老婆は怪訝な顔をした。そんな名前の女はいない、という事なのだろうか。

……酒場の親父め、ガセネタ掴《つか》まされやがって。

ルッツは苛立ちながらも一方で、ここにクラウディアはいない、娼館に売られてなどいないと安堵《あんど》していた。しかし、老婆はまたすぐに笑みを貼り付けて言った。

「ご指名ですか？」

「え、あ、……はい」

今度はルッツが戸惑ってしまった。結局、いるという事なのか。

求められるままに銀貨五枚を手渡し、老婆の案内で三階に上がった。

心の準備など出来ていない、いっそこのまま逃げ出してしまいたかった。進む勇気はなく、逃げる決断も出来ず、ただ流されるままに老婆の背を追っていた。

「クラリッサ、ご指名だよ！」

老婆は大声で叫びながらドアを激しく叩《たた》いた。

「さ、どうぞお客様」

ルッツに向けてにこやかに笑いかけドアを開ける。逃げ場はないと悟りルッツは部屋に入り、老婆は立ち去った。

すえた臭いの充満する薄暗い部屋で、ひとりの女性が頭を下げていた。

「ご指名、ありがとうございます……」

そう言って顔を上げ、ヒッと小さく悲鳴のような声を漏らして固まった。

髪に艶《つや》はない。肌はガサガサに荒れている。眼は濁っており、頬は痩《や》せこけ、殴られでもしたのか前歯が折れている。二十歳くらい老けたように見えるが、確かにクラウディアであった。

老婆の戸惑いは、わざわざこんな女を指名するのかという意味であった。

お互い何も言えなかった。すぐ近くにいるのに、顔を見て話すことが出来なかった。

「……随分と、悪趣味な真似《まね》をするじゃないか」

「どうしているのかなって、気になって」

ルッツはまるで言い訳をするように呟《つぶや》いた。いや、これは本当にただの言い訳でしかなかったかもしれない。

「一体何があったんだ。盗賊に資金を流していた罪で捕まったと聞いたが」

「そんな事をするはずがないだろう。まあ、心当たりがあるとすれば通行料を払っていたくらいかな。奪われ殺されるよりはずっといい。他にどうしろって言うんだ」

クラウディアは静かに首を振った。それはこの世の何もかもを諦《あきら》めきったような、悲しい仕草であった。

「騎士団は商人の都合なんか知った事じゃない。捕まって、保釈金も払えず罪人となって、散々弄《もてあそ》ばれた挙げ句に売り飛ばされたという訳だ。まあ、よくある話だよ」

感情のない声で言いながらクラウディアはルッツに近寄り、首に手を回して抱き寄せた。

「もうどうでもいい事さ。娼館で男と女がやる事は決まっている。つまらない話は忘れて楽しもうじゃないか」

悲しい眼をした者同士、顔が近付き唇が触れあった。次の瞬間、クラウディアはウッと唸《うな》ってルッツを突き飛ばした。そして口元を手で覆い、吐き気を堪《こら》えているようであった。

ずっと抑えていた感情と、涙がどうしようもないくらいに溢《あふ》れてきた。その場に座り込み、泣く事しか出来なかった。

「……すまない、クラウディア」

「君が何を謝る事があるんだい」

「俺には財産があった。あの刀を手放して、保釈金代わりにしていればこんな事には……」

バン、と弾《はじ》けるような音が響いた。クラウディアが立ち上がり、ルッツの頬を叩《はた》いたのだ。その目は涙を溢れさせながらも、怒りの炎に燃えていた。

「やりもしなかった事、出来もしなかった事を恩着せがましく、偉そうに言うな!」

クラウディアはその場に崩れ落ち、また肩を震わせて泣き出した。

こんな話がしたかった訳じゃない。どうしてこうなってしまったのだろう。ルッツは両の拳《こぶし》を握り締めて背を向けた。

「多分、君の事、好きだった……」

小さな、小さな告白がルッツの背にかけられた。ルッツは懐から銀貨の入った袋を取り出し床に落とした。ジャラリと重い金属音がして、いくらかの銀貨がこぼれ落ちる。

ルッツは無言で部屋を出た。かける言葉は何も思いつかず、その資格もなかった。

数日後、あるひとりの娼婦が首を吊《つ》って死んだ。この街では特に珍しい事でもなく、噂になる事すらなかった。部屋に重い銀貨袋があったが、手を付けた様子はなかった。


娼館を出ると日が落ちかけていた。

ルッツは夕日に顔を晒《さら》しながらぼんやりと歩いていた。財布ごとクラウディアに渡してしまい、もう明日の食費すらなかった。

「ま、いいさ……」

どうしてこんな事になってしまったのだろう、そんな疑問すらもう浮かばなくなっていた。

急がず、焦らず、どこを見ているかもわからぬ顔で歩き続けた。そうして辿《たど》り着《つ》いた先は騎士団の詰め所であった。

建て付けの悪いドアを開けて中に入ると、人相の悪い男たちが酒に酔った赤ら顔を向けてきた。

「おい、何だテメェは。迷子か？」

男が酒臭い息を吹きかけながらルッツの襟首を掴んだ。同時にルッツは男の臑《すね》を蹴《け》り上げる。

「いっ、てえええ！」

男がルッツから手を放した瞬間、ルッツは腰の刀を抜いて男の頭へと振り下ろした。

頭頂部から鼻まで割られ、男は鮮血を吹き出しながらその場に倒れた。

「な、何をしやがる⁉」

騎士たちは剣を掴んで一斉に立ち上がった。妙な男がいきなりやって来て仲間を殺した、まるで意味がわからない。ひとつだけハッキリしているのは彼が敵だという事だけだ。

ひとりの騎士が剣を上段に構えて襲いかかって来た。ルッツは片足を引いて身体《からだ》をずらし、側面から騎士を斬り付けた。二の腕がパックリと斬り裂かれた騎士は剣を落とし、悲鳴を上げて転げ回った。

別の騎士が雄叫《おたけ》びを上げて突撃する。虚勢と見破ったルッツはスツールを騎士に向けて蹴り飛ばした。怯《ひる》んだ隙に一閃《いっせん》、顔を切られ片目を潰《つぶ》された騎士はその場にうずくまった。

……殺してやる、全員殺してやる。

騎士団に対する怒りと自分自身に対する苛立《いらだ》ちは収まらなかった。

ルッツは刀を振るい、斬って、斬り続けた。

……こんな奴《やつ》らの為にクラウディアは！

怒りにまかせ刃筋を立てぬまま振るった刀が、パキンと音を立てて呆気《あっけ》なく折れた。血塗《ちまみ》れの刀を前に呆然《ぼうぜん》と立ち竦《すく》むルッツ。次の瞬間、脇腹に焼けた鉄棒を差し込まれたような激痛が走った。深々と突き刺さった剣。憎悪と恐怖が入り交じった眼で睨み付けてくる騎士。

「ク……ラウ、……ごめん……」

生き残った騎士たちが怒りを込めて一斉に剣を振るった。乱刃がルッツの身体を斬り刻み、騎士たちが落ち着いた頃にはルッツの死体はバラバラになり、顔も誰だか判別出来ない有り様となっていた。

騎士団襲撃。これから起こる出来事に比べれば、ほんの些細《ささい》な事件であった。

伯爵家お抱え付呪《ふじゆじゆつし》術師が失踪《しつそう》した。置き手紙には己の腕に限界を感じたと記してあった。襲撃事件の責任を取らされ、ひとりの高位騎士が左遷された。

お抱え冒険者の若者が巨大オークに殺された。

将来に何の希望も見出《みいだ》せず無気力な伯爵は下級貴族たちの言いなりである。

隣国との長い戦争が終わり和平が結ばれたが、その代償として第三王女が人質同然に連合国の老王に嫁がされ、奴隷のような扱いをされているという。

国王は宝石ひとつで娘を売ったと後ろ指を差され、その求心力を急速に失っていった。

誰も彼もが息苦しそうな顔で生きている。王国の惨めな姿を見ないで済むならば、先に死んでいった者たちは幸せであったのかもしれない。

「……と、いう事になっていたかもしれないんだねえ」

城砦《じょうさい》都市内、新ルッツ工房の三階。ベッドに横たわり色白で豊満な裸体を惜しげもなく晒したクラウディアが笑顔で話を終えた。

同じベッドに横たわるルッツはとても笑う気にはなれなかった。内容があまりにも悪趣味に過ぎる。寝物語というのはもっとロマンチックであるべきではないだろうか。

「反論があるなら聞くよ。俺はそんな事しねえ、とか」

「クラウが不幸になったら俺も鍛冶《かじ》仕事に手がつかなくなるのはその通りだと思う。あの頃の経済状況からして身の破滅は免れなかっただろうな。しかし、なんだって急にこんな悪趣味な話を？」

「んふふ、それはねえ……」

クラウディアは笑いながらルッツに覆い被《かぶ》さった。柔らかな肢体が形を変えて密着する。

「私がルッツくんに感謝していると言っても、いまいちピンと来ないって顔をしているからさ」

「それは……」

何か言おうとするルッツの口を、熱い唇が塞《ふさ》いだ。

鍛冶師ルッツ 製作刀剣一覧

【椿】刀
手にした者に幻覚を見せる妖刀。
『魅了』の付呪によってさらなる魔性を獲得した。

【ラブレター】匕首
愛する妻・クラウディアに向けた作。
茎に刻まれた文字は『ＤＥＡＲ ＹＯＵ』。

【鬼哭刀】刀
鋭さ・切れ味を重視した伯爵への献上品。
振れば甲高い風切り音が鳴る。

【一鉄】刀
正確な作者は鍛冶師・ボルビス。彼の遺志を継いだルッツが焼き入れと研ぎを担当した。

【ナイトキラー】両手剣
明確に城塞都市内の不良騎士を殺すことを目的としている、呪物とでもいうべき剣。

【天照】刀
連合国への献上品。刀身の長さは通常の三割増し、重さは三倍という規格外の剛刀。

【夕雲】匕首
装飾師・パトリックに向けた作。巧みな重量バランスで使い勝手の良い逸品。

【蓮華】刀
王族を斬首するための処刑刀。死出の旅路を冷たく輝く美しい刀身が照らす。

あとがき

『異世界刀匠の魔剣製作ぐらし』、第二巻を手に取っていただきありがとうございます。

巻末書き下ろし短編はいかがでしたか、暗くて何の救いもない話でしたね。しかしこれはあくまで『もしも』の話、実際には起こらなかった話だとわかっていればこそ安心して読めたのではないかと思います。

これは私がたまに使う手法なのですが、まず主人公たちは無事に生き残ると示してから思い切り暗い話をするというものです。

これならば『この先どうやって助かるんだろう』と興味を持たせる事が出来ます。

また、『暗い話を延々と読まされた挙げ句に何のオチもなく意味もなく嫌な気分になっただけで終わるのではないか』という不安を取り除く事が出来ます。

皆さんはそういう経験はありますか？　私はあります。読んだ後で『うん、うん……。なんだこれ？』としか言えない感覚、あれはキツイですね。

では私は暗い話が嫌いなのかと言えば、むしろ好きです。大好物です。異世界刀匠の作中にも悪趣味な話はいくつも出てくるのでそこら辺はなんとなく察していただければと思います。

暗い話の後で困難を打ち破る快感があったり、あるいは救いのない話の中にも一種の儚《はかな》さや美しさがある、そうした物が好きなのです。

作中でも語られていましたが捕まったクラウディアをルッツが助けなければならない義理はありません。ふたりは仕事上の付き合いがあり、お互いに『面白い奴《やつ》だな』とちょっとした好意を持っているだけの赤の他人です。

しかしルッツは『クラウディアへの好意』『騎士団への反発』『名刀を作っても売る為《ため》の伝手《つて》がない』といった理由の複合によって刀を手放す事を選択しました。

地下牢《ちかろう》で最悪の想像を繰り返し震えていたクラウディアにとって、多少の未練を残しながらも刀を手放したルッツの姿は何よりも頼もしく、美しく見えた事でしょう。

今回の話はルッツが選択を間違えたらこうなっていたという事であり、逆に言えば選択を間違えなかったからこうはならなかったというお話です。自分の中ではむしろハッピーエンドに分類されます。

『異世界刀匠の魔剣製作ぐらし』第二巻を読んでくださった皆さん、WEB版から応援してくださる皆さん、イラストのカリマリカ先生、編集のO氏、全てのスタッフの皆さんにこの場を借りて深くお礼申し上げ、あとがきの締め括《くく》りとさせていただきます。

荻原数馬《おぎわらかずま》

お便りはこちらまで

〒102－8177
カドカワBOOKS編集部　気付
荻原数馬（様）宛
カリマリカ（様）宛

カドカワBOOKS

異世界刀匠の魔剣製作ぐらし《いせかいとうしょうのまけんせいさく》 2

2023年 9 月10日　初版発行

著者／荻原数馬《おぎわらかずま》

発行者／山下直久

発行／株式会社KADOKAWA

〒102-8177
東京都千代田区富士見2-13-3
電話／0570-002-301（ナビダイヤル）

編集／カドカワBOOKS編集部

印刷所／大日本印刷

製本所／大日本印刷

Printed in Japan
ISBN 978-4-04-075130-6 C0093

新文芸宣言

かつて「知」と「美」は特権階級の所有物でした。

15世紀、グーテンベルクが発明した活版印刷技術は、特権階級から「知」と「美」を解放し、ルネサンスや宗教改革を導きました。市民革命や産業革命も、大衆に「知」と「美」が広まらなければ起こりえませんでした。人間は、本を読むことにより、自由と平等を獲得していったのです。

21世紀、インターネット技術により、第二の「知」と「美」の解放が起こりました。一部の選ばれた才能を持つ者だけが文章や絵、映像を発表できる時代は終わり、誰もがネット上で自己表現を出来る時代がやってきました。

UGC（ユーザージェネレイテッドコンテンツ）の波は、今世界を席巻しています。UGCから生まれた小説は、一般大衆からの批評を取り込みながら内容を充実させて行きます。受け手と送り手の情報の交換によって、UGCは量的な評価を獲得し、爆発的にその数を増やしているのです。

こうしたUGCから生まれた小説群を、私たちは「新文芸」と名付けました。

新文芸は、インターネットによる新しい「知」と「美」の形です。

2015年10月10日
井上伸一郎

歩くたび増えていく
新しい出会い、新しいスキル
この世界で、
のんびり旅はじめます。
異世界ウォーキング
1
コミックス好評発売中!&
講談社
「マガジンポケット」にて
コミカライズ好評連載中!!
漫画:小川慧

異世界ウォーキング
シリーズ好評発売中！
あるくひと
[illust.] ゆーにっと
カドカワBOOKS
異世界に召喚された日本人、ソラが得たスキルは「ウォーキング」。「どんなに歩いても疲れない」というしょぼい効果を見た国王は彼を勇者パーティーから追放した。だがソラが異世界を歩き始めると、突然レベルアップ！　ウォーキングには「1歩歩くごとに経験値1を取得」という隠し効果があったのだ。鑑定、錬金術、生活魔法……便利スキルも次々取得して、異世界ライフはどんどん快適に！拾った精霊も一緒に、のんびり旅はじまります。

シリーズ好評発売中!!
魔術で「目」を作りたい――
その好奇心が少年を
水魔術の天才へ飛躍させる!

最強の眷属たち——
その経験値を一人に集めたら、
史上最速で魔王が爆誕!?
第7回カクヨム
Web小説コンテスト
キャラクター文芸部門
特別賞

COMIC
WALKERほかにて
コミカライズ
好評連載中!
漫画・
濱田みふみ

摩訶不思議な山暮らし――
ニワトリ（？）たちと
癒やしのスローライフ開幕！

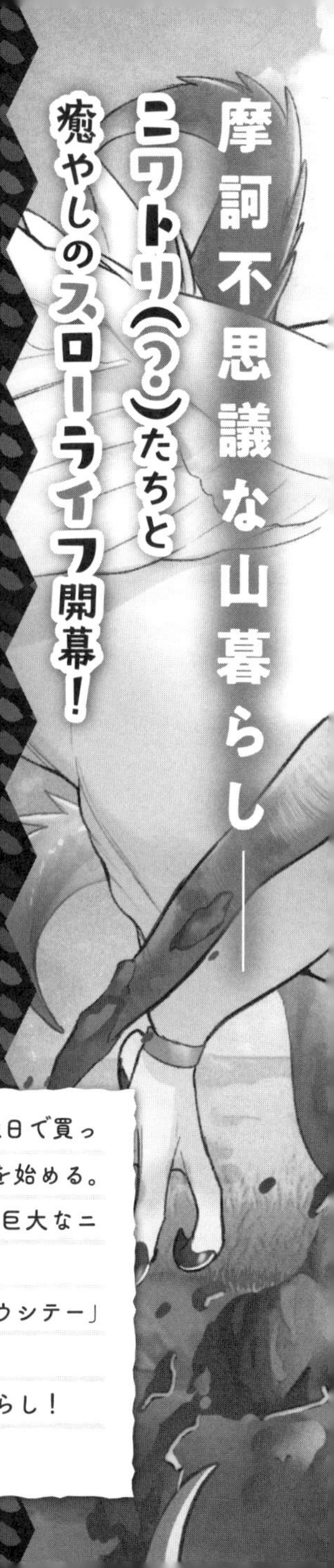

前略。山暮らしを始めました。

浅葱
illust. しの

ひょんなことがきっかけで山を買った佐野は、縁日で買った３羽のヒヨコと一緒に悠々自適な田舎暮らしを始める。気づけばヒヨコは恐竜みたいな尻尾を生やした巨大なニワトリ（？）に成長し、言葉まで喋り始めて……。

「どうして――！？」「ドウシテー」「ドウシテー」「ドウシテー」

「お前らが言うなー！」

癒やし満点なニワトリたちとの摩訶不思議な山暮らし！

カドカワBOOKS

前世リーマンの
フリーダム問題児、
エリート校に
殴り込み!?